U0097313

古典詩歌研究彙刊

第七輯

龔鵬程 主編

第 9 冊

宋初詩風體派發展之研究（上）

劉 明 宗 著

國家圖書館出版品預行編目資料

宋初詩風體派發展之研究（上）／劉明宗 著－－初版－台北

縣永和市：花木蘭文化出版社，2010〔民99〕

目 4+186 面；17×24 公分

（古典詩歌研究彙刊 第七輯：第9冊）

ISBN　978-986-254-124-1（精裝）

1. 宋詩　2. 唐詩　3. 詩評

820.9105　　　　　　　　　　　　　　　　99001741

ISBN - 978-986-2541-24-1

9 789862 541241

古典詩歌研究彙刊
第七輯　第 九 冊　　　　　ISBN：978-986-254-124-1

宋初詩風體派發展之研究（上）

作　　　者　劉明宗
主　　編　龔鵬程
總 編 輯　杜潔祥
出　　版　花木蘭文化出版社
發 行 所　花木蘭文化出版社
發 行 人　高小娟
聯絡地址　台北縣永和市中正路五九五號七樓之三
　　　　　電話：02-2923-1455／傳眞：02-2923-1452
網　　址　http://www.huamulan.tw 信箱 sut81518@ms59.hinet.net
印　　刷　普羅文化出版廣告事業
初　　版　2010 年 3 月
定　　價　第七輯 20 冊（精裝）新台幣 28,000 元

宋初詩風體派發展之研究（上）

劉明宗 著

作者簡介

劉明宗，高雄師大國文研究所博士，屏東教育大學客家文化研究所所長，曾任國小、國中、高中、海軍官校教師、屏東師院總務長、主任秘書、附小校長；學術專長為：唐宋詩詞、古文、兒童文學、應用文、語文教學、客家俗諺歌謠；曾任教育部九年一貫課程與推動小組輔導委員、僑委會海外（泰北、緬甸、美加東、印尼、美加西、美南）華文講座、全國中小學教師檢定命題委員、全國語文競賽命題、審題、評審、申訴委員；現任教育部九年一貫課程國語文教科圖書審查委員、客委會計畫審查委員。

提　　要

　　宋初詩歌，繼唐詩輝煌之後，在創作內容、表現形式、藝術風格及精神態度方面均不脫晚唐詩風影響；然在宋初帝王有心推動下，宋代文教蓬勃興盛，而此期詩人有意識的改革前代詩歌蕪靡舊習，為其後之詩文革新開啟了成功之門；詩人們之努力創作，亦為宋詩特質的建立，奠定了良好的基礎。本篇論文之研究，即著力於詳盡評述宋初各詩風體派及其詩人之創作內容、藝術風格，並對各體派間之遞嬗發展作具體而客觀之考察。

　　本論文分為八章：

　　第壹章「緒論」：闡述研究動機與目的、研究方法與範圍。

　　第貳章「宋初時代背景與詩壇概況」：說明宋初社會、文學環境與詩體發展的互動關係，及宋初詩壇活動狀況。

　　第參章「白體詩人及其詩風」：敘述宋代首出之詩歌流派，並對其詩風特色、主要內容及代表詩人作品作如實的呈顯。

　　第肆章「白體大家王禹偁及其詩歌成就」：論述王禹偁生平、詩學淵源、詩歌藝術特色及文學主張，並探究其詩歌創作和理論對宋詩改革運動的影響。

　　第伍章「晚唐體詩人及其詩風」：探究晚唐體詩興起之因，及其與白體之間內容、風格的異同；並探討晚唐體詩之整體評價及其對宋詩發展的影響。

　　第陸章「《西崑酬唱集》與崑體之形成」：探討《西崑酬唱集》編纂的原因、考察作品和作家中之疑問，並歸納酬唱集的主要內容，抉發西崑體形成之原因。

　　第柒章「西崑體詩人及其詩風」：探究崑體詩之藝術特色及其評價。

　　第捌章「結論」：旨在凸顯宋初各體詩派及詩人對建立宋詩特色所作的努力和貢獻，為宋初詩風體派確立公允客觀的歷史地位。

下　冊

第一章　緒　論

第一節　研究動機與目的

　　在中國詩歌發展史上，唐詩的興起無疑是最為波瀾壯闊的局面，它締造了中國詩歌在藝術全方位的貢獻，引領眾人的目光集中在其璀璨的光華上，致使其繼起者無論如何用力，皆有欲振乏力、無法擺脫其牢籠之憾，尤其是與晚唐五代接踵相連而來之北宋初期，在詩歌的發展上，更是深受唐詩的影響，與其說北宋初期是宋詩發展的開端，毋寧說它是唐詩餘波的迴盪。當然，危機也是轉機，因著時代的更易、文學本身的遞嬗，宋詩終有其真正特殊的風貌，然而此種風貌卻建立在對前期詩歌有意識的、不斷地改革之下而完成的，誠如清人吳之振《宋詩鈔‧序》所云：「宋人之詩，變化於唐，而出其所自得，皮毛盡落，精神獨存。」所以改革後的宋詩，對於唐詩而言，是有所承也有所變的。

　　宋詩真正的改革，實源於歐陽脩、梅堯臣、蘇舜欽等人對當時詩歌的不滿。在此之前，文壇充斥的是雕琢模擬、浮華侈麗的西崑詩風以及淺薄瑣碎、纖巧有餘而厚重不足的晚唐頹靡遺習，故而他們以恢復風雅比興自矢，企圖建立一嶄新而完全相應於宋人情思、完全屬於宋人氣骨的詩歌風貌，經過繼起者如王安石、蘇軾、黃庭堅等人的努

力，宋詩改革終於完成。於是今人敘述宋詩便自歐陽脩等人說起，因為在此之前的大家似乎沒有出現；或者頂多說明其稍前的改革對象「西崑體」，而且偏於派說西崑體的缺失，但難道歷史就是如此發展的嗎？其實歐陽脩等人之崛起詩壇，已是仁宗天聖八年（1030 年，歐陽脩中進士）以後之事，上距趙宋建國（960）已是七十有餘年，其間詩壇之遞嬗到底為何？一般之文學史多略而不談，或縱使提及，亦多語焉不詳，實難窺其全豹。因此，常令有心治宋代學術者引為憾事，尤其欲明宋詩梗概者，更不免有無從求索之歎，明宗於此亦有憾焉。

各種文學體式之形成與發展、興盛與衰微，均其所處之時代環境有極其密切之關係，尤其是國家政治之安定動亂程度、社會經濟之蓬勃凋敝情況，均會影響文學創作之意願與內容傾向；而君王、執政者之愛好興趣，對於文學體式之發展有相當程度作用；而文人學士之出處境遇，師友朋儕之理念意趣，及作者本身於創作之認識與執著程度，更會直接影響其創作風格，故研治某一時代之文學發展，首須對時代背景多所瞭解。孟子曰：「知人論世」，既要研索宋初詩風體派，則不能不對創作詩歌之詩人加以了解。因為研究宋詩者多從北宋中葉切入，故對宋初詩壇概況瞭解不深，更無法將宋初社會與宋詩發展結合，亦無法得知宋初文學環境與詩體發展有何關聯，此為本文所欲釐清的第一個外緣問題；而宋初詩壇到底應如何作時代界定？其與前代詩歌有何關聯，其間密切程度為何？這些都是亟待梳理清楚之疑惑。

元代方回之〈送羅壽可詩序〉云：「宋剗五代舊習，詩有白體、崑體、晚唐體。白體如李文正、徐常侍昆仲、王元之、王漢謀；崑體則有楊、劉《西崑集》傳世，二宋、張乖崖、錢僖公、丁崖州皆是；晚唐體則九僧最逼真，寇萊公、魯三交，林和靖、魏仲先父子，潘逍遙、趙清獻之徒，凡數十家，深涵茂育，氣勢極盛」，此說詳則詳矣，然而此三種詩歌體派是否在宋初即已同時存在？其詩家代表真如方氏所云，即此數十家，抑或另有其他遺珠，甚或此所列諸家真為同處

於北宋初期？這些問題，均須一一辨明。

　　方氏既稱宋初詩有此三種體派，然而其根據爲何？各種體派之內容風格、藝術特色，及其個別詩人之間的差異或特點究竟如何？各種詩風體派之間的流衍變化及其相互影響之事實爲何？均值得細心探索。

　　林逋在讀過白體詩人王禹偁之詩歌後盛稱：「放達有唐唯白傅，縱橫吾宋是黃州」；歐陽脩等人之詩文革新雖以摧廓崑體浮艷詩風爲主，但其論及楊、劉諸人，亦推崇其爲前輩，以爲宋詩自此「一變」，而黃庭堅更謂「王（禹偁）、楊（億）立本朝，與世作郛郭」，到底宋初三體對於宋詩之發展有何深遠影響？他們在建立宋詩之眞正特質方面有無貢獻？均有待吾人去抉發。

　　宋初詩歌的研究工作，或緣於北宋中葉之後的大家輩出，或囿於前此對其認識的誤差，故到目前爲止，此園地幾乎仍處於荒蕪階段。台海兩岸三地對歐陽脩之前的宋初詩歌作過全盤研究的不多，在國內除黃啓方先生《兩宋文史論叢》中有部分章節曾對宋初詩歌現象作過探討外，其他則極簡略，或僅論述其一小部分，如黃啓方之《王禹偁研究》、梁東淑之碩士論文《王禹偁及其詩》、王延杰之〈西崑體之盛衰〉、梅應運之〈宋初九僧詩考〉等，或因成書較早，取材多有未備；或因題材、篇幅限制，不曾充分發揮。所以，吾人想藉此以窺宋初詩歌發展，實亦有所不足；高雄麗文近期出版大陸學者曾棗莊之《論西崑體》一書，對西崑體一項雖有深入的探討，可惜購獲此書時，本文已近完稿階段，而且此書的缺失，主要於某些觀點仍有偏執現象，或者在部份資料證據薄弱下即作臆斷之辭，參閱取用不得不愼重。另外在較全面性的書籍部份，除近有重慶出版社印行之許總《宋詩史》，將整個宋代詩史作六個階段劃分，而將歐陽脩之前的北宋初期詩歌作第一編綜合敘述外，細部的流派則付之闕如，並且此書既以全部宋詩作六個階段的探討，在材料蒐羅與吸納消化方面著實稍嫌粗略，對於宋詩遞嬗變化彷彿之跡，只作了梗概的敘述。期刊論文部份，陳植鍔之系列論辯文章本來較具參考性質，如〈試論王禹偁與宋初詩風〉、〈宋

初詩風續論——兼答尹恭弘同志〉與〈宋詩的分期及標準〉等，對宋初的時代背景與文學環境稍有深刻的論述，可是在詩歌作品本身的闡發卻嫌不足；他如白敦仁之〈宋初詩壇及『三體』〉、尹恭弘之〈對《試論王禹偁與宋初詩風》的意見〉，或流於粗淺，或拘於意識立場，均對認識宋初詩風沒有積極性的建樹。所以，個人為了此一幾近研究眞空期的詩學作一深入了解，乃訂定《宋初詩風體派發展之研究》一題作為論文方向。

第二節　研究方法與範圍

宋初詩歌研究之園地既是如此荒蕪未闢，則現成資料之匱乏自可想見；然而現成資料之缺乏，並不意味所需素材不存在，只是有待墾荒者去開拓、挖掘而已。面對這片荒地，首先想到的是決定自己開拓的著力點，即確定研究範疇。因為以往研治宋詩者，多將注意力放在歐陽脩等人之詩歌改革運動之後；於是，乃決心來整治前面這一段荒廢階段。固然這將是吃力不討好的工作，但既是立志投身於學術研究，實不能坐享前人成果而不付出心力。如今既選定宋初詩壇為研究目標，首先即須釐清宋初詩風發展的大勢。元人方回在其〈送羅壽可詩序〉中，已將此期詩歌分為白體、晚唐體及崑體三種不同的流派，近人有因之者，亦有反對者。而本論文即欲藉此以探討其是非，並進而了解各詩歌流派形成、發展，以致其衰微的原因與歷程，於是決定以《宋初詩風體派發展之研究》為題，作一全面性探索。

文學表象是文化現象的一部份，它的形成與發展，跟當時的社會狀況及文化背景具有非常密切的關係。而文學表現的具體成績，便是傳世的作品，欲研究宋初詩風的發展，須先將此時代作家之作品充分瞭解方克有功。然而，宋代詩人之多、詩作之豐，實數倍於唐，欲一一披瀝，勢必費時耗神且未必有功，故而決定以方回〈送羅壽可詩序〉中所列宋初詩家為主，將其所有現存詩篇潛心閱覽，並於歷代詩話、

筆記小說及詩文集中廣蒐與宋初詩壇、詩人相關之資料，鉅細靡遺，慎加分類、審閱研判，以爲論述佐證；在論述方面，則以詩人之詩文集作爲主要依據，務求以作品印證作品、以作品印證風格思想。若探昔賢時彥說法佐證時，則以時代接近者及較具客觀性者爲先，以期較眞切地掌握宋初詩壇的眞象及其發展軌跡。

宋初詩歌，乃指自趙宋建國開始，迄仁宗時歐陽脩、梅堯臣、蘇舜欽等人推動詩文革新之前的詩歌。今人吳庚舜在〈加強宋代文學研究之我見〉中提到吾人研究宋詩時應有的思索方向爲：其一，面對唐詩這座豐碑，宋人是如何建立自己時代詩的豐碑的？其二，宋詩繁榮更爲具體的表現在哪方面？其三，詩人是在甚麼條件下促進宋詩繁榮的？其四，宋代詩話和宋詩繁榮有無關係？吳氏所提的第一個問題，乃是詩人自覺和文體發展本身的問題；其次則是關於詩歌創作的質和量的問題，即詩歌藝術內容開展與藝術特色、成就建立的問題；第三個則是詩歌發展與國家社會各項外在環境的依存關係；而最後一個問題則是提出文學創作的遞變發展與文學批評的互動關係。由於吳氏所提乃一般研治學術者所將面臨的問題，故而在論文撰寫、構思過程中不能不加以注意，以免失之偏頗。然而，本文既以《宋初詩風體派發展之研究》爲題，則於吳氏第四個問題無法正面觸及。

爲使宋初詩風作更眞切體貼的呈顯，本文除按各詩風體派出現之先後次序加以論述外，並依各體詩人生卒後先擇要敍述其詩歌內容、形式技巧及成就，尤其是在各詩風體派或個別詩人有較爲明顯之內容特色或藝術風格時，則盡量詳加敍述，並試圖探討其所以有如此詩歌內容形成如此藝術風格之成因。至於各種詩風體派在創作技巧及內容風格影響其後宋詩發展者，則詳細敍述，以揭舉各體派在宋詩發展過程中之價值及地位；至於各體派之間的流衍變化，及同樣流派諸詩家作品之間的異處，亦爲本文注意之處。唯因限個人才學日力，疏漏自知不免，進一步的訂正充實，則有待於後續的努力，以及碩學方家的教正！

第二章　宋初時代背景與詩壇概況

第一節　時代背景與文學環境

一、宋初社會與宋詩發展

在社會環境方面，我們可以說宋代是中晚唐的繼續，是一個承先啓後、繼往開來的時代。一方面內憂外患交乘，國勢積弱，使得關心國運、留意國計民生和世道人心之士爲之憂心忡忡，所謂「居廟堂之高則憂其民，處江湖之遠則憂其君」（范仲淹〈岳陽樓記〉）。另一方面，剛結束唐末五代的紛亂而建立起來的新統一局面，以及社會經濟和文化的進展，也同時爲這些士大夫們帶來一股鼓舞和建功的希望，這種精神狀態，和安史之亂後希望能恢復盛世，有著歷史的近似。而宋立國之初，雖實施高度的中央集權，但也大力網羅才學之士爲朝廷服務，故對士大夫較爲寬厚。太祖即曾勒石定三條戒律，明令「嗣君即位，入而跪讀」，其中第二條就是「不殺士大夫」，故宋代士大夫較受重視，享有較高的社會地位；而士大夫們也普遍地關心政務，將個人命運和朝政的得失緊密地結合在一起，期爲「社稷之臣」。即使不得其志或遭受迫害，也大都表現出忠貞強毅的精神，此即莊子所謂「身在江海之上，心居乎魏闕之下」（《莊子·讓王》），這對有宋一代的士

風和社會心理產生了極大影響。讀書人多保有我國古代士大夫愛國愛民、與世局休戚相關、明於義利之辨，重視立身大節的傳統；他們讀書多，勤於思考，好發議論，並擷取歷史經驗，酌古商今，補偏救弊，針對時政提出自己的政見與具體主張。〔註1〕換言之，宋代的士大夫們較能將自己的生活、生命與國家社會融合在一起，尤其是北宋的文士學者，普遍是具政治素養、並有輝煌事功的政治家。而文學創作是一種極爲敏銳的精神活動，因此他們的精神、思想，往往會在文學創作中得到相應的體現。

　　宋代文化的發展，是以儒學復興爲根柢，並廣泛吸納包括釋、道兩家的思想淵源，在各個領域都顯示出恢弘通達的意識與氣魄，有人認爲「華夏民族之文化，歷數千載之演進，而造極於趙宋之世」〔註2〕，而且宋文化的興盛是全面的，即連火藥、兵器、指南針、航海造船，抑或是農業生產、水利建設、醫學、瓷器、冶金、紡織、印刷等科技，都有突破性的發展，這顯示出：宋代是古代科學技術發展的高峰。〔註3〕換言之：中國的宋文化，是當時世界上極其光輝燦爛的。這種深闊的文化背景的本身，已爲宋詩的繁榮局面與創造精神提供了重要的前提與豐厚的土壤。然而緣於當時武功國力的靡弱屈辱，有人便認爲這種政治環境、學術環境與文壇風氣等，並不適合詩歌的發展。〔註4〕但是，實際上這種時代內容的反差與失衡，不僅未使宋代的文化衰落，反而促使更多人將注意力集中於學術文化之中，成爲它發展的一個重要的推動力。如清人厲鶚《宋詩紀事》一書所錄之詩人即達三千八百餘家，較之清康熙年間敕編的《全唐詩》所錄之詩人二千三百餘家，就多出一千五百餘家。而以今日大陸地區所蒐集編錄的《全宋詩》來看，詩人之數更超逾

〔註1〕參見謝宇衡〈宋詩臆說〉。
〔註2〕陳寅恪《金明館叢稿二編》頁245。
〔註3〕有關宋代科技方面的發展，可參見台北木鐸出版社民國七十七年九月初版之《中國科學文明史》一書第七章「古代科學技術發展的高峰」。
〔註4〕如胡雲翼的《宋詩研究》即是持此種看法。

九千人；且某些詩人的創作數量更是多得驚人，例如王安石、蘇軾、陸游、楊萬里等人的詩作動輒數千，甚至上萬，如果匯集起來，無疑數倍於《全唐詩》的四萬餘首。雖然，詩在宋代並非當令主流，唯這一數量的本身，便已決定了詩在宋代文學中不容忽視的地位。故今人許總在其《宋詩史》中便說：「宋詩的文化特性，表現爲那一特定歷史時期的社會狀況與時代精神的深層心理積澱，由此而造成其整體的運行軌跡與多樣的藝術風貌。宋詩瘦硬樸拙、清淡圓美，典雅持重、豪宕激越的風格並存，投身現實、內向自省、巨細兼容、樂觀冷靜的特徵多樣，正是其深層文化特性的多面反映與表徵。」（頁20）可見宋詩文化眞正與時代相結合，將時代精神思想內斂深化，成爲其表現內容的豐富源泉，亦爲其建立變化多采的風格打下厚實的基礎。而且由於宋人對於學術文化的熱切關注，其影響也是特別深遠的，嚴幾道〈與熊純如書〉即云：「中國所以成爲今日現象者，爲善爲惡，姑不具論，而爲宋人所造就，十八九可斷言也。」〔註5〕

　　在此值得一提的是：宋代詩歌所以能夠蓬勃興盛，除了詩本身「可以興，可以觀，可以群，可以怨」的特質頗受士大夫尊崇眷寵之外，宋初帝王的愛好提倡，亦爲詩的發展，帶來莫大的助力。《後山詩話》中即有這麼一段記載：

> 王師圍金陵，唐使徐鉉來朝。鉉伐其能，欲以口舌解圍，謂太祖不文，盛稱其主博學多藝，有聖人之能。使誦其詩，曰：「秋月之篇，天下誦傳之，其句云云。」太祖大笑，曰：「寒士語耳，吾不道也。」鉉內不服，謂大言無實可窮也，以請。殿上驚懼相目。太祖曰：「吾微時自秦中歸，道華下，醉臥田間，覺而月出，有句曰：未離海底千山黑，纔到天中萬國明。」鉉大驚，殿上稱壽。（《苕溪漁隱叢話・前集》卷二十五引）

太祖此詩詠月，氣象宏偉壯闊，難怪南唐才子徐鉉也當場折服。至於宋太宗，尤好詩文，常以太平天子自視，劉攽《中山詩話》云：

〔註 5〕龔鵬程《江西詩社宗派研究》引。

> 太宗好文，進士及第賜文喜宴，常作詩贈之。景祐朝因以
> 爲故事。

宋太宗一朝，文臣武將以能詩而受拔擢賞賜之例甚多，如吳處厚《青箱雜記》即記載武將曹翰因爲能詩而連升數官的佳話：

> 曹翰江南歸環衛，數年不調。一日内宴，侍臣皆賦詩。翰
> 以武人，獨不預。乃陳曰：「臣少亦學詩，乞應詔。」太宗
> 曰：「卿武人，以刀字爲韻。」因以寄意曰：「三十年前學
> 六韜，英名常得預時髦。曾因國難披金甲，不爲家貧賣寶
> 刀。臂健尚嫌弓力軟，眼明猶識陣雲高。庭前昨夜秋風起，
> 羞見蟠花舊錦袍。」太宗爲遷數官。

武官以能詩擢遷，詩人以詩受君王賞識之例更屢見不鮮，尤其太宗、眞宗酷好詩歌，公餘宴饗，時賜近臣詩作，亦常命臣子和作，對有突出表現的詩人格外禮遇，如眞宗覽王禹偁〈千葉石榴花〉詩，大爲讚賞，歎爲眞才；對楊億、錢惟演等能詩之大臣，亦倍加禮遇。如此上行下效，詩歌的風行，乃屬必然。

二、宋初文學環境與詩體的發展

　　文學是爲一種精神、思想形態的表現，而詩歌的抒情言意，更成了「文學作品是否反映了該時代現實生活的重要標幟」﹝註6﹞，但這並不表示文學的發展會和社會、政治、經濟的發展完全一致，當然也與朝代的更替沒有必然的關係。今人朱大成在其〈論宋詩的歷史地位〉一文中指出：「評價一代詩歌，第一要看它的內容，然後再衡量其藝術成就。……宋詩繼承和發揚了中國古典詩歌的現實主義傳統，在反映社會生活、揭示社會矛盾方面的作用是不可低估的。」文學是否該爲現實服務，自來多有爭論，但宋詩在反映社會生活、刻劃現實方面的成績的確不俗；日人吉川幸次郎也說：「宋人爲了要盡量反映多方面的事實，往往有先從日常或身邊物事入手的傾向。」﹝註7﹞不管是

﹝註6﹞見江上春、江山紅〈宋詩不應輕視──與蘇者聰同志商榷〉。
﹝註7﹞見吉川幸次郎著《宋詩概說》序章第四節。

擔憂國事政局、擿發譴謫宦情，或痛詆奸佞邪辟、關懷民生疾苦，這些都在在說明宋代詩歌創作與社會現實緊密結合的程度。

但若純就宋初開國四十年間的詩文而論，實遠不及後世質量兼備的水準，這固然可說是詩壇沒有出現如蘇軾、王安石、黃庭堅、陸游等卓然大家，拉拔開拓宋初詩境、詩格，但是當時尚未形成理想的文學環境，或許才是滯過整體詩歌水準的最大因素。

自趙匡胤陳橋兵變，黃袍加身，建立趙宋王朝後，其實整個中原尚未完全脫離兵燹，在太祖、太宗二朝，還在繼續進行統一的戰爭。而為防止重蹈晚唐五代分裂割據局面的再現，太祖決定了重文抑武的政策，致力於農業建設、文教振興，與民修養生息。但前此數十年的戰亂，使得經濟、文化無法在短時期內復甦，以致文化水準顯得較為低落。如《宋史·路振傳》云：

> 淳化中舉進士，太宗以詞場之弊多事輕淺，不能該貫古道，因試〈危言日出賦〉，觀其學術。時就試者凡數百人，咸愕眙忘其所出，雖當時馳聲場者亦有難色。〔註8〕

宋至太宗淳化已歷三十餘載，而就試之舉子竟不知「危言日出」語出《莊子·天下篇》，其素質之低可以想見。而宋初的文士，多來自後周（如和峴、和㦤兄弟、趙鄰幾等）、南唐（如徐鉉、刁衎、陳彭年、張洎等）、後蜀（句中正等）。梁、唐、晉、漢、周之文風柔靡，前後蜀多淫艷之詞，南唐多感傷之調，他們的文風也多少影響了當時的詩文風氣。

另外，我們從文學自身發展的方面來看：任何一個時代的文學，都不是一無依傍的，它絕不能離開歷史發展的軌跡，特別是與它相連的前代風氣的影響共不容輕忽。宋代詩歌由於在處在唐詩盛況之後，似乎一切好詩都被做盡，故宋代詩歌想要有其獨特面貌，實並非易事，尤其是宋初詩壇整個籠罩在唐詩的強大壓力之下，一時要完全摒

〔註8〕　案此事王禹偁《小畜集》卷一亦有記載，其〈危言日出賦〉詩即為此而發。

除唐詩的影響，簡直是不太可能。魯迅在其《書信集‧致楊霽雲》中曾云：「一切好詩，到唐已被做完」，處在這種艱困的創作環境中，詩人欲對唐詩有所突破，洵非易事，故清蔣士銓在其《忠雅堂集》卷十二〈辨偽〉中感歎：「宋人生唐後，開闢真難為」。此一歷史課題，沉重地擺在宋代詩人面前，他們一方面不得不師法前人，以厚實基礎；一方面又不得不面對現實，開闢一條屬於自己的路。師法前人，側重在藝術表現和語言技巧的追求，則易流於形式的講求，也不可能不受到當時極繁盛的散文的影響；而走自己的路，側重於思想內容和詩境的開拓，有賴於深刻地反映現實生活，且不可能不受到時代精神的約束和影響。而這兩方面，都有可能導向有別於「唐音」的創新。〔註9〕王文濡《評註宋元明詩‧序》云：「歌謠為詩之鼻祖，一變而為三百篇，再變而為騷，……自其短言之，三百篇以下，誰謂無疵之可議；而自其長言之，一代有一代之面目，一人有一人之精神。」以此泛論各時代詩風雖可成理，然而是否各時代即有明顯不同的特色，有時亦未必盡然。如宋初六十餘年詩壇，即籠罩在唐代詩風尤其是晚唐詩風之下，其所體現的亦是晚唐詩風的延續。這是宋初詩體面對時代環境的限制，不得不然的發展。

第二節　宋初詩壇概況

一、宋詩分期略說

趙宋自建國迄亡於蒙元，約歷三百餘載（960～1279）。在此長逾三個世紀的歲月當中，國家曾經物阜民豐，歌臺舞榭、管絃不輟，但更長時期是內憂外患不斷。且北宋末年曾蒙靖康之難，以致朝廷渡江南遷，偏守東南半壁。如此變化複雜的時局，使得作為反映社會現實的文學作品，內容便因此而隨之豐富多采，風貌也自然異樣多姿，宋

〔註9〕　參見謝宇衡〈宋詩臆說〉。

詩雖非時代主調，但卻是創作人數最多，產量最宏的文學體裁，所反映的社會面貌是全面而且不容置疑的。

　　最早提出宋詩流派的是南宋的嚴羽，他在《滄浪詩話‧詩辯》中，即將宋人學唐的不同對象道明，另在同書〈詩體〉章則論宋詩之體有東坡體、山谷體、后山體、王荊公體、邵康節體、陳簡齋體、楊誠齋體等，只是並未明確將宋詩依時代來分期。後來根據嚴羽論點，將宋詩分派而較著名的有：元代戴表元《剡源戴先生文集‧洪潛甫詩集序》分宋詩爲白居易、李義山、梅堯臣、黃庭堅、四靈幾個流派；袁桷《清容居士集‧書湯西樓詩後》分宋詩爲歐、梅、臨川、眉山、江西、道學、四靈等六個流派；方回《桐江續集‧送羅壽可詩序》則分爲白體、崑體、晚唐、歐陽、梅堯臣、王安石、蘇軾、江西、道學等九個流派。到清人宋犖的《漫堂說詩》更對前人說法做進一步發揮，其第十二則說：

> 唐以後詩派，歷宋、元、明至今，略可指數：宋初晏殊、錢惟演、楊億號「西崑體」。仁宗時，歐陽修、梅堯臣、蘇舜欽謂之歐、梅，亦稱蘇、梅，諸君多學杜、韓。王安石稍後，亦學杜、韓。神宗時，蘇軾、黃庭堅謂之「蘇、黃」。又黃與晁補之、張耒、陳師道、秦觀、李廌，稱「蘇門六君子」。庭堅別開「江西」詩派，爲江西初祖。南渡後，陸游學杜、蘇，號爲大宗。又有范成大、尤袤、陳與義、劉克莊諸人，大概杜、蘇之支分派別也。其後「江湖」、「四靈」徐照、翁卷等，專攻晚唐五言，益卑卑不足道。

宋犖這段話已將宋詩流派案其發展、變遷說的較全面些〔註10〕，但仍未將宋詩作明顯的分期。

　　清代全組望在《宋詩紀事‧序》中曾說出他對宋詩各時期風格不同的看法，不過他並沒有強爲分期，只是道出其間的重大變革。他說

> 宋詩之始也，楊（億）、劉（筠）諸公最著，所謂西崑體者

〔註10〕有關宋詩流派的敘述，張白山《宋詩散論‧論宋詩流派》一文有較詳盡的論列，可參看。

也。慶曆（仁宗，1041～1048）以後，歐（陽修）、蘇（舜
欽）、梅（堯臣）、王（安石）數公出，而宋詩一變。涪翁
（黃庭堅）以崛奇之調，力追草堂，所謂江西詩派者，而
宋詩又一變。建炎（高宗，1127～1130）以後，東夫（蕭
德藻）之瘦硬，誠齋（楊萬里）之生澀，放翁（陸游）之
輕圓，石湖（范成大）之精緻，四壁俱開。及永嘉徐（照）、
趙（師秀）諸公，以清虛便利之調行之，則四靈派也，而
宋詩又一變。嘉定（寧宗，1208～1224）以降，《江湖小集》
盛行，多四靈之徒也。及宋亡，而方（鳳）、謝（翱）之徒，
相率爲迫苦之音，而宋詩又一變。

全氏將宋詩的發現視爲「四變」，一變是宋仁宗慶曆以後；二變是在
黃庭堅和江西詩派崛起之時；三變是在四靈派出現以後；第四變是宋
末。此段敘述大致上已將宋詩概括爲幾個不同時期，可以說是後來宋
代詩歌分期的雛形，只是他在南渡詩人和四靈派之間未作明顯區分罷
了。而隨後紀昀在《四庫全書總目提要》中，則對宋詩之遞嬗有較明
確的說明：

宋承五代之後，其詩數變，一變而西崑，再變而元祐，三
變而江西。江西一派由北宋以逮南宋，其行最久，久而弊
生，於是永嘉一派以晚唐體矯之，而四靈出焉。(卷一六五〈雲
泉詩提要〉)

經紀氏此說之後，宋詩發展的脈絡已極明顯，而分期之說漸成形。

後世學者在宋詩分期上，最早標舉分期大纛的是清末民初的陳
衍，他在編輯《宋詩精華錄》時，即比照唐詩的分法，將宋詩也區分
爲初、盛、中、晚四期。此書開宗明義說：

此錄亦略如唐詩，分初、盛、中、晚。……今略區元豐、
元祐以前爲初宋，由二元盡北宋爲盛宋，王、蘇、黃、陳、
秦、晁、張具在焉，唐之李、杜、岑、高、龍標、右丞也；
南渡茶山、簡齋、尤、蕭、范、陸、楊爲中宋，唐之韓、
柳、元、白也；四靈以後爲晚宋，謝皋羽、鄭所南輩，則
如唐之有韓偓、司空圖焉。此卷係初宋，西崑諸人，可比

　　王、楊、盧、駱；蘇、梅、歐陽，可方陳、杜、沈、宋，

　　宋何以甚異於唐哉！（卷一，頁 1）

陳衍此處所言，正揭櫫自己對於宋代詩歌分期的見解，是因於唐詩的
分期的標準，將宋代詩人以成就、風格和氣韻方之唐代諸賢，而作如
此分期，因為他認為「詩莫盛於三元：上元開元（唐玄宗年號），中
元元和（唐憲宗年號），下元元祐（宋哲宗年號）」〔註11〕，是故對宋
詩特別尊崇。

　　陳氏的這種分期法，雖然有人認為「顯然是形而上學，不符合歷
史的實際情況」〔註12〕，但不可否認的：近來研究宋詩的學者，對於陳
氏分期方式多持肯定的態度。雖或略有見解出入者，亦不過是在陳氏基
礎上作較精密的區分、改動而已，茲列舉三則今人的看法，以見一斑：

（一）房開江《宋詩》分宋詩為五期

1. 北宋初期（960～1022）：由晚唐五代詩風向宋代詩風形成的
　　過渡時期。

2. 北宋中期（1023～1085）：宋詩的大變革時期，也可說是「以
　　文為詩」的宋代詩風形成的時期。

3. 北宋後期（1086～1127）：江西詩派影響詩壇的時期。

4. 南宋前期（1128～1210）：愛國主題是這一時期詩歌創作的基
　　調，此期號稱宋代詩歌創作的中興時期。

5. 南宋後期：這一時期，一方面是四靈詩派、江湖詩派活躍時
　　期，另一方面是文天祥等人的愛國詩篇使宋末詩壇顯現生氣
　　的時期。

此說與陳氏最大的不同，乃在將初宋與盛宋融合打散，二分為

〔註11〕見陳衍《石遺室詩話》卷一。

〔註12〕張白山語，見上舉書頁 29。另吳庚舜〈加強宋代文學研究之我見〉
　　　　亦認為四宋分期並不十分精確，但承認：如按四分時間來看宋詩的
　　　　興衰變化，唐宋確有相類似之處。像唐詩發展有兩個高峰，一在盛
　　　　唐，一在中唐；宋代詩歌發展也有兩個高峰，一在北宋中葉及其後，
　　　　一在南宋前期，宋詩的繁榮景象主要表現在這兩個時期。

三，將初宋中的最富詩文改革氣息的歐陽脩、蘇舜欽、梅堯臣諸人，以及盛宋中繼承詩文改革重任的大將王安石、蘇軾等人抽離出來，特別成立北宋中期，以凸顯宋詩改革運動對形成真正宋代詩風的重要；盛宋餘者，多屬江西詩派作家，故房氏讓其單獨成立，以顯現江西詩派對宋詩的影響；至於南宋的分期，則無多大歧異，唯名稱不同罷了。

（二）胡念貽〈略論宋詩的發展〉則分為四期（每個時期又各分為兩個階段）

1. **北宋前期：即從北宋開國到英宗末（960～1067）。**

   （1）第一階段：是太祖、太宗、真宗三朝，基本是偏於消極地接受唐詩影響，還沒有來得及作積極的創造發展的階段。當時詩人效法的對象主要是中晚唐的詩人白居易、賈島和李商隱等。

   （2）第二階段：為仁宗、英宗兩朝，以蘇舜欽、梅堯臣、歐陽脩為主，共同傾向和特點是重視思想內容，反對片面地追求形式技巧；多作古體，好發議論，開啟以議論為詩風氣。

2. **北宋後期：即從神宗初到北宋末（1068～1127）**

   （3）第一階段：是神宗、哲宗元祐時期，主要以王安石、蘇軾為代表，此期詩人多受歐陽脩影響，在以文為詩、以議論為詩方面超越宋代其他詩人。

   （4）第二階段：為哲宗、徽宗、欽宗時期，代表人物是黃庭堅和江西派詩人。主要用力於詩歌形式技巧、詩律、用典等方面的研究。

3. **南宋前期：為南渡初到寧宗開禧末（1127～1207）**

   （5）第一階段：為高宗朝，特點是詩人皆宗江西，而想糾正江西詩派的一些流弊，重要詩人有呂本中、陳與義、曾幾等。

   （6）第二階段：為孝宗、光宗、寧宗時，主要詩人為尤袤、楊萬里、范成大、陸游等南宋四大家。此階段為宋詩第二個

最繁榮期，有成就的詩人都在力求突破江西詩派的限制。

4. **南宋後期：即從寧宗嘉定初到南宋末（1208～1279）**

（7）第一階段：為寧宗、理宗時期，主要有四靈派和江湖詩派。此期詩人為矯江西詩派之弊，故宗晚唐賈島、姚合，唯其詩表現局度狹小，氣格卑弱。

（8）第二階段：宋詩發展的最末階段，時當宋亡前後，代表作家有文天祥、謝翱、林景熙、鄭思肖、汪元量等。此階段詩人從四靈、江湖派專寫自然景物和個人人感觸的狹小天地中擺脫出來，寫他們的戰爭經歷或黍離麥秀之思。

　　胡氏的分法大體遵循陳氏之說，而在每時期之內再加細分而已，雖然有人說他是對宋詩分期談得較為細密的﹝註13﹞，但有人認為如此「仿照唐詩的發展過程給宋詩分期，宋詩自身的特點也就跟著淹沒在唐人的光芒之中了」。﹝註14﹞以上兩種分法相較之下，房氏的五分法各時期的詩風特色較顯著，而胡氏的八階段分法雖較精密但稍嫌瑣碎，但有人仍對此種分法不以為然，下述陳植鍔即為其中代表。

（三）陳植鍔〈宋詩的分期及其標準〉分為六期

1. **沿襲期：由宋太祖建隆元年至仁宗天聖八年（960～1030）**

　　這時期的詩歌創作，風格上主要沿襲唐人，流派有白體、晚唐體、西崑體等。

2. **復古期：由仁宗天聖九年至嘉祐五年（1031～1060）**

　　此期以梅堯臣、蘇舜欽、歐陽脩等為主，主要宗旨是反對講究形式，注重詩歌的思想內容。

3. **創新期：由仁宗嘉祐六年至徽宗建中靖國元年（1061～1101）**

　　嘉祐五年梅堯臣卒，前此一年王安石以其名作〈明妃曲〉轟動詩壇，後此一年蘇軾登第，宋詩也就進入王安石、蘇軾、黃庭堅等人為

﹝註13﹞參見劉乃昌〈關於宋詩評價的討論綜述〉。
﹝註14﹞陳植鍔語，見氏撰〈宋詩的分期及其標準〉。

代表的創新期。這一時期是宋詩創作的鼎盛時期，也是宋詩的第一個高峰期，其特點是大家多，個人風格顯著。

4. 凝定期：從徽宗建中靖國二年至南宋高宗紹興三十一年（1102～1161）

此期詩風的主要代表即所謂的江西詩派，但不包括黃庭堅和陳師道等前期作家。此期詩人著重在句法、用典方面琢磨，使黃、陳時期創立的詩體僵化，詩壇也呈現凝定膠著狀態。

5. 中興期：由高宗紹興三十二年至寧宗慶元六年前後（1162～1200）

以這一時期詩壇的復甦和繁榮情況看，其成就僅次於北宋時代的創新期，形成宋詩的第二個高峰。代表人物即所謂的「中興四大詩人」陸、范、楊、尤。此期詩人多從江西體入手，但很快就從流派的束縛中獨立出來。朱熹和以他爲代表的理學詩派，也在此時開創。

6. 飄零期：由寧宗嘉泰元年至元初（1201～十三世紀末）

永嘉四靈和江湖詩派爲此一時期詩風的主要代表。他們所崇尚的是晚唐賈島、姚合等人清苦冷僻的詩風。此期後半段有文天祥、謝翱等愛國志士的詩篇。

陳植鍔此種宋詩分期，雖自言以六個標準（一、體現宋詩自身發展的特點；二、打破舊王朝體系的框架；三、兼顧詩歌風格流派的演變；四、重視作家活動年代的順序；五、辨識前人成説的正誤；六、注意社會文化背景的影響）考量劃分，但其他大架構仍是一本陳衍的四期說，只是大致把初宋區分爲沿襲期、復古期，將盛宋析判爲創新期和凝定期，故實際上未脫陳衍的影響，頂多只能說是陳衍說的改動。

詩歌的分派，吾人應注意此派對舊傳統是否有所突破或有所創新，並應注意詩人在文藝思想、創作方法、表現手法、藝術技巧和美學觀點上是否具有一定的同質性及其個別的差異性。在作詩歌的分期時，也應注意詩歌的發展、遞嬗和變化，找出其關鍵的轉捩點，不能

因牽就朝代的交換或時代的變遷而強套格式，而僵化了原來應有的面貌。當然，國家社會政治、經濟、文化等的重大變革，對詩風的表現也會起相當程度的影響，所以在研究分期時也不能加以疏忽。

二、對中晚唐詩之承襲

宋初詩歌由於詩本身發展的規律，它並未隨著趙宋的易祧建國而具有嶄新獨特的風貌。在太祖、太宗、真宗三朝（960～1021）的整個北宋初期，從晚唐延續至五代的詩風，一直籠罩著詩壇，很少受到宋代掃除殘唐五代餘氛的衝擊。特別是建國之初，文苑政壇多為五代耆舊，故浮艷孱弱之風瀰漫，鄙俚積弊浸染難移，因此蘇頌在《小畜外集・序》中慨歎道：

> 竊謂文章末流，由唐季涉五代，氣格摧弱，淪於鄙俚。國
> 初屢有作者，留意變風，而習尚難移，未能復雅。

事實上，不僅宋初詩歌之延續唐代詩風，連宋初文化亦絕類晚唐，呂思勉即主張「唐中葉後新開之文化，固與宋當畫為一期者。」（《隋唐五代史》第二十一章）龔鵬程《江西詩社宗派研究》亦承襲呂氏說法，以為「論詩而不知中唐之變則已，若論其為變，則雖謂中唐以下一切文化及歌詩皆屬宋詩、皆屬宋文化，亦無不可。」（第二卷、頁68）由此更可知道：宋初詩壇未形成獨具特色的「宋調」，卻大規模承襲晚唐詩風，乃大環境的限制和詩歌自身發展規律所造成的。

另則清翁方綱《石洲詩話》云：「宋人精詣全在刻抉入裏，而皆從各自讀書學古中來，所以不蹈襲唐人也。」（卷四，頁3）今人繆鉞《詩詞散論・論宋詩》也說：「（宋人）變唐人之所已能，而發唐人之所未盡。」似乎宋代詩歌的發展並不因唐詩之璀璨輝煌而受其影響；更有甚者，則認為宋詩之成就就遠遠逾越唐詩，如明代之都穆即說：

> 昔人謂詩盛於唐，壞於宋，近亦有謂元詩過宋詩者，陋哉
> 見也！劉後村云：「宋詩豈惟不媿於唐，蓋過之矣！予觀
> 歐、梅、蘇、黃、二陳，至石湖、放翁諸公，其詩視唐未
> 可便謂之過，然真無媿色者也。元詩稱大家必曰虞、楊、

范、揭，以四子而視宋，特太山之卷石耳。」方正學詩云：
「前宋文章配兩周，盛時詩律亦無儔。今人未識崑崙派，
卻笑黃河是濁流。」又云：「天曆諸公製作新，力排舊習祖
唐人，麤豪未脫風沙氣，難詆熙豐作後塵。」非具正法眼
者，烏能道此？（《都玄敬詩話》卷四，頁3）

這對喜愛宋詩、擁護宋詩者而言，或許會有欣然共感，但事實上唐音
宋調各有所長，而且宋詩是建立在唐詩的基礎上發展，這是眾所周知
的事實。嚴羽在《滄浪詩話·詩辯》中即明白說道：

國初之詩，尚沿襲唐人，王黃州學白樂天，楊文公、劉中
山學李商隱，盛文肅學韋蘇州，歐陽公學韓退之古詩，梅
聖俞學唐人平淡處。至東坡、山谷始自出己意以為詩，唐
人之風變矣。山谷用工尤為深刻，其後法席盛行，海內稱
為江西宗派。近世趙紫芝、翁靈舒輩，獨喜賈島、姚合之
詩，稍稍復就清苦之風。江湖詩人多效其體，一時自謂之
唐宗。

從宋人自己對本朝詩歌發展的敘述中，我們可以清楚地瞭解到：唐詩
對宋詩的影響可說是無遠弗屆、綿密深遠的。尤其是時處晚唐、五代
之後的宋初，承襲唐風的現象更加明顯。清姚鼐〈五七言今體詩鈔序
目〉便云：

西崑諸公之儗玉谿，但學其隸事耳，殊滯於句下，……其
餘宋初諸賢，亦皆域於許渾、韋莊輩境內。（《西崑酬唱集箋
注》頁七七引）

龔鵬程《江西詩社宗派研究》也說：

五代宋初，以晚唐為主，詩學賈島；王禹偁出，始返之於
長慶。西崑繼起，標準義山，風格一變。已而梅蘇歐王等，
揭櫫韓李、推尊老杜，宋詩之基本風格乃定。（第一卷，頁2）
〔註15〕

〔註15〕案龔氏之說似按宋初詩風興起之先後順序敘述，如此則有可議之
處，蓋若案其說，則晚唐體詩風之流行先於王禹偁等之白體詩風，
然究之事實，則宋初詩風之流行當以白體詩為先也。宋《蔡寬夫詩

不管是學李、杜，或義山，或長慶，或賈島，凡此皆證明宋初詩風遵循、沿襲中晚唐詩風的事實。

　　錢鍾書在《宋詩選注‧序》中曾針對宋代詩歌的優缺點作了一些敘述，雖然屬文學批評範疇，但卻可以看出宋詩對唐詩的摹擬和依賴。他說：

> 有唐詩作榜樣是宋人的大幸，也是宋人的大不幸。看了這個榜樣，宋代詩人就學了乖，會在技巧和語言方面精益求精；同時，有了這個好榜榜，他們也偷起懶來，放縱了摹擬和依賴的惰性。……憑借了唐詩，宋代作者在詩歌的「小結裹」方面有很多發明和成功的嘗試，譬如某一個意思寫得比唐人透徹，某一個字眼或句法從唐人那裏來而比他們工穩，然而在「大判斷」或者藝術的整個方向上沒有什麼特著的轉變，風格和意境雖不寄生在杜甫、韓愈、白居易或賈島、姚合等人的身上，總多多少少落在他們勢力圈裏。

宋詩不僅是在「技巧和語言」方面學唐詩，而且在內容、精神方面也是有所沿續，林厚澧〈試論宋詩的現實主義和平淡自然風格與唐詩的繼承關係〉一文即指出：「宋詩繼承和發展唐詩的現實主義優良傳統」，其突出表現為「強烈的時代精神」和「強烈的愛國精神」。林氏所言雖偏於指白體詩在宋代的闡發，但套在像宋初白體詩人王禹偁等人身上，依然適用。

　　許總在其《宋詩史》中談到宋詩承襲晚唐的現象時，曾對宋人當時的心理狀態加以剖析，可以幫助我們更深入了解二者的承繼關係與其間的一些差異。他說：

> 宋初在承襲晚唐的同時，已生成了趨變基因，宋末晚唐詩風的復現，更是南宋詩風變革的直接結果。同時，這種對前代的承受，對宋人來說，是一種自覺的人文文化的接受，表現為理性的心理狀態，這種理性心態的外露，甚至形成

話》云：「國朝初，沿襲五代之餘，士大夫皆宗白樂天，王黃州主盟一時。」即此明證。

> 宋詩藝術表現的基本特徵之一。宋詩史首尾階段與中期典
> 型「宋調」之間的藝術風格方面的差異，在理性精神與人
> 文特性方面其實是一脈相承的初始、光大、衰落的關係。
> 從總體上看宋詩與唐詩的關係，與其說是風格的變異，不
> 如說是觀念的轉換。（頁 21）

許氏之言明白點出：宋初雖以承襲晚唐為起點，但這是一種「自覺的
人文文化的接受」，是「理性的心理狀態」，當宋詩在承續晚唐的同時，
在其深層已生成了整個宋詩史最顯著特徵的基因，此即為變革精神的
基因。唯不管是「風格的變異」或「觀念的轉換」，宋初詩之沿襲唐
詩尤其是晚唐詩，實在是明顯而深刻的。

　　繼唐詩之後，宋詩所以能在中國詩史上獨樹一幟，並且影響後
世，其因素當然很多，但宋人大多沒有脫離現實，且運用他們具有獨
特風格的詩歌，反映宋代各項與唐代均有重大差異的社會現實，擴大
創作題材，或將唐人已接觸過的題材反映得更細緻、更貼切、更深入，
闡發人生大義、哲思理趣、感諷國事興衰之道等，以形成和唐詩不同
內涵的宋代詩歌。另外，面對「好詩已被唐人寫盡」的文學形勢，宋
代詩人仍堅韌不拔、努力地探索，以求詩歌的進一步發展，而以散文
入詩、以議論入詩等表現手法，便使得宋詩的表現力更為擴大，更多
樣化，以致形成宋詩有別於唐詩的特殊風貌。這些努力雖然在宋初沒
有很顯著的表現，但至少像白體中的王禹偁等人已略具雛形了。而為
後世所詬病的詩作大量用典以矜奇炫博、追求「無一字無來歷」的風
氣，不只江西詩派為然，宋初的西崑體詩已肇其端。或許有人訕議「宋
人於詩無所得」、「終宋之世無詩」〔註16〕，以為宋詩「一反唐人規律，
所以味同嚼臘」〔註17〕，但這到底是以唐詩為圭臬的一偏之見，而且
於此也突顯出宋詩之異於唐詩風貌。繆鉞《詩詞散論‧論宋詩》即云：

〔註16〕前句語出李東陽《麓堂詩話》（收錄於《歷代詩話續編》下冊）；後
　　　　句為明陳子龍《陳忠裕公全集》卷二十五〈皇明詩選序〉云：「宋人
　　　　不知詩而強作詩，故終宋之世無詩。」
〔註17〕見蘇者聰〈宋詩怎樣一反唐人規律〉一文。

「就內容論，宋詩比唐詩更為廣闊；就技巧論，宋詩較唐詩更為精細。然此中實各有利弊，故宋詩非能勝於唐詩，僅異於唐詩而已。」宋詩雖非能勝於唐詩，但在唐詩的基礎上形成自己的等色，「有自己的創新」。〔註18〕倘若宋詩規規於唐詩蹤跡，則詩壇雖可減少雜響，但卻會失去不少光釆、減損許多興味，蓋因「唐詩多以丰神情韻見長，宋詩多以筋骨思理見勝」〔註19〕，春花秋月各有偏勝而終歸於美好，無怪清蔣士銓要讚歎「唐宋皆偉人，各成一代詩」〔註20〕，宋代詩人之努力，仍然值得後世喝采！

三、宋初詩壇概況

　　宋代詩歌與中晚唐詩的承襲關係以及宋詩分期情況既略如上述，吾人可以發現：各家對宋代最初的詩歌流派，除了陳衍是將初宋期劃分長達約一百二十年（960～1077）外，其餘諸家多將此百來年的時間再區分出以王禹偁、九僧、楊億等為主的北宋前期第一階段（或稱沿襲期），與以歐陽脩、梅堯臣、蘇舜欽等人為主的北宋前期第二階段（或稱復古期）。或將歐、蘇、梅等人與王安石、蘇軾同列，合稱北宋中期（或稱創新期）。〔註21〕本篇論文以〈宋初詩風體派發展之研究〉名題，所要探討的「宋初」時代斷限，其實就是房開江所謂的「北宋初期」、胡念貽所分的「北宋前期第一階段」、或陳植鍔所歸納的「沿襲期」。

　　關於北宋初期的詩壇，較早的記載有楊億的《文公談苑》，他曾列舉包括宋初三代詩人的名目及其選句，共計三十九人：其稱「前輩」者，有楊徽之、梁周翰等五人；稱「儕流」者，有鄭文、薛映等十人；

〔註18〕房開江《宋詩》頁143。
〔註19〕錢鍾書《談藝錄》頁2
〔註20〕見蔣士銓《忠雅堂詩集》卷十三〈辯詩〉。
〔註21〕不管是稱復古期或創新期，其實這階段的詩風和成就都是很難截然劃分的，所以吳小如〈宋詩漫談〉將宋仁宗慶曆年間到南宋初年的這段時間名為「變唐期」，以區別當代的精神風貌。

稱「後來著聲」者，有路振、錢熙等二十四人。至於顯達如李昉、寇準，處士如楊朴、魏野、郭震、潘閬，緇流如九僧，則尚未道及。《文公談苑》所舉詩人，除徐鉉、王禹偁、劉筠、錢惟演、林逋外，一般鮮少有人提到。〔註22〕而南宋的嚴羽在《滄浪詩話・詩辯》中則以「詩必盛唐」的觀點，在提及宋初詩歌發展時只述及「王黃州學白樂天，楊文公、劉中山學李商隱」等寥寥數語，由此實無足以瞭解宋初詩壇的全豹。對於宋初詩壇的活動，元初學者方回在《桐江續集》卷三十二〈送羅壽可詩序〉中的敘述最為詳盡，他說：

> 宋剗五代舊習，詩有白體、崑體、晚唐體。白體如李文正、徐常侍昆仲、王元之、王漢謀；崑體則有楊、劉《西崑集》傳世，二宋、張乖崖、錢僖公、丁崖州皆是；晚唐體則九僧最逼真，寇萊公、魯三交、林和靖、魏仲先父子、潘逍遙、趙清獻之徒，凡數十家，深涵茂育，氣勢極盛。

嚴羽的敘述過分強調「詩必盛唐」說，故詳此略彼，不免失之片面。而方回〈送羅壽可詩序〉，則囊括了北宋初期李昉、徐鉉、王禹偁等主要詩人，雖然仍有其不足之處〔註23〕，但整體來說，還是比較全面、客觀的；而且他還明確地標舉：宋初詩壇，依詩風區分，有「白體」、「崑體」和「晚唐體」三個體派，這是明確可取的論斷。翁方綱《石洲詩話》以為方氏雖「以西江體裁量後先諸家」，但其所分「宋初諸公」的詩風體派「皆是」，而未置一詞。〔註24〕然而，誠如陳植鍔在〈試論王禹偁與宋初詩風〉一文中所指出的：方氏最大的缺陷，是「只羅列三個詩派，而沒有區別年代的先後，遂造成了宋初三派詩風並存

〔註22〕見白敦仁〈宋初詩壇及『三體』〉頁五十七引。
〔註23〕至於方氏之說的不足之處，最明顯的是分派的標準不一致：如崑體，若依風格分，就不應把張詠、丁謂列入；如果以《西崑酬唱集》中是否載有詩篇作為分派的標準，則不應把二宋列入，陳植鍔〈試論王禹偁與宋初詩風〉一文亦有同樣的意見，可參看。
〔註24〕引文見《石洲詩話》卷五，顧嗣立《寒廳詩話》卷一亦稱讚方回所論宋詩源流甚詳，但對於方氏的立場，則和翁方綱的見解相同，以為方氏是「祖江西而祧晚唐」。

的錯覺」。

　　近代許多有關宋初詩壇的記述，其實是錯誤的，他們的盲點主要是對宋初詩風興起的先後、以及古文運動先驅者與西崑詩人們的時代先後不清楚，以致敘述多所凌亂失實之處。在大陸方面所出版的文學史方面，如中國社會科學院文學研究所編《中國文學史》頁548云：

　　　　宋初詩文主要是繼承了晚唐、五代的風氣，詞藻典麗而內
　　　　容空虛，以至形成西崑體。而以柳開、穆修爲代表的一派，
　　　　則反對當時流行的這種傾向。

遼寧大學中文系編《中國文學史稿》頁191云：

　　　　在北宋初年是盛行四十多年的西崑體。……在同時期裏有
　　　　以王禹偁爲代表的進步詩人與之抗衡。〔註25〕

朱靖華、李永祜主編《簡明中國文學史教程》頁307云：

　　　　在晚唐五代革靡文風於宋初繼續發展的同時，有柳開、穆
　　　　修、王禹偁爲代表的一派，與西崑派針鋒相對，提倡「革
　　　　弊復古」。

同書頁308復云：

　　　　宋初柳開、穆修和王禹偁提倡古文，反對西崑派的「淫詞
　　　　哇聲」。

在台灣方面出版的文學史，今所知者有：署名中國文學史研究委員會執筆的《新編中國文學史》（第二冊）頁413云：

　　　　西崑派作家的公開剽竊李商隱的作品，甚至引起了藝人的
　　　　義憤，編出了「優伶撏撦」的諷刺劇進行嘲諷；一些對詩
　　　　文有革新要求的文人也逐漸聯合起來對他們進行反抗，這
　　　　就是詩文革新運動。……第一個階段……柳開、石介等人，
　　　　在理論上給西崑體以猛烈的打擊，王禹偁以自己的現實主
　　　　義詩篇，成爲詩文革新運動初期的有力歌手。

曾毅著《中國文學史》頁74云：

　　　　當楊劉倡爲崑體之際，同時有柳開、穆修、王禹偁、寇準、

─────────────

〔註25〕以上二書內文引自曾棗莊〈北宋古文運動的曲折過程〉，又見曾著《論
　　　　西崑體》一書。

> 林逋、潘閬等，另闢蹊徑。文則柳穆習爲淳古；詩則王禹
> 偁及徐鉉兄弟、李文正昉、王漢謀奇爲白體。寇、魏、林、
> 潘學晚唐體。特掌霸權者，當推崑體諸公耳。

李曰剛《中國詩歌流變史》頁536云：

> 西崑詩派雖獨霸宋初詩壇半世紀，然反對其綺靡詩風者大
> 有人在，晚唐體、元白體諸人皆出於西崑之外。

　　實際上，以西崑體直接承紹晚唐和五代固然是錯誤的，而認爲宋
初詩壇以晚唐體的風行爲先導，同樣不符合歷史事實。崑體的和晚唐
體的繁盛，均在眞宗一朝，而在他們之前風靡了近半個世紀（包括太
祖、太宗兩朝）的詩風，則是以當時的文壇鉅子李昉、徐鉉、及他們
的後起之秀王禹偁爲代表的白居易體。且王禹偁死于咸平四年
（1001），西崑唱酬始于景德二年（1005），《西崑酬唱集》編于大中
祥符元年（1008），說王禹偁反對西崑體，是根本不可能的。影響他
們判斷錯誤的因素，除上述所言不瞭解詩文作家時代先後所致外，或
許《宋史‧文苑傳》的說法是重大的誤導，其中寫道：

> 國初，楊億、劉筠猶襲唐人聲律之體；柳開、穆修志欲變
> 古而弗逮；盧陵歐陽脩出，以古文倡，臨川王安石、眉山
> 蘇軾、南豐曾鞏起而和之，宋文日趨于古矣。

此處明顯的錯誤即是：楊億（974～1020）、劉筠（971～1031）的出
生，在柳開（947～1000）之後約二十多年，當柳開去世時，楊億才
二十七歲、劉筠才三十歲，所以羅根澤的《中國文學批評史》便指出
其謬云：「楊億後柳開約二十年，知柳開的革新變古不是針對楊、劉，
而是針對楊、劉以前的與古文相反的文體，就是五代體。」而另一個
可能的誤導便是全祖望《宋詩紀事‧序》，序中云：

> 宋詩之始也，楊、劉諸公最著，所謂西崑體者也。說者多
> 有貶辭。

或許是如此一個印象，讓後人在敘述宋初詩風時，很容易聯想到最初
出現的是西崑體，而柳開、王禹偁既是宋初古文運動的先驅，則其革
新對象或許就是西崑體，而未加以深究，以致敘述失實，如上舉曾書

所言「特掌霸權者，當推崑體諸公耳」之句，即是明顯的例證。〔註26〕宋初詩壇體派順序顛倒的原因之一是：對晚唐體中「最逼眞」的九僧，其活動年代究竟比王禹偁等白體詩人早還是晚弄不清楚，以致敘述失序。

　　正確記載有關宋初詩壇遞嬗情形而較早的，有《蔡寬夫詩話》，他指出：

　　　宋初沿襲五代之餘，士大夫皆宗白樂天詩，故王黃州主盟一時。祥符（1008～1061）、天禧（1017～1021）之間，楊文公、劉中山、錢思公專喜李義山，故崑體之作，翕然一變。

而陸游〈跋林和靖帖〉也提到：

　　　祥符、天禧間，士之風節、文學名天下者，陝郊魏仲先、錢塘林君復（逋）二人，又皆工於詩。（《渭南文集》卷三十）

此把王禹偁的卒年或西崑結集作爲區別白體和崑體、晚唐體的界限，基本上是合乎事實的。元方回在評梅聖俞〈和永叔中秋月夜會不見月酬王舍人〉詩云：

　　　宋初詩人惟學白體及晚唐，楊大年一變而學李義山，謂之崑體。（《瀛奎律髓》卷二二）

今人秦寰明在〈西崑體的盛衰與宋初詩風的演進〉一文中也說：

　　　崑體的興起，是在眞宗咸平、景德之際，此前的太祖太宗兩朝，詩歌創作主要是白體和晚唐體盛行於朝野。

這些說法都是正確的。本篇論文所要研究的「體派發展」，也就是指白體、晚唐體和西崑體這「宋初三體」之間的遞嬗、演變而言。

　　當然，任何一個文學流派如同任何歷史現象一樣，它不是停滯不前的、封閉的體系，而是永遠處在發展、變化過程之中的。任何文學

〔註26〕曾氏的錯誤尚不止此，依其文先敘楊劉，繼以柳開、穆修、王禹偁諸人，似以楊劉諸人較早，然柳、王諸人之時實較楊劉爲早，此已於本文中辯明；又曾氏將白體之詩人王禹偁列於徐鉉兄弟之前，亦與事實有出入，蓋徐鉉乃南唐舊臣，爲宋初白體大將之一，而王禹偁較之徐鉉、李昉等尤晚，不應置禹偁於徐氏兄弟前。

流派都存在著過渡性質，它們之間總是相互影響、相互交替向前發展的，這是我們在作研究時所該有的體認。而且詩歌流派的形成、發展和變化，也往往是一定歷史時期的客觀要求與反映。孟子所說的「知人論世」，即是要我們在研究任何一件事物時，應配合當時的時代運勢作通盤的考量，而不可抽離所處時代環境單獨看待，本文的撰作即是朝這個方向努力。

第三章　白體詩人及其詩風

第一節　白體詩人之詩風特色

　　趙宋建國之後，在詩壇最早盛行的詩體是平易淺俗的白體詩。

　　所謂「白體」，是指以唐代詩人白居易平易且富情味的詩風爲正宗的宋初詩歌流派，又稱爲「樂天體」或「香山體」。﹝註1﹞它盛行於宋初前四十年，即宋太祖、太宗二朝（960～997），至眞宗朝時崑體詩崛起，白體方趨式微。此詩歌流派的主要人物，由方回的〈送羅壽可詩序〉中可知有李文正昉（925～996）、徐常侍鉉（917～992）與其弟鍇（920～974）、王元之禹偁（954～1001）與王漢謀奇等。其中徐鍇、王奇二人詩集已失傳，李昉有文集五十卷，亦已不傳，唯其與

﹝註1﹞李曰剛《中國詩歌流變史》頁 528、539 均稱之爲「元和體」。案「元和體」之名，唐巳有之，且專指唐憲宗元和（806～820）時代之詩風而言。李肇《國史補》卷下〈敘時文所尚〉：「元和以後，爲文筆則學奇詭於韓愈，……詩章則學矯激於孟郊，學淺切於白居易，學淫靡於元稹。俱名爲元和體。」元、白二人關係深切，詩風也相近。說元詩「淫靡」，主要是指內容而言；說白詩「淺切」，主要是指形式而言。就今所見，宋初此派詩人多集中心力摹傚白居易清淺流易之寫作風格，而鮮少學元稹創作艷詩者，至若孟郊之矯激怪異更罕有作者，是以如稱「元和體」，恐與唐世之名混淆，且與實際詩風不適切，故本文不採用。

李至酬唱合集《二李唱和集》尚存。今詩集傳世者,唯徐鉉《騎省集》中有詩三十卷、王禹偁有詩文集《小畜集》三十卷與《小畜外集》二十卷(殘存卷七至卷十三)。

白體詩人所尊奉白居易詩,他們詩歌創作的主要風格即以樂天所為人稱道的平易流暢、淺近曉切為特色;另外,次韻唱酬之風至元、白時極盛,故宋初學白體者也繼承贈酬唱和之風,而大量創作,此亦為宋初詩壇特色之一。以下即據此稍加敘論:

一、以白居易為宗主

宋初詩人多學白居易詩,如方回稱徐鉉「有白樂天之風」(《瀛奎律髓》卷十六),吳處厚《青箱雜記》謂李昉「詩務淺切,效白樂天體。晚年與參政李公至為唱和友,而李公詩格亦相類」(卷一),《續資治通鑑長編》也說他「為文章慕白居易,尤淺近易曉」。李昉在《二李唱和集》自序中即揭櫫其纂集總旨云:「昔樂天、夢得有《劉白唱和集》,流布海內,為不朽之盛事。今之此詩,安知異日不為人之傳寫乎?」其宗奉白居易之精神,不難想見;宋初著名詩人王禹偁不僅努力創作,而且自稱「本與樂天為後進」,其詩歌內容和風格也都與白居易接近,是宋初最能繼承白居易詩風、精神的白體詩人。

詩壇推尊白居易,在晚唐、五代就已蔚成風氣,張為《詩人主客圖》首列白居易,稱為「廣大教化主」,可見其受推崇的程度。白居易的文學主張是「文章合為時而著,歌詩合為事而作」,所以詩歌也要能補察時政、洩導民情,因此他在與元稹論作文旨要時說:

> 人之文,六經首之。就六經言,詩文首之。何者,聖人感人心而天下和平,感人心者,莫先乎情,莫始乎言,莫切乎聲,莫深乎義。詩者根情苗言,華聲實義。(《白居易集箋校》卷四十五〈與元九書〉)

以情為根,以言為苗,以華為聲,以義為實,如此才能文質並重,既可不違文學使命,又可兼顧藝術價值;他在其〈新樂府詩序〉中也說:

> 其辭質而徑,欲見之者易諭也。其言直而切,欲聞之者深

誠也。其事覈而實，使采之者傳信也。其體順而肆，可以
播於樂章歌曲也。總而言之，爲君、爲臣、爲民、爲物、
爲事而作，不爲文而作也。(同上書卷三)

這種爲貫徹社會實用功能，只求內容充實與表現諷諭意義，而不求形
式宮律之美的態度，是非常明顯的。孫器之品評白居易的詩時，稱他
「如山東父老課農桑，事事言言皆著實。」〔註2〕但是自從唐穆宗即
位之後，白居易的仕宦生涯可說是非常不得意，而清閑的生活使他更
能致力於詩歌創作。在長慶年間之後，因爲和朋友們的唱和十分頻
繁，所以他的唱和詩大量產生，以致形成風潮。詩歌唱和的風氣到了
宋初，甚至成爲士大夫們平日不可或缺的活動，流風所播，連一些武
人鄙夫也附庸風雅，以能哼幾句酬唱詩爲榮。

　　白居易詩歌的藝術特點是平易自然、圓熟流暢。他善於學習和運
用民間語言入詩，使音韻優美，便於歌誦，宋惠洪《冷齋夜話》中所
傳白居易詩成後「老嫗解則錄之，不解則易之」，或謂出於有意譏誚，
然而其詩淺顯易懂則是不爭的事實，因此當時「禁省、觀寺、郵候、
牆壁之上無不書，王公、妾婦、牛童、馬走之口無不道」〔註3〕，這
種質樸明暢的詩風，正是宋初白體詩人所效法的風格。而白居易之雜
律詩與感傷詩不僅影響其同時代的詩人，亦對宋代及宋代以後的詩人
如王禹偁、梅堯臣、蘇軾、黃庭堅、陸游、楊萬里、袁宏道、吳偉業、
趙翼、王闓運、黃遵憲等，產生重要影響，如馬星翼《東泉詩話》卷
一載：「梅聖俞詩『南隴鳥過北隴叫，高田水入低田流』，歐公誦不去
口；黃魯直詩：『野水自添田水滿，晴鳩卻喚雨鳩來』，語意尤妙。余
謂此等句法，悉本香山『南山雲起北山雲』等句。」而吳偉業〈永和
宮詞〉、〈圓圓曲〉及王闓運〈圓明園詞〉均是仿製白居易的〈長恨歌〉
等作品，故張爲譽其爲「廣大教化主」，實不爲過；而在宋初，王禹
偁用功極深並想藉以改革五代習弊之利器，便是白居易的雜律詩，且

〔註2〕元稹〈白氏長慶集序〉，見《白居易集箋校・附錄二・序跋》。
〔註3〕楊愼《升庵詩話》卷八引。

有不錯的成績，如南宋詩人許顗在《彥周詩話》中稱讚王禹偁詩云：「本朝王元之詩可重，大抵語迫切而意雍容，如『澤畔騷人正憔悴，道旁山鬼漫揄揶。』大類樂天也」。許顗所引的這兩句詩，正是從白居易〈編集拙詩成一十五卷因題卷末戲贈元九李十二〉中之「世間富貴應無分，身後文章合有名」(《白居易集箋校》卷十六) 脫化而成，可見宋初文人對白居易的雜律詩和唱酬詩很重視，而且一直延續到宋仁宗時候。

宋初，白體詩人摹寫白居易詩較多的，除了詩風平易近俗的唱和詩外，就是他晚年退隱洛陽時所作風格稍嫌頹廢、內容趨向消極的「閑適詩」。這或許是白居易後期知足和樂的詩什，較適合五代士大夫身處亂世逆境覓求心靈閑靜的心態吧！而宋初詩人多來自五代十國，如徐鉉兄弟及南唐詩人韓熙載、李建勛等均以平易詩風為宗，他們進入宋朝後也成為宋初白體的代表，如徐鉉的〈和表弟包穎見寄〉詩：「平生中表最情親，浮世那堪聚散頻。謝朓卻令歸省閣，劉楨猶自臥漳濱。舊遊半似前生事，要路多逢後進人。且喜新吟報強健，明年相望杏園春。」(《騎省集》卷三) 此詩平和自然，無雕琢堆砌之語，確有元和的風味。又如時代稍晚且詩風與當時流行的白體迥然不同的楊億，也作過一首〈讀史學白體〉：「易牙昔日曾蒸子，翁叔當年亦殺兒。史筆是非空自許，世情真偽誰復知？」(《武夷新集》卷四) 此詩詩風淺顯明暢，出以議論，洵屬白體特色。可見白居易詩對宋初詩人來說，是一個效擬的對象，而宋初之詩風亦就是由學白居易詩開展的。

二、唱和詩風之沿襲

以詩酬答唱和，自古即有，如《事物紀源·經籍文藝部·唱和》云：「帝舜與皋陶乃賡載詠，此唱和之初也。」而大量創作唱和詩，並依次押韻，前後不差，是自唐之元、白開始，張表臣《珊瑚鉤詩話》卷一云：「前人作詩，未始和韻，自唐白樂天為杭州刺史，元微之為浙東觀察，往來置郵筒倡和，始依韻。」詩歌唱酬之風經白居易諸人

的鼓吹，再通過皮日休、陸龜蒙等輩的激揚，到了五代，更加不斷滋蔓。主盟宋初詩壇的文人如李昉、徐鉉等，他們的創作傾向主要就是承襲唐代元、白、皮、陸唱和之風，雖然藝術成就不高，但他們由五代十國入宋後，也把元、白、皮、陸的唱和詩風帶入宋初詩壇，甚至影響整個社會風氣，所以他們不僅是北宋振興文化的骨幹力量，也可說是宋初唱和詩風的「始作俑者」。〔註4〕

　　唱和詩風能在宋初文壇流行，除了歸功白體初期詩人李昉、徐鉉等的帶動外，一般文人也非常重視這種活動，如蔡絛《西清詩話》和邵博《邵氏聞見後錄》卷十七都載有同樣故事：畢士安爲濟州從事，某次宴席上出對曰：「鸚鵡能言難（或作寧）似鳳」，座客皆不能對。當時王禹偁才七八歲，正好替其父送麵至畢公府，立於階下，即抗聲曰：「蜘蛛雖巧不如蠶」。畢士安嘆息道：「經綸之才也！」並預言他「將且名世」，稱爲「小友」。王禹偁此對，所以能獲得畢士安如此高的評價，乃因它符合詩歌唱酬的兩個標準：屬對快而且工巧。由此可見唱酬詩歌已成當時官場應酬的重點活動，而畢士安也因此斷定王禹偁日後將蜚聲當代。另外，宋初幾位皇帝的提倡，更使這種風氣達到推波助瀾的效果。宋初的幾位君主，特別是太宗，就以「太平天子」自命，處理朝政之餘常常舞文弄墨，吟詩作賦，附庸風雅，點綴昇平。他又寫得一手好草書，每逢慶賞、宴會，經常宣示御製詩篇，令侍臣唱和。應制詩又多用險韻，往往使和者不能成篇。王禹偁「分題宣險韻，翻勢得仙棋」、「恨無才應制，空有表虔祈」（《小畜集》卷八〈謫居感事一百六十韻〉），即寫出了一時風氣。而後的眞宗、仁宗，亦是喜文好的君主。宋陳巖肖《庚溪詩話》卷上即記載二則有關眞宗、仁宗的故事，其一曰：

　　眞宗皇帝聽斷之暇，唯務觀書。每觀一書畢，即有篇詠，命近臣賡和，故有御制觀《尚書》詩、《春秋》《周禮》《禮記》《孝經》詩各三章，御制讀《宋書》《陳書》各一章，

〔註4〕陳植鍔語，見〈試論王禹偁與宋初詩風〉一文，頁284。

> 讀《後魏書》三章，讀《北齊書》二章，讀《後周書》《隋
> 書》《唐書》各三章，讀五代《梁史》《後唐史》《晉史》《漢
> 史》《周史》各二章，可謂好文之主也。〔註5〕

另則曰：

> 仁宗皇帝當持盈守成之世，尤以斯文爲急。每進士聞喜宴，
> 必以詩賜之。……嘉祐初，龍圖閣直學士尚書吏部郎中梅
> 摯公儀出守杭州，上特制詩以寵賜之。

皇帝有此嗜好，朝臣們自然不得不花數倍的力氣去奉承。皇帝在上提
倡，臣僚在下面響應，所謂「風動於上，波震於下」，遂使唱和活動
越演越烈，流風所被，後來逐漸變爲知識分子間的一種風潮。除白體
詩人和以《西崑酬唱集》得名的西崑體詩人外，即大多爲在野僧侶士
紳的晚唐體詩人，如林逋、魏野這兩位最不想做官的讀書人，也常與
官場中人互相唱酬。實際上，唱和不僅是宋初詩人必備的本領，甚至
成爲社會上一種重要的交際方式。

其次，從詩歌發展的本身來看，唐詩的極度繁榮使詩的語言極端
純熟化，所謂「世間好言語，已被老杜道盡，世間俗言語，已被樂天
道盡」（胡仔《苕溪漁隱叢話》前集卷十四），而唐詩語言的純熟化也
使得詩歌意象定型化，使宋人在詩歌創作中形成隨意拈來詩歌語言和
意象的習慣，如《西崑酬唱集》中的七律〈淚〉，劉、楊、錢三人連
和六首，句句用事，絕少重覆。「西崑體」當時所以有「搯撦義山」
之譏，即因對前代作品的重新拼接與組合。而歐陽修謂「白體」詩人
「常慕白樂天體，故其語言多得於容易」（《六一詩話》），也是指他們
作詩語言平熟，且在宋初詩壇首先形成以唱和爲重要特徵的作家群。

就今傳白體代表詩人作品中，徐鉉《騎省集》共三十卷，其中寄

〔註5〕白敦仁〈宋初詩壇及『三體』〉一文認爲：眞宗的詩也屬白體詩，而
　　　　且《續治通鑑長編》載眞宗曾兩次下詔表彰白居易（一是景德四年，
　　　　一爲大中祥符二年）「嘉其能保名節」，此恐怕和其偏愛白體詩有關。
　　　　另據白文表示，現存宋人唱和詩最早的有蘇易簡等人的《禁林宴會
　　　　集》，今存洪邁《翰苑群書》中。

贈、唱和之作佔四分之三強。這個統計，僅據題名明顯標爲「送」「和」「寄贈」「依韻」等篇章，其他有的詩題雖沒標明，據內容看也是唱酬之作，如卷二〈秋日雨中與蕭贊善訪殷舍人于翰林座中作〉之類；李昉晚年與參政李至互相唱和的《二李唱和集》〔註6〕，其內容也不外是反映官場生活的應酬、消遣之作。形式和表現手法都體現了白體唱和詩依韻相酬、屬對工切和追求平易、淺近刻露的一般特色；王禹偁自幼即喜歡白居易詩，而在他三十歲中進士之前，已與畢士安爲唱和之友，多有唱和之作。三十歲中進士之後，剛到成武縣主簿任上，即與魚臺主簿傅翱唱和。次年移官長洲知縣，又與吳縣知縣羅處約相唱和，他在長洲任內和羅處約僅就有關太湖遊覽之題往復酬唱即達百首之多。雍熙四年（988 年）八月，王、羅詩名傳播京師，太宗下令召他們赴闕待命，其後便獲著作郎和知制誥，當時唱和風氣之盛行，由此可知。今《全宋詩》所收初宋詩人作品中，田錫（卷四一至四六）、李虛己（卷七三）及由南唐入宋的湯悅（卷十四）等人亦有許多明顯的唱和詩。

　　詩歌唱酬作爲一種交際的手段，不僅是宋初士大夫仕途順利時互相取樂、圖謀進身的需要，而且在他們仕途失意時，也常常用來互相安慰、自我排遣。白居易〈與元九書〉曾列舉詩歌唱和的功能說：「小通則以詩相戒，小窮則以詩相勉，索居則以詩相慰，同處則以詩相娛。」在宋初取法白居易而變本加厲的唱和詩風下，一些正直的詩人們也能寫出有眞情實感的好詩，如當田錫於淳化元年（990 年）因直諫獲罪，出知陳州時，王禹偁一連贈酬他八首詩，其中〈寄田舍人〉一首（出處升沈不足悲）名義上是送人，實際上也是自明心跡、躬行直道之作，讀來感人至深，故蘇軾稱讚此詩「耿然如秋霜夏日，不可狎玩」。〔註7〕

〔註 6〕　《二李唱和集》的篇數，據李昉自序爲一百二十三首，然據陳植鍔〈試論王禹偁與宋初詩風〉一文頁二八七云所見日本留傳兩種北宋殘本之清末合刊本，除第十三頁脫漏外，共有詩一百五十六首。今北京大學版《全宋詩》收錄李至詩計八十八首，李昉詩凡五十三首及三詩句。

〔註 7〕　蘇軾〈王元之畫像贊并序〉，《蘇東坡集》卷二十。

足見元白唱和詩風在宋初已滲透到官場活動的每個角落，成爲政治生活中不可缺少的一個部份。

三、以平易淺俗爲主的詩風

白居易的詩歌主張特別強調爲民：「惟歌生民病」、「但傷民病痛」，所以他的創作「不求宮律高，不務文字奇」，力求做到語言通俗，平易自然。以盡量寫得讓人易看、易懂作爲自己努力的方向。明何良俊《四友齋叢說》卷二十五即推崇白詩直樸、不事雕飾的風格，他說：

> 余最喜白太傅詩，正以其不事雕飾，直寫性情。夫《三百篇》何嘗以雕繪爲工耶？（吳調公編《中國美學史資料類編・文學美學卷》頁 399 引）

而趙翼的《甌北詩話》也認爲：

> 中唐詩以韓、孟、元、白爲最：韓詩尚奇警，務言人之所不敢言；元、白尚坦易，務言人之所共欲言。試平心論之，詩本情性，當以情性爲主，奇險者猶第在詞句間爭難鬥險，使人駭目，不敢逼視，而意味或少焉；坦易者多觸景生情，因事起意。眼前景，口頭語，自能沁人心脾，耐人咀嚼。
>
> 此元、白較勝於韓、孟，世徒以輕俗訾之，此不知詩者也。

趙氏此種說法，頗能道出白體詩的藝術價值，就以白居易的〈八月十五日夜禁中獨直對月憶元九〉爲例：

> 銀臺金闕夕沉沉，獨宿相思在禁林。
> 三五夜中新月色，二千里外故人心。
> 渚宮東面煙波冷，浴殿西頭鐘漏深。
> 猶恐清光不同見，江陵卑濕足秋陰。（《白居易集箋校》卷十四）

〔註 8〕

〔註 8〕中國書店版《唐宋詩三千首》引此詩，題作〈八月十五夜禁中寓直寄元四稹〉，與《白居易集箋校》稍有差異，且元稹行九，此題作「元四稹」者明顯有誤；詩題中之「憶」字，箋校本頁八〇七云：「『憶』，《英華》作『寄』。汪本、《全詩》注云：一作『寄』。」又，此詩前二句，《唐宋詩三千首》作「銀臺金闕靜沉沉，此夕相思在禁林」，末句則作「江陵地濕足秋陰」，此其不同處。

全詩在語言上句句淺易，形式上亦不見瑰麗奇險的雕琢或矯飾，但其情感眞摯深郁，尤其尾聯「猶恐」二句，將想念好友的眞情表露無遺，故連最喜歡批評詩人的紀昀也爲之贊歎道：此「香山最沉著之筆」，「結處彌見沉摯」。〔註9〕而宋初學白體者，亦是循此目標創作，故其作品也多呈現平夷自然的風格，如徐鉉詩：

浮名浮利信悠悠，四海干戈痛主憂。

三諫不從爲逐客，一身無累似虛舟。

滿朝權貴皆曾忤，繞郭林泉已遍遊。

唯有戀恩終不改，半程猶自望城樓。（《騎省集》卷三〈貶官秦
州出城作〉）

自然清麗，完全不事雕琢，卻有耐人咀嚼之豐厚情味；又如王禹偁詩：

閑思蓬島會群仙，二百同年最少年。

利市襴衫拋白紵，風流名紙寫紅牋。

歌樓夜宴停銀燭，柳巷春泥污錦韉。

今日折腰塵土裏，共君追想好淒然。（《小畜集》卷七〈寄碭山
主簿朱九齡〉）

全詩明白曉暢，情眞意切，正趙翼所謂的「坦易」、「沁人心脾」的佳作。胡應麟《詩藪》云「樂天詩，世謂淺近，以意與語合也。若語淺意深，語近意遠，則最上一層，何得以此爲嫌？」（卷六「近體」下）以此來看王禹偁此詩，雖不中亦不遠矣。而李至、李昉《二李唱和集》的作品中，亦不乏平易淺切之作，如：

出門何所適，門外雪如花。不是居蘭省，應須在酒家。

爐灰香爆栗，庭葉碎烹茶。欲訪山陰戴，孤舟去路賒。（李
至〈節假之中風氣又作僅將伏枕固難登門更獻五章代伸一謁……〉五
首之五）

煙光澹澹思悠悠，朝退還家懶出遊。

靜坐最憐紅日詠，新晴更助小園幽。

砌苔點點青錢小，窗竹森森綠玉稠。

〔註9〕見上引《唐宋詩三千首》卷二十二，頁4。

> 賓友不來春又晚，眼看辜負一年休。（李昉〈小園獨坐偶賦所
> 懷寄秘閣侍郎〉）

此二詩遣意空虛，造語平淺，王禹偁在〈司空相公挽歌〉中詠歎：「須
知文集裏，全似白公詩」（《小畜集》卷十），正是指李昉在體現白居
易閑適平易的詩風。

毛奇齡《西河詩話》說：從開元、天寶全盛之後，詩人們「皆怯
於舊法」，覺得像盛唐詩人那種高格響調不容易學，於是「思降為通俗
之習」。白居易開其端，元稹、劉禹錫等起而效之，詩便變得容易做些，
這就是白詩廣泛流行的原因。至其影響，從好的方面說，「能者為之」，
不過「變官樣而就家常」，這即是說，他拋棄了那些冠冕堂皇的官樣文
章，使詩歌更接近生活，連身邊瑣事都可以入詩，擴大了詩的題材範
圍。但壞的方面，「不能者為之，卑格貧相，小家數，馴儈氣，無所不
至。」（卷七）明人江進之《雪濤小書》也說：「白居易詩不求工，只
是好做。」五代士大夫好學白居易，正是著眼於白詩的淺俗易做方面，
像馮道即其中代表。宋人筆記載馮道詩如：「但知行好事，莫要問前程。」
「須知海嶽歸明主，未省乾坤陷吉人」之類，真是俚俗之氣可掬，此
可說是學習白居易詩過於淺俗平易的末流弊病。

到了宋代，由於白體詩人競相模仿白居易淺顯易懂的語言表現，
和清淺通俗的詩風，以致弊病叢生。鍾惺《唐詩歸》即說：「元白淺
俚處，皆不足為病，正惡其太直耳。」鍾氏以為詩歌貴在能「言其所
欲言」，但並不是平敘直露而毫無蘊藉。歐陽脩《六一詩話》有一則
關於白體詩笑話的記載，深足反映當時白體詩末流的窘境：

> 仁宗朝，有數達官，以詩知名。常慕「白樂天體」，故其語
> 多得於容易。嘗有一聯云：「有祿肥妻子，無恩及吏民」。
> 有戲之者云：「昨日通衢遇一輜軿車，載極重，而羸牛甚苦，
> 豈非足下『肥妻子』乎？」聞者傳以為笑。

詩歌作到如此鄙俗，可說是白體一厄。反而是一些崑體詩人做作白體
者，頗有可觀，如崑體大將楊億的詩風與當時流行的白體迥然不同，

但他作了一首〈讀史學白體〉：

> 易牙昔日曾蒸子，翁叔當年亦殺兒。史筆是非空自許，世情眞僞誰復知？《武夷新集》卷四

此詩淺顯明暢，出以議論，確似白體。而另外一位被劃歸崑體詩人的趙抃，其晚年的〈留題戲綵堂禾男帆〉，亦淺切有味，頗近白體：

> 我憩堂中樂可知，優游逾月竟忘歸。老來不及吾兒少，且著朱衣勝綵衣。《清獻集》卷五

如此淺近有致又興味盎然的詩歌，較之白體詩人的作品，毫不遜色。

第二節　白體詩之主要內容

　　宋初白體詩人，除徐鉉與李昉致力於開疆闢土的功勞外，其實能夠以創作名家的絕少，而在創作白體詩上較有成就的詩人應屬王禹偁，故本節即針對徐、李、王三人的作品內容分析，以瞭解白體詩人題材發揮的傾向。

　　從現存詩作來看，白體詩人創作的內容大致可分為如下數種：

一、唱和酬贈

　　此類詩篇是白體詩人創作中數量最大宗，也是引發宋初唱和風氣盛行的動力之一，然此類作品，在白體詩人創作成績中並非最突出的：

　　（一）徐鉉：《騎省集》四百多首中，此類詩作佔了四分之三強，然一般說來，此類作品因屬唱和性質，情感較覺疏淡、不夠強烈，故感人佳篇較少。徐鉉唱酬作品多顯淺近流易，典麗可玩之篇不多，此與白體詩整體詩風相符。較有情致者，如〈江舍人宅筵上有妓唱和州韓舍人歌辭因以寄〉（卷二）：

> 良宵絲竹偶成歡，中有佳人俯翠鬟。
> 白雪飄颻傳樂府，阮郎憔悴在人間。
> 清風朗月長相憶，佩蕙紉蘭早晚還。
> 深夜酒空筵欲散，向隅惆悵鬢堪斑。

〈賦得搗衣〉（卷二）：

江上多離別，居人夜擣衣。拂砧知露滴，促杵恐霜飛。

漏轉聲頻斷，愁多力自微。裁縫依夢見，腰帶定應非。

〈和張先輩見寄二首〉之二（卷三）：

清時淪放在山州，邛竹紗巾處處游。

野日蒼茫悲鵬舍，水風陰濕弊貂裘。

雞鳴候旦寧辭晦，松節凌霜幾換秋。

兩首新詩千里道，感君情分獨知秋。

（二）李昉：《二李唱和集》幾爲依韻唱和之作，故集中李昉詩部份，除六首外，均屬此類，而其唱和對象即當時之「秘閣侍郎」李至。淺近可喜者有〈攀和嘉篇〉：

小亭愁坐對殘陽，梧葉翻階片片黃。

老去只添新悵望，病餘無復舊歡狂。

四時奔速都如電，兩鬢凋疏總作霜。

看取衰容今若此，有何情緒聽宮商。

此詩首聯氣氛營造頗佳，二、三聯淺近而工。〈自過節辰又逢連假……〉五章之四，亦簡潔澄徹：

自喜身無事，門庭草色連。前軒滿床月，後院一林煙。

策杖困還歇，枕書慵更眠。稱家隨分過，何用苦忙然。

（三）王禹偁：全部詩作約六百一十五首，唱和詩即高達二百七十首左右，占全部詩篇五分之二強。唯王禹偁此類詩作風格與徐、李有異，除清新曉暢外，時發議論，或抒胸臆，佳篇頗多。悲悽深沉如〈寄田舍人〉（《小畜集》卷五）：

出處昇沉不足悲，羨君操履是男兒。

左遷郡印辭綸閣，直諫書囊在殿帷。

未有僉諧徵賈誼，可無章疏雪微之。

朝行孤立知音少，閒步蒼苔一淚垂。（〈寄田舍人〉）

〈和自詠〉（前書卷九〈和仲咸詩六首〉之三）：

玉經炎火竹經霜，卻把剛腸變酒腸。

庾信悲哀休作賦，接輿歌曲且佯狂。

更諳喪亂災爲福，蘊蓄才華有若亡。

　　孤宦由來宜晚達，祝君霄漢路歧長。(〈和自詠〉)

感歎遭遇如〈又和曾秘丞見贈三首〉之一（《小畜集》卷十）：

　　非才誤受帝恩深，報國空存一片心。
　　命運任從官進退，道孤難與眾浮沉。
　　日邊信斷無歸夢，滁上公餘且醉吟。
　　勞寄新詩遠相唁，野雲何處望爲霖。

議論君子小人如〈和馮中允爐邊偶作〉（《小畜集》卷十二）：

　　誰爲東君掌青律，故將春日連人日。
　　春日雨絲暖融融，人日雪花寒慄慄。
　　雨雪寒暖苦不同，可比交情去就中。
　　仲咸擁爐發詠歌，古風激破澆漓風。
　　人情離合古來有，召公初亦疑周公。
　　汾陽臨淮本讎隙，一旦分兵若親戚。
　　四公翻覆人不識，各各操心爲邦國。
　　此外禱張多爲己，反掌背面如千里。
　　張耳陳餘不忍言，魏其武安何足齒。
　　我愛中庸君子心，心與人交淡如水。
　　別有人間勢利徒，一去一就隨榮枯。
　　西漢董賢方佞倖，孔光迎拜卑如奴。
　　是時李白放江邊，憔悴無人供酒錢。
　　小人之性何所似，眞如蜂蝶幷螻蟻。
　　尋春逐臭苟朝昏，豈顧松篁與蘭茞。
　　重君誓心一何極，澗底松兮陵上柏。
　　澗松陵兮有朽時，我約君心無改易。

描寫居家悠閑生活如〈送刑部韓員外同年致仕歸華山〉（《小畜集》卷十一）：

　　抗表辭烏府，歸山鬢未秋。朝簪還獬豸，塵世謝蜉蝣。
　　拂袖人生事，縣車帝命優。名光新日曆，官占好詞頭。
　　應宿郎曹美，尋仙物景幽。繡衣移蕙帶，驄馬換耕牛。
　　對枕蓮峰翠，當門瀑布流。妻閑栽藥草，兒戲雜猿猴。
　　買竹憑牙板，疏泉濕鹿裘。四推離督責，三院肯淹留。

接武陶貞白，差肩許遠遊。十洲如得侶，萬戶任封侯。
脫洒因君去，龍鍾使我羞。遷鶯情最洽，化鶴術難求。
掌誥無文彩，謀身足悔尤。紫垣頻忝竊，白髮合歸休。
應璉叼三人，張衡志四愁。亦期婚嫁畢，攘袂逐浮丘。

二、反映現實

刻劃現實的作品,在徐鉉和王禹偁的作品中應算是成績非常傑出的,此類作品可以說是箕紹白居易諷論詩的精神,將詩人所處時代的國家社會困境或弊端如實呈顯,而其成績亦由詩人關懷程度和切入角度之不同,而有不同的面貌和成果。基本上,徐鉉此類詩作所表露的是對南唐國度危境的描述;而王禹偁所刻劃的則是宋太宗、眞宗時朝廷、社會的不正常現象或弊病:

（一）徐鉉：作品中有較明顯批露現實情境的作品有〈謝文靜墓下作〉（題下自注：時閩嶺用師，契丹陷梁宋）：

越徼稽天討，周京亂虜塵。蒼生何可奈，江表更無人。
豈憚尋荒壟，猶思認後身。春風白楊裏，獨步淚霑巾。

（卷二）

〈寄撫州鍾郎中〉（題下自注：時王師敗績於閩中，謨在建州）：

去載分襟後，尋聞在建安。封疆正多事，樽俎若爲歡。
都護空遺鏃，明君欲舞干。繞朝時不用，非是殺身難。

（二）李昉：《二李唱和集》作於富貴得意之時，生活安適無虞且少經挫折,故此類作品付之闕如。

（三）王禹偁：此類作品豐富,且甚具批判意味,堪稱承紹白居易諷論詩精華之代表作。其中體式,以律體長歌最當行。如〈竹鼠〉一詩諷小人之迫害忠賢,深刻悲慟:

商嶺多修篁，蒼翠連山谷。有鼠生其中，荐食無厭足。
春筍蠚生犀，秋筠折寒玉。飫飽致肥腯，優游恣蕃育。
林密鳶不攫，穴深犬難逐。鳳凰餓欲死，彼實無一掬。
唯此竹間鼬，琅玕長滿腹。暖戲綠叢陰，舉頭傲鴻鵠。
不知商山民，愛爾身上肉。有銛利其鋒，有錐銛于鏃。

開穴窘如囚，洞胸聲似哭。膏血尚淋漓，攜來入市鬻。
竹也比賢良，鼠兮類盲俗。所食既非宜，所禍誠知速。
吁嗟狡小人，乘時竊君祿。貴依社樹神，倖盜太倉粟。
笙簧佞舌鳴，藥石嘉言伏。朝見秉大權，夕聞罹顯戮。
李斯具五刑，趙高夷三族。信有司殺者，在暗明於燭。
彼狡勿害賢，彼鼠無食竹。(《小畜集》卷三)

〈金吾〉乃在譏諷凶殘者竟因時運而登富貴，守節之士卻貧苦寒餓，故語多怨懟：

金吾河朔人，事郡在賤列。攀附周世宗，龍飛起魚鼈。
委質向聖朝，積功取旄鉞。所在肆貪殘，乘時恃勳伐。
皇家平金陵，九江聚遺孽。彌年城乃陷，不使雞犬活。
老小數千人，一怒盡流血。三惑無不具，五福何嘗缺。
晚年得執金，富貴枯朝闕。娛樂有清商，康強無白髮。
享年六十九，固不為夭折。考終北牖下，手足全啟發。
子孫十數人，解珮就衰絰。贈典頗優崇，視朝為之輟。
哀榮既如是，報應何足說。責薄李廣死，賜劍武安滅。
僥倖過古人，況無大功烈。福善與禍淫，斯言僅虛設。
吁嗟為儒者，寒餓守名節。五十朝大夫，龍鍾頭似雪。
無故不殺羊，禮文安可越。何況賓祀間，貧苦無羊殺。

(《小畜集》卷四)

反映現實乃是築基在關懷民生之基礎上，而「惟歌生民病」，也正是白居易詩歌之重要主張之一。宋初白體詩人，除後起的王禹偁能擔起此項職責外，餘者殊乏可觀作品：

（一）徐鉉：此類詩作甚少，稍可見其梗概者有〈送黃秀才姑熟辟命〉（卷三）：

世亂離情苦，家貧色養難。水雲孤棹去，風雨暮春寒。
幕府才方急，騷人淚未乾。何時王道泰，萬里看鵬摶。

〈送王四十五歸東都〉（卷三）：

海內兵方起，離筵淚易垂。憐君負米去，惜此落花時。
想憶看來信，相寬指後期。殷勤手中柳，此是向南枝。

　　（二）李昉：此類作品亦無。

　　（三）王禹偁：此類作品大致可分成兩大部份，一爲反映民生疾苦方面，一爲反映百姓活動方面。前者創作較多，且成績可觀；後者數量雖較少，然成績亦非常出色。這類作品和「刻劃現實」之作，爲王禹偁作品的兩大重心。反映宋初社會離亂情形者，如〈感流亡〉（《小畜集》卷三）悽楚心酸：

　　　　謫居歲云暮，晨起廚無煙。賴有可愛日，懸在南榮邊。
　　　　高春已數丈，和暖如春天。門臨商於路，有客憩簷前。
　　　　老翁與病嫗，頭鬢皆皤然。呱呱三兒泣，惸惸一夫鰥。
　　　　道糧無斗粟，路費無百錢。聚頭未有食，顏色頗飢寒。
　　　　試問何許人，答云家長安。去年關輔旱，逐熟入穰川。
　　　　婦死埋異鄉，客貧思故園。故園雖孔邇，秦嶺隔藍關。
　　　　山深號六里，路峻名七盤。襁負且乞丐，凍餒復險艱。
　　　　唯恐大雨雪，殭死山谷間。我聞斯人語，倚戶獨長歎。
　　　　爾爲流亡客，我爲冗散官。左宦無俸祿，奉親乏甘鮮。
　　　　因思筮仕來，倏忽過十年。峩冠蠹黔首，旅進長素餐。
　　　　文翰皆徒爾，放逐固宜然。家貧與親老，睹翁聊自寬。

〈秋霖二首〉則藉秋雨氾濫成災，寫民生愁苦情形，措詞哀婉悲痛，其一云：

　　　　秋霖過百日，歲望終何如。嘉穀就穗生，茁茁垂青鬚。
　　　　宿麥未入土，大田多泥塗。河闊不辨馬，原高恐生魚。
　　　　時政苟云失，生民亦何辜。雨若是天淚，天眼應已枯。

　　　　（《小畜集》卷六）

當其被貶商於，曾有感於豐陽、上津百姓的勤奮，而作了〈畬田詞〉五首稱讚當時民風，其詩生動的描摹了當地生活民情，今舉一首以饗：

　　　　鼓聲獵獵酒釃釃，祈上高山入亂雲。
　　　　自種自收還自足，不知堯舜是吾君。（《小畜集》卷八）

此詩頗具民歌風味，乃是王禹偁學習白居易吸收民歌、口語入詩精神的又一精采表現。

三、寄寓謫情

　　當朝官被外放或遭貶謫外地時，最易起家國之思，尤其是忠君愛國的有志之士，更容易對自己之遷謫見疏感慨，或希望再受君王重用，或因連番不遂而意志消沉、頹喪，總之貶謫期間的情緒多半不佳，但所表達的情感應是最眞摯的，所以詩人此類作品的共同特色，是擄發心中深淺不一的「怨」；然正如《藝苑卮言》所言：詩人流貶，「窮則窮矣，然山川之勝，與精神有相發者」（卷八），故不可謂之無得，所謂「失之東隅，收之桑榆」、「塞翁失馬，焉之非福」即此理：

　　（一）徐鉉：曾貶泰州，故集中卷三多寄寓謫情之作，如〈陳覺放還至泰州以詩見寄作此答之〉：

　　　　朱雲曾爲漢家憂，不怕交親作世仇。
　　　　壯氣未平空咄咄，狂言無驗信悠悠。
　　　　今朝我作傷弓鳥，卻羨君爲不繫舟。
　　　　勞寄新詩平宿憾，此生心氣貫清秋。

〈雪中作〉：

　　　　賦分多情客，經年去國心。疏鐘寒郭晚，密雪水亭深。
　　　　影迴鴻投渚，聲愁雀噪林。他鄉一樽酒，獨坐不成斟。

　　（二）李昉：無此類作品。

　　（三）王禹偁：曾三度遭謫，故不乏此類作品，今選其貶商州、滁州及黃州作品各一以見梗概。貶商州時作品有甚多，如前所舉之〈竹䶢〉、後項「反映民生」類之〈感流亡〉皆是，而其中寄寓謫情最著之名篇爲〈謫居感事一百六十韻〉與〈放言〉等，今則另舉〈謫居〉一詩以概：

　　　　親老復嬰孩，吾生自可哀。無田得歸去，有俸是嗟來。
　　　　直道雖已矣，壯心猶在哉。端居寡儔侶，懷抱向誰開。

　　　　（《小畜集》卷八）

王禹偁首次被貶即是到商州，在此所接觸的事物與昔日大異奇趣，故而視界增廣，詩風與以前宮庭之作有甚大的差異，尤其是題材方面多能擷取眼前所見入詩，情感豐富且眞實，因而此次貶謫對其創作是一

很好的刺激。

貶滁之作有〈北樓感事〉和〈聞鴉〉等，其〈北樓感事序〉云：「唐朱崖李太尉衛公爲滁州刺史，作懷嵩樓，取懷歸嵩洛之義也。衛公自爲之記，其中述在翰林時同僚存沒，且有白雞黃犬之歎，頗露知退之心。及自滁徵拜，再秉鈞軸，卒以怙權賈禍，貶死海外，則向之立言誠空文爾。皇宋至道元年夏五月，僕⋯⋯到郡之日，訪衛公舊跡，樓之與記莫知也。而郡有北樓，通刺史公署，登眺終日，甚亦自得，作〈北樓感事〉以見志。」由此序便可知詩人爲詩乃在明志，其詩云：

> 北樓出林杪，登覽開病姿。旁帶滁州城，雉堞何逶迤。
> 下入刺史宅，卻臨統軍池。伊予翰林客，失職方在茲。
> ⋯⋯
> 謫官來此郡，鬱鬱持一麾。嘗作懷嵩樓，記文悲盛衰。
> 甚得進退理，深明禍福基。未幾再入用，斯言忽如遺。
> 君恩匪膠柱，天殃若影隨。六月萬里行，炎荒竟不歸。
> 功成又名遂，不退將安之。姑以人事較，忽憑天命推。
> 矧予草澤士，被褐復羹藜。謬因弄文翰，八載侍丹墀。
> 三入承明廬，古人期並馳。玉堂百日罷，所累非文詞。
> 強仕未爲老，望郎不爲卑。淮邊永陽郡，人物自熙熙。
> 費用量所入，豐約從其宜。一妻本糟糠，不識金翠施。
> 三男無庶孽，詎愛紈綺貲。甘貧絕誅求，易退無羈縻。
> 五十擬歸耕，何必懸車期。且予望衛公，雲龍與山麋。
> 唐賢昔際遇，文雅道光輝。進士取將相，易于俯拾棋。
> 自從五代來，素風已陵遲。干戈爲政事，茅土輸健兒。
> 儒冠筮仕者，僅免寒與飢。至今明聖代，此風猶未移。
> 自無經濟術，烏用碌碌爲。歸歟復歸歟，無忘北樓詩。
>
> （《小畜集》卷五）

王禹偁第三次被貶黃州時，曾憤懣地上詩請問執政所犯何罪，詩中充滿怨懟之氣，此即〈出守黃州上史館相公〉（《小畜外集》卷七）詩，其詩云：

> 出入西垣與內廷，十年四度直承明。

又爲黃州太守去，依舊郎官白髮生。

貧有妻賢須薄祿，老無田宅可歸耕。

未甘便葬江魚腹，敢向台階請罪名。

四、描寫田園山水

此類作品非白體詩人的用力所在，亦非其所長，故詩篇不算太多，但彼等以淺近流易的筆調來描寫山水風物，卻有閑遠散逸之情致：

（一）徐鉉：此類作品雖少，然皆頗有逸趣。如〈秋日盧龍村舍〉（卷二）：

置卻人間事，閒從野它游。樹聲村店晚，草色古城秋。

獨鳥飛天外，閒雲度隴頭。姓名君莫問，山木與虛舟。

〈春日紫巖山期客不至〉（卷一）：

郊外春華好，人家帶碧溪。淺莎藏鴨戲，輕靄隔雞啼。

掩映紅桃谷，夤緣翠柳堤。王孫竟不至，芳草自萋萋。

（二）李昉：集中作品幾乎均成於京師，未見登臨旅游之作，勉強歸於此類者有二：

一曰〈題岱宗無字碑〉：

巨石來從十八盤，離宮複道滿千山。

不因封禪窮民力，漢祖何緣便入關。（錄自《宋詩拾遺》卷一，見《全宋詩》頁189引）

一曰〈桐柏觀〉：

子晉樓霞境，高高出世埃。直疑天上去，歸認下雲來。銀漢星辰近，金庭洞府開。遲明欲回首，更上降眞臺。（同上）

（三）王禹偁：其描寫田園山水之作集中在三次貶謫州郡期間，數量不算太多，約有三四十首，唯均別有情趣，非直接摹寫者可以比擬。如〈八絕詩〉之三〈別月溪〉一詩便別具趣味：

漲溪者爲誰，人骨皆已朽。我來尋故跡，溪荒亂泉吼。

惜哉幽勝事，盡落唐賢手。唯餘舊時月，團團照山口。

（《小畜集》卷五）

〈中條山二十韻〉乃遊山之後爲與唐人爭勝而作，此詩有序曰：

「薛許昌賦〈中條山〉十四韻，且自云：『兩京之間，巨題不愧不負。』
至今百年，人亦無敢繼者。禹偁量移解梁，日與山接，苟默而無述，
後之覽吾集者，謂宋無人。因賦二十韻，而起河盡海之意，不能不相
涉也。蓋狀山之形，張詩之氣使然爾。又五老峰者，茲山之特秀，避
而不言，猶人無眉目矣。過是，皆許昌之所未道者，以此易彼，庶幾
並行。」其詩云：

> 崛起巨河邊，奔騰欲上天。遠臨滄海盡，高與太行連。
> 大塊橫爲脊，它山立似拳。土膏經舜耒，石險任秦鞭。
> 洞黑狂吹雨，峰青冷罩煙。店荒壇道絕，寺古柏梯懸。
> 崦漏微茫雪，巖垂淅瀝泉。迸根通砥柱，斜徑入閑田。
> 北笑恒藏寶，西輕華聳蓮。三門遙託跡，五老迴差肩。
> 落實樵夫拾，靈苗本草傳。柱空擎雁塔，倒影蓋漁船。
> 繪畫終無手，封崇必有年。鹽池浮翠靄，董澤媚漪漣。
> 陰壑乖龍蟄，枯杉凍虵穿。圖經標數郡，神異產群賢。
> 呼壽嵩何謟，升中泰豈專。斯文如已矣，此地可終焉。
> 暫看猶銷病，頻登合得仙。許昌休自負，吾什亦銘鑴。

　　　　　　　　　　　　　　　　　　　　　　（《小畜集》卷九）

五、詠　物

　　白體詩雖以平易淺切的詩風見長，但於詠物諸作卻表現出另一番
不同風貌，而較顯富貴典麗氣象，尤其王禹偁的詠物詩題材更是寬廣：

　　（一）徐鉉：此類作品不少，如〈嚴相公宅牡丹〉（卷四）即寫
得頗有富麗氣象：

> 但是豪家重牡丹，爭如丞相閣前看。
> 鳳樓日暖開偏早，雞樹陰濃謝更難。
> 數朵已應迷國艷，一枝何幸上塵冠。
> 不知更許憑欄否，爛熳春光未肯殘。

〈北苑侍宴雜詠詩〉（卷五）五首皆爲詠物詩，均清新曉暢，其中之
〈竹〉云：

> 勁節生宮苑，虛心奉豫遊。自然名價重，不羨渭川侯。

〈秋日泛舟賦蘋花〉（卷五）則清麗有韻致：

> 素艷擁行舟，青香覆碧流。遠煙分的的，輕浪泛悠悠。
> 雨歇平湖滿，風涼運瀆秋。今朝流詠處，即是白蘋洲。

（二）李昉：此類作品不多，但皆工巧。如〈依韻奉和千葉玫瑰之什〉：

> 滿檻妖饒甚，皆因暖律催。好憑鶯說意，不假蝶爲媒。
> 帶露羞容斂，隨風笑臉迴。去年觀始種，今日見齊開。
> 熠熠燈千炷，熒熒火一堆。濃香蓋天與，碎葉是誰栽。
> 旋爲除芳草，惟愁落綠苔。最宜含細雨，肯使撲塵埃。
> 易賦詩爲盈，難辭酒滿盃。汲泉頻灌溉，買土更封培。
> 銷得邀賓賞，堪教選地栽。醉吟翻悵望，行遶重徘徊。
> 謾對鮮妍色，慚無綺麗才。自憐垂白叟，扶病看花來。

〈對海紅花懷史部侍郎〉：

> 爛熳海紅花，花中信殊異。萬朵壓欄干，一堆紅錦被。
> 顏色燒人眼，馨香撲人鼻。宜哉富豪家，長近歌鍾地。
> 對花花不語，憶君君不至。盡日惜穠芳，情懷如有醉。

（三）王禹偁：詩集中不乏此類作品，且題材甚廣，如《小畜集》卷三之〈竹䲧〉，卷五之〈官醞〉、〈黑裘〉，卷六之〈橄欖〉，卷七之〈陸羽泉茶〉、〈東鄰竹〉、〈筍三首〉、〈題錢塘縣羅江東手植海棠〉、〈舍人院竹〉，卷八之〈龍鳳茶〉、〈御書錢〉、〈道服〉，卷九之韻、〈朱紅牡丹〉、〈芍藥花開憶牡丹絕句〉、〈海仙花三首〉、〈后土廟瓊花詩二首〉、〈芍藥詩三首〉、〈櫻桃漸熟牡丹已凋恨不同時輒題二韻〉、〈池邊菊〉、〈青猿〉，卷十三之〈瑞蓮歌〉、〈啄木歌〉、〈秋鶯歌〉；《小畜外集》卷七之〈和仲咸杏花三絕句〉、〈海棠木瓜二絕句〉；另由《詩話總龜》收錄之〈詠白蓮〉、〈詠石榴花〉等。其中包含甚夥，有茶有酒，有花有鳥，連黑裘、道服都可成爲吟詠對象，而題雖似寫物，然如前舉〈竹䲧〉則揭露小人迫害忠賢之惡行，屬諷諭詩之一，又如〈官舍竹〉一詩則以竹自比，詩人之情操格調可見，其詩云：

> 誰種蕭蕭數百竿，伴吟偏稱作閒官。不隨夭艷爭春色，獨
> 守孤貞待歲寒。
> 聲拂琴床生雅趣，影侵棋局助清歡。明年縱便移量去，猶
> 得今冬雪裏看。

而〈詠白蓮〉則據說是王禹偁小時候的作品，其詩寫道：

> 昨夜三更後，姮娥墮玉簪。馮夷不敢受，捧出碧波心。

以總丱之齡能作如此詩篇，無怪眞宗稱其爲「才人」。

第三節　徐鉉與李昉等

　　在宋初白體詩人中，徐鉉和李昉可說是白體詩派的開創者。他們
同爲五代的舊臣，入宋後，在宋庭都曾擔任重要職務，對宋初文化的
振興頗具貢獻，是宋初文壇的重要力量。

一、徐　鉉

　　徐鉉（917～992），字鼎臣，廣陵（江蘇揚州）人。生於後梁末
帝時，十歲便能屬文，及長，以文章議論與韓熙載齊名江南，稱爲「韓、
徐」，又和其弟徐鍇俱精通文字學，號「大小徐」或「二徐」。起家爲
吳校書郎，後仕南唐李昇父子，試知制誥。元宗時，知貢舉。歷太子
諭德、知制誥、中書舍人。後主李煜時，除禮部侍郎，累官翰林學士、
御史大夫、吏部侍郎等職。宋開寶八年（975），宋師圍金陵，徐鉉奉
李煜之命使宋，欲以口辯說服宋太祖罷兵，結果無功。同年，南唐亡，
便追隨李後主降宋，爲太子率更令。太平興國初，直學士院，從征太
原，軍中詔書紛集，徐鉉援筆無滯，眾人均驚服其才能，故還軍之後，
獲加給事中。太平興國八年（983）爲右散騎常侍，奉命與湯悅同撰
《江南錄》。後遷左常侍。淳化二年（991）因事貶爲靜難軍行軍司馬。
邠州苦寒，徐鉉因不穿毛衫而感冷疾，不久病卒〔註10〕，年七十六。

〔註10〕《宋人軼事彙編》卷四引《明道雜志》載：「徐鉉入朝，見士大夫寒
　　　月衣毛衫，乃歎曰：『自五胡猾夏，乃有此風。』鄙之不肯服，在邠

　　徐鉉所傳詩文集有《騎省集》三十卷，此書是徐鉉生平著述的合集，前二十卷收南唐時期著述，卷一爲賦，卷二至卷五爲各體詩，卷六至卷九爲制，卷十至卷十二爲碑銘，以下依次爲記、贊、墓志、序、表、狀、書、祭文等；自卷二十一起至三十卷則收入宋之後的詩文，卷二一、二二爲各體詩，卷二三爲序，其次各卷分別爲贊、碑銘、記、墓志銘等。實際上，徐鉉的詩作，現存的就《騎省集》中的七卷（含第一卷）約四百一十首和《全宋詩》所蒐集的三首、詩句三聯。

（一）、詩歌內容特色

　　徐鉉的詩歌，在內容上有幾個值得注意的地方，也可以說是較具特色之處：

1、《騎省集》中的唱和詩佔全集的四分之三強：

　　這是僅依詩題標明「送」、「和」、「依韻」、「寄贈」、「酬」等字眼所做的統計，而未包括詩題未標明而實際爲唱酬的作品。我們可以說：《騎省集》是唱和詩風中的產物。〔註11〕然其入宋之後的奉和應制詩，除辭采較顯典麗外，多板滯無味，與其他流易詩風作品相較，殊覺不類。

2、有不少具樂府風味的詩歌：

　　《騎省集》中扣除最大宗的唱和詩外，次多者應屬具樂府風味的詩歌，就目前集中所見，卷二載有〈柳枝辭〉十二首，卷三有〈拋球樂辭〉二首、〈離歌辭〉五首，卷五有〈柳枝詞〉十首，卷七有〈觀燈玉臺體〉十首，共計三十九首。樂府歌辭多，正足以說明徐鉉在學習白居易方面的努力。

　　　　　州以寒疾卒。」

〔註11〕案許總《宋詩史》頁三四云：「《騎省集》也主要是宋初唱和詩風中的產物。」此語有疏漏之處，蓋如本文此節在介紹徐鉉時曾說明，其集中的作品自卷二十一至卷三十方爲入宋之作，是入宋之後的作品僅佔全集的三分之一，若以詩作計算則爲全部的七分之二，而且他在南唐時的詩作就是以唱和詩爲主的，故不宜將《騎省集》視爲「宋初唱和詩風中的產物」。

3、部份詩歌仍存晚唐艷體詩風味：

晚唐艷體風格的詩，在《騎省集》中雖然所佔分量不多，但與同時其他詩人相較，仍顯突出，而且其艷體詩艷而不俗，麗而不佻，情深而文明，堪稱此類詩中佳作，如集中卷一的〈春夜月〉，卷二的〈春分日〉、〈月真歌〉，卷三的〈夢游三首〉等。

（二）、詩歌風格

1、真率自然

徐鉉的詩平易淺切，真率自然，不押險韻，不用奇字，頗近白居易詩風。如本章第一節所舉其〈貶官泰州出城作〉及〈送王四十五歸東都〉、〈邵伯埭下寄高郵陳郎中〉（均在卷三）等詩，均能出自肺腑，情思流暢，毫無生澀雕琢之病，今舉其詩以證：

> 海內兵方起，離筵淚易垂。憐君負米去，惜此落花時。
> 想憶看來信，相寬指後期。殷勤手中柳，此是向南枝。
>
> （〈送王四十五歸東都〉）

此詩是一首送別詩，但是它擺脫一般消沉淒迷的寫法，而於傷別中兼有勸慰，並以平易樸實的語言表現對朋友真摯的情意，故屬送別詩中的上乘之作。詩的首聯扣題，寫送別，並關照到送別時的局勢，一句「海內兵方起」，道出朋友相別的不尋常，也在離緒中加深了感傷的氣氛。頷聯中用子路負米的事典，說明朋友為孝養父母而不辭艱辛回到多難的家鄉，值此落英繽紛之時，更增添詩人「無可奈何花落去」的失落淒婉之情，詩寫至此，氣氛可說是已抒發的淋漓盡致。於是頸聯語氣一轉，由傷離翻為勸慰，相約以書信互往，等待來日的會面，此舉志在緩和、沖淡彼此感傷離緒，而末聯「殷勤」兩句，又將稍為放手的情緒拉回，但此時不再如剛起時纏綿，因為彼此均知分別勢所必行，故而以相互思念聯繫分隔兩地的友誼作結，讓行者雖賦歸卻有再見的希望。全詩情到語流，的確感人至深。《宋詩精華錄》謂此詩：「三四對語生動，末韻能於舊處生新」，主要是著重在表現技巧上；

而趙昌平則以「語淺情深」〔註12〕一語綜評此詩的成就，給以極高的
評價。〈送高舍人使嶺南〉一詩，亦爲送別詩，其情致之眞切一如前
作：

> 西掖官曹近，南溟道路遙。使星將渡漢，仙掌乍乘潮。
> 柳映靈和折，梅依大庾飄。江帆風淅淅，山館雨蕭蕭。
> 陸賈眞迂闊，終童久寂寥。送君何限意，把酒一長謠。
>
> （卷四）

此詩與前詩除了體式不同之外，最大的差別應是此詩描述眼前景物較
多，但景物始終和離情扣緊，愈益烘托出別情的蕭索，唯眞率自然之
風格不變。與〈送高舍人使嶺南〉同卷的鄰詩〈和王明府見寄〉亦是
此種風格的作品：

> 時情世難消我道，薄宦流年厄此身。
> 莫歎京華同寂寞，曾經兵革共漂淪。
> 對山開户唯求靜，貰酒留賓不道貧。
> 善政空多尚淹屈，不知誰是解憂民。

此詩語言直樸明暢，不勞雕飾，憂民傷時之心顯見。而〈邵伯埭下寄
高郵陳郎中〉一詩，則以好友久別重逢爲引，發攄生離之悲與不遇之
哀，其詩云：

> 故人相別動經年，候館相逢倍慘然。
> 顧我飲冰難輟棹，感君扶病爲開筵。
> 河灣水淺翹愁鷺，柳岸風微噪暮蟬。
> 欲識酒醒魂斷處，謝公祠畔客亭前。（卷三）

相逢時的感動，不及見面後的感傷，因爲詩人已離京多時，且有病纏
身，見著故人自然倍增惆悵。前四句作一般感情的描述，頸聯則將筆
鋒一轉，敘寫眼前之景，唯此番轉折如以平常心視之，則無甚意義，
但與詩人身世相聯，則其旨意立見：愁鷺正以喻己之不得志，暮蟬則
不禁令人想起駱賓王〈獄中詠蟬〉之意象，此情此景如何能夠使詩人
釋懷？故結尾即以「欲識酒醒魂斷處，謝公祠畔客亭前」作收，此處

〔註12〕見趙氏〈從鄭谷及其周圍詩人看唐末至宋初詩風動向〉。

以謝靈運之出守不得志相襯，可謂情深意摯，言有盡而意無窮，達到情景交融的境界。

2、冶衍遒麗

　　相傳徐鉉的文思敏捷，凡有撰作，常不喜預作，有想請他寫文章的人，臨事來請，他執筆立就，未嘗沈思。徐鉉曾說：「文速則意思敏壯，緩則體勢疏慢。」〔註13〕靈思敏捷，則氣脈自然活絡貫串，如巨泉噴湧，源源不絕，又如黃河之水天上來，其澎湃之勢不可遏阻。徐鉉雖無李白之才，然亦時出清雋，故其詩風有冶衍遒麗之一面，如魏泰的《臨漢隱居詩話》即稱：

> 梅堯臣〈贈朝集院鄰居〉詩云：「壁隙透燈光，籬根分井口」。
> 徐鉉亦有〈喜李少保卜鄰〉云：「井泉分地脈，砧杵共秋聲」，此句尤閒遠矣。

紀昀《四庫全書·騎省集提要》亦引此詩句，謂徐鉉詩作：

> 亦未嘗不具有思致，蓋其才高而學博，故振筆而成，時出名雋也。

今徐鉉此詩已亡佚，我們無從知其全貌，然而其詩卷中，清雋閒遠之詩並不少見，如〈常州驛中喜雨〉：

> 颯颯旱天雨，涼風一夕迴。
> 遠尋南畝去，細入驛亭來。
> 蓑唱牛初牧，漁歌棹正開。
> 盈庭頓無事，歸思酌金罍。（卷三）

頷、頸兩聯除對仗精工外，並見州人喜雨景象，不由歡欣忭蹈的激烈動作著筆，卻從「遠尋南畝」、「細入驛亭」的細膩感受入手，一開一闔，十分貼切地描繪出久旱逢甘雨者的忻悅。頸聯以漁樵農牧的歌唱、活動展開，以見甘霖施惠之廣及民眾舒暢之極，然而一切動作都是如此悠雅平淡，雖喜而不狂。尾聯再以清順之筆勾勒出作者憂民愛民的情思，也形象地寫出思鄉者的落寞，結語清淡，但韻味悠遠，可

〔註13〕《四庫全書·騎省集提要》引晁公武《郡齋讀書志》語。

謂「於喜中見哀思」。又如〈謝文靜墓下作〉：

　　越徼稽天討，周京亂虜塵。

　　蒼生何可奈，江表更無人。

　　豈憚尋荒壟，猶思認後身。

　　春風白楊裏，獨步淚霑巾。（卷二）

〈得浙西郝判官書未及報聞燕王移鎮京口因寄此詩問方判官田書記
消息〉：

　　秋風海上久離居，曾得劉公一紙書。

　　淡水心情長若此，銀鉤蹤跡更無如。

　　嘗憂座側飛鴞鳥，未暇江中覓鯉魚。

　　今日京吳建朱邸，問君誰共曳長裾。（卷三）

〈離歌辭五首〉之三：

　　事與年俱往，情將分共深。

　　莫驚客鬢改，只是舊時心。（卷三）

〈和方泰州見寄〉：

　　逐客悽悽重入京，舊愁新恨兩難勝。

　　雲收楚塞千山雪，風結秦淮一尺冰。

　　置醴筵空情豈盡，投湘文就思如凝。

　　更殘月落知孤坐，遙望船窗一點星。（卷四）

〈和鍾大監汎舟同游見示〉：

　　潮溝橫趣北山阿，一月三游未是多。

　　老去交親難暫捨，閒中滋味更無過。

　　谿橋樹映行人渡，村徑風飄牧豎歌。

　　孤櫂亂流偏有興，滿川晴日弄微波。（卷五）

以上諸篇，都作於南唐，或情深、或意致深遠，但均具冶衍遒麗風格。

〈再領制誥和王明府見賀〉亦具同樣風調：

　　褰步還依列宿邊，拱辰重認舊雲天。

　　自嗟多難飄零困，不似當年勇氣全。

　　難樹晚花疏向日，龍池輕浪細含煙。

　　從來不解為身計，一葉悠悠任大川。（卷四）

此詩將一個臣子由被疏遠後再受重視的心情感受，非常具體地表露，尤其頸聯「雞樹晚花」、「龍池輕浪」所代表的意象十分傳神，自然流利，毫無雕琢之跡，而末句總括全詩意旨，寫得閑遠恬澹，又見開闊氣勢，頗有白居易詩的架式和風味。難怪馮延巳評其詩說：

> 凡人爲文，皆事奇語，不爾，則不足觀，唯徐公率意而成，自造精極。詩冶衍遒麗，具元和風律，而無滶澀纖阿之習。
>
> （《宋詩鈔‧騎省集鈔序》）

3、流暢平易

由於徐鉉作詩強調才氣（即所謂的「文速」），所以他的詩固然有冶衍遒麗的一面，但也往往無法時刻精警深切，故其詩也給人一種「流易有餘，而深警不足」〔註14〕之感。如〈送荻栽與秀才朱觀〉：

> 羨子清吟處，茅齋面碧流。
> 解憎蓮艷俗，唯欠荻花幽。
> 鷺立低枝晚，風驚折葉秋。
> 贈君須種取，不必樹忘憂。（卷三）

〈和蕭少卿見慶新居〉：

> 驚懷偶駐知多幸，斷雁重聯愜素期。
> 當戶小山如舊識，上牆幽蘚最相宜。
> 清風不去因栽竹，隙地無多也鑿池。
> 更喜良鄰有嘉樹，綠陰分得近南枝。（卷四）

〈奉命南使經彭澤〉：

> 遠使程途未一分，離心常在醉醺醺。
> 那堪彭澤門前立，黃菊蕭疏不見君。（卷四）

以上三首都作於未入宋前，雖非深刻警策，但卻有一份蕭疏、清淺的美感。有人說，徐鉉之所以「敏捷」，固然是由於他的高才宿學，但「白體詩『容易做』，恐怕也不無關係」〔註15〕，其實高才宿學的功力表現即是冶衍遒麗詩風的呈顯，而白體詩容易作的特性發揮，便形

〔註14〕同上。
〔註15〕白敦仁語，〈宋初詩壇及『三體』〉一文、頁59。

成徐鉉詩流易平暢的風格。葛賢華《中國詩史》云：

> 北宋初期的詩，多效晚唐五代，風格早靡不振；惟徐鉉和
> 王禹偁二人由元和體上規李杜，稍崇風骨。鉉詩學白樂天，
> 語淺而有深致，率意而成，能自造精銳，爲時流所不及。（頁
> 285）

以徐鉉爲主的白體詩人在宋初文壇所造成的風潮，或許和其詩風流易有關，這情形和白居易詩在當時及晚唐、五代受到歡迎的狀況如出一轍：「意激而言質」的諷諭詩與「思澹而詞迂」的閑適詩對一般大眾來說，稍嫌嚴肅和枯淡，故白居易也自認「宜人之不愛」；而「誘於一時一物，發於一笑一吟，率然成章」的雜律詩，卻足以在「親朋合散之際」「釋恨佐歡」，唯其如此生活化，有血有淚，能夠與一般民眾的生命契合、或滿足一般社會大眾躋身成爲文化人的虛榮感，雖然白居易認爲應「刪去」或「略之」，但它終究成爲白詩最受歡迎的主力詩歌。宋初詩壇白體詩盛興，我們也可以做如是觀。

4、深具忠義情操

翁方綱《石洲詩話》卷三云：

> 騎省雖入宋初，尚沿晚唐體靡弱之音，南唐後主詩亦然。
> 騎省〈挽吳王〉二章，自是合作。

翁氏所謂的〈挽吳王〉二章，其實即今所見〈吳王挽詞〉，原有三首，《騎省集》並未收錄，但魏泰的《東軒筆錄》收錄其中兩首：

> 倏忽千齡盡，冥茫萬事空。青松洛陽陌，荒草建康宮。
> 道德遺文在，興衰自古同。受恩無補報，反袂泣途窮。（其一）
> 土德承餘烈，江南廣舊恩。一朝人事變，千古信書存。
> 哀挽周原道，銘旌鄭國門。此生雖未死，寂寞已銷魂。（其二）

這二首挽詞，將自己對故主的悼念和今日身處異國的環境、感受，和盤托出。《東軒筆錄》並且詳細敘述了徐鉉撰作此詩的經過：

> 太平興國中，吳王李煜薨，太宗詔侍臣撰吳王神道碑，時

> 有與徐鉉爭名而欲中傷之者，面奏曰：「知吳王事跡，莫若
> 徐鉉爲詳。」太宗未悟，遂詔鉉撰碑。鉉遽請對而泣曰：「臣
> 舊事李煜，陛下容臣存故主之義，乃敢奉詔。」太宗始悟
> 讓者之意，許之。故鉉爲碑，但推言歷數有盡，天下有歸
> 而已。其警句云：「東鄰遘禍，南箕扇疑。投杼致慈親之惑，
> 乞火無里婦之談。始勞因壘之師，終後塗山之會。」太宗
> 覽讀稱善。異日，復得鉉所撰〈挽吳王詞〉三首，尤加歎
> 賞，每對宰臣稱鉉之忠義。

此中值得注意的是宋太宗「每對宰臣稱鉉之忠義」，此所謂「忠義」
不單指對宋庭而言，且包括對南唐故國故主在內。

徐鉉爲官南唐時，曾因被誣而遭貶泰州，其〈過江〉一詩，同前
舉〈貶泰州出城作〉均爲貶謫泰州途中所作：

> 別路知何極，離腸有所思。
> 登艫望城遠，搖櫓過江遲。
> 斷岸煙中失，長天水際垂。
> 此心非橘柚，不爲兩鄉移。（卷三）

作者將過江之際的戀闕思君之情與江上煙波迷茫的情境緊密融合，寄
情於景，甚爲含蓄。

尤其是三、四兩句的實際行動，更可讓我們感受到詩人的難捨心
境。尾聯兩句，更明白昭告詩人對君王堅貞不移的忠義精神。〈聞查
建州陷賊寄鍾郎中〉亦在被放逐期間之作，同樣表現忠國深情，其詩
云：

> 聞道將軍輕壯圖，螺江城下委犀渠。
> 旌旗零落沉荒服，簪履蕭條返故居。
> 皓首應全蘇武節，故人誰得李陵書。
> 自憐放逐無長策，空使盧諶淚滿裾。（卷三）

放逐期間遭逢國事多難，而無處使力，只有如盧諶之空歎，如青衫之
憔悴：

> 正憐東道感賢侯，何高南冠脫楚囚。
> 皖伯臺前收別宴，喬公亭下艤行舟。

四年去國身將老，百郡徵兵主尚憂。

更向鄱陽湖上去，青衫憔悴淚交流。（卷三〈移饒州別周使君〉）

他如同卷〈避難東歸依韻和黃秀才見寄〉中的「自甘逐客紉蘭佩，不料平民著戰衣」、「時危道喪無才術，空手徘徊不忍歸」、〈酬郭先輩〉中的「顧我徒有心，數奇身正紲。論兵屬少年，經國須儒術。夫子無自輕，蒼生正愁疾。」、〈送劉山陽〉中的「所嗟吾道薄，豈是主恩輕。戰鼓何時息，儒冠獨自行。」、〈和蕭郎中什日見寄〉中的「謝公制勝常閑暇，願接西州敵手棋」等等，在在寫出詩人憂國忠藎之心。

入宋之後，則詩歌亦頗多關懷念國計民生之思，或悼念故國家鄉之作。如他在早年〈送德林郎中學士赴東府得酒〉（卷四）之序中曾勸誡德林郎中「當本仁守信，體寬務斷」，「忘身徇國，急病讓夷」，入宋之後，亦在〈送國子徐博士之澧州〉中勸徐博士「多才適世用，學者不遑處」。而〈景陽臺懷古〉一詩則明白表示對故國的弔念：

後主亡家不悔，江南異代長春。

今日景陽臺上，閒人何用傷神。（卷二）

〈送曾直館歸寧泉州〉一詩，則借用遼東鶴的典故，暗寓故國人事全非之哀：

常憐客子倦征岐，誰似曾郎得意歸。

廳璅石渠封簡冊，手持丹桂拜庭闈。

舟橫劍浦凌清瀨，馬過猿巖點翠微。

卻笑遼東千歲鶴，下來空歎昔人非。（卷七）

一句「誰似曾郎得意歸」，真把倦遊異鄉「客子」的辛酸表露無疑，而〈送鄭先輩及第西歸〉中詩人思鄉念歸的情結，亦有殊途同歸之致，其詩云：

春晚緣山路，華光滿翠微。

憐君持郡桂，歸去著萊衣。

故國幾人在，浮生萬事非。

唯當拭病眼，看子九霄飛。（卷七）

〈送廖舍人江南安撫〉則表現了詩人既懷念故國家鄉又不能明白表示

的矛盾心情，只好以同事之誼勸勉廖舍人「但使民瘝瘝，無憂國賦虧」：

> 上天本愛民，治亂當有時。傷嗟江表人，三災迭擾之。
> 如何遭盛明，不能免流離。王澤限迢遠，孰云天聽卑。
> 賢哉廖夫子，盡忠不顧私。朝聞青蒲奏，暮見軺車馳。
> 愚聞奉使者，受命不受辭。但使民瘝瘝，無憂國賦虧。
> 貞觀笑割股，文侯諭治皮。學古平生事，行行當在茲。
> 贈言聊執手，願子副心期。(卷七)

「賢哉廖夫子，盡忠不顧私」兩句，似乎有過譽之嫌也有徇私之病，但為了使自己故國同胞受到更好眷顧，這些舉措也不算過份了，只是「學古平生事，行行當在茲」，雖表現詩人素來關懷民瘼的精神和態度，但若抽離了他對廖舍人關照故國民眾的期許，則會失去此詩應有的光澤，而顯得有些說教的板滯，故不可以不細思。而此類風格中，表現最深沉含蓄的作品，應屬〈題梁王舊園〉，這是徐鉉隨後主歸附宋朝之後，來遊梁王舊苑，所引發的對故國之悲：

> 梁王舊館枕潮溝，共引垂藤繫小舟。
> 樹倚荒臺風淅淅，草埋欹石雨修修。
> 門前不見鄒枚醉，池上時聞雁鶩愁。
> 節士逢秋多感激，不須頻向此中游。(卷五)

李白〈梁園吟〉云：「梁王宮闕今安在？枚馬先歸不相待。舞影歌聲散淥池，空餘汴水東流海。」徐鉉既為南唐舊臣，來游此地，自然別有一番滋味在心頭。此詩即以今昔對照的方式，表達出人事全非的景象，亦曲折地表現出自己的亡國之思，令人不禁聯想起黍離麥秀之悲，但此處詩人也巧妙地以歷史陳蹟梁園來抒發幽情，避開了對新朝廷的不必要的刺激，真可謂「借他人酒杯澆自己之塊壘」。然其對南唐的忠心義膽，不言可喻。

宋文瑩《玉清詩話》卷八記載：

> 徐騎省鉉事江南後主為文館學士，隨煜納圖，太宗苛責以
> 不能諷諭早獻圖貢，鉉對曰：「臣聞四郊多壘，卿大夫之辱

也。爲人謀國，當百世不傾，諷主納疆，得爲忠乎？」太
宗神威方霽，曰：「今後事我，亦當如是。」

由此可見，徐鉉詩歌之表現忠義精神，其來有自也。

（附）‧徐　鍇

方回的〈送羅壽可詩序〉中雖將徐鍇列名於宋初白體詩派中；實
際上，徐鍇並未曾入宋，故只能稱他爲五代南唐詩人。

於此，僅將其生平與目前傳世之詩歌迻錄於後，以供參酌：

（一）、生　平

徐鍇（921～974），字楚金，徐鉉之弟。從小知書，及長，文詞
與鉉齊名。南唐中主李璟時，起家秘書郎，授右拾遺，集賢殿直學士。
因論馮廷魯有罪無才，不當重用，忤權要外遷。李璟愛其才，復召爲
虞部員外郎。後主李煜立，遷屯田郎、知制誥、集賢殿士；改官名，
拜內史舍人。與兄徐鉉俱在近侍，時號「二徐」。

據陸游《南唐書》記載，徐鍇四知貢舉，號稱得人。曾著〈質
論〉十餘篇，李煜親爲校定。後再集結自己的作品，命徐鍇爲他作
序。徐鍇酷愛讀書，不管是隆冬烈暑，未曾稍停。而且博聞強記，
李後主曾經得到周載的《齊職儀》一書，當時江東並無此書，故眾
人均不知曉此書內容，而徐鍇卻能將書中所記一一陳對，無所遺
忘。徐鍇自小精小學，經他校讎的書尤其精審。江南藏書之盛爲天
下之冠，多出於徐鍇之力。宋李穆出使江南，見到徐氏兄弟及其文
章，贊歎不已，譽爲「二陸之流」。

有次他在殿中值夜，後主便召見他，和他談論天下大事，並且問
他用人應以才或行爲先？後主認爲：國家多難，當以才爲先；徐鍇則
以爲當以德行爲先。李煜深爲折服。當時南唐國土日漸削減，且外有
宋兵壓境，後主便遣徐鉉爲使入宋，遭滯留，而徐鍇竟因此憂憤得疾，
於開寶七年（974）七月卒，年五十五。

（二）、現存詩歌

徐鍇擅長詩文，十餘歲時，群眾宴集，令他賦〈秋詞〉，援筆立就。平生著作甚多，主要有《說文解字繫傳》四十卷、《說文通釋》四十卷、《方輿記》一百三十卷、《古今國典》、《賦苑》、《歲時廣記》及文集十五卷、家傳等。詩文集已無傳本。《全唐詩》七五七卷編入其詩五首，今迻錄於下：

〈送程德琳郎中學士〉

瓜步妖氛滅，崑岡草樹青。終朝空望極，今日送君行。

報政秋雲靜，微吟曉月生。樓中長可見，特用滅離情。

〈太傅公以東觀庭梅西垣舊植昔陪盛賞今獨家兄唱和之餘俾令攀和輒依本韻伏愧裴然〉

靜對含章樹，閒思共有時。香隨荀令在，根異武昌移。

物性雖搖落，人心豈變衰。唱酬勝笛曲，來往韻朱絲。

〈太傅相公與家兄梅花酬唱許綴末篇再賜新詩俯光拙句謹奉清韻用感鈞私伏惟采覽〉

重歎梅花落，非關塞笛悲。論文叨接萼，末曲愧吹篪。

枝逐清風動，香因白雪知。陶鈞敷左悌，更賦邵公詩。

〈同家兄哭喬侍郎〉

諸公長者鄭當時，事事無心性坦夷。

但是登臨皆有作，未嘗相見不伸眉。

生前適意無過酒，身後遺言只要詩。

三日笑談成命理，一篇投弔尚應知。

〈秋詞〉

井梧紛墮砌，寒雁遠橫空。雨久莓苔紫，霜濃薜荔紅。

由上錄諸詩可以發現：徐鍇應是白體詩風的踐行者，前三首明顯為唱酬詩，後兩詩則具白體平淺流易的詩風。

二、李　昉

李昉（925～996），字明遠，饒陽（今屬河北）人。過繼給從父

李沼，以蔭補齋郎，選授太子校書。後漢乾祐間進士，爲秘書郎。右拾遺、集賢殿修撰。入（後）周，隨李穀爲記室，從征淮南。歸擢主客員外郎，知制誥、集賢殿直學士，史館修撰、翰林學士。入宋爲中書舍人、戶部侍郎、工部尚書、文明殿學士、平章事。淳化四年，李昉以私門連遭憂戚，辭免宰相，以特進司空致仕。至道二年卒，年七十二。卒贈司徒，諡文正。

李昉爲人和厚多恕，不記舊仇〔註16〕，小心翼翼，在相位無顯赫之稱。有文集五十卷，奉敕主編《太平御覽》一千卷，又蒐羅佚聞瑣事、神仙鬼怪、名物典故編成《太平廣記》五百卷、輯集南朝梁末至唐代詩文編成《文苑英華》一千卷，又參與編撰《舊五代史》（以上諸書都有傳本行世）。

（一）、詩歌內容

李昉詩清切淺近〔註17〕，由上舉諸詩可見。又因其身居高位，故詩中不時可見用世報國之心，如前舉「安民濟物才無取，報國酬恩志未疏」句即是。他如「一朝纔退掩衡門，如此爭能答聖恩」〔註18〕的著急，「美食身非稼，豐衣婦不蠶。因思寒餒者，飽暖自須慚」〔註19〕的愧疚心態，「料君難戀神仙境，重築沙堤走馬行」〔註20〕、「莫學馮唐便休去，明君晚事未爲慚」〔註21〕中的勸人，以及「傷禽再展凌雲

〔註16〕《名臣言行錄》載：「盧多遜與李昉善，昉待之不疑，多遜知政多毀昉，人以告昉，昉不信。太宗一日語及多遜事，昉頗爲解。太宗曰：『多遜毀卿，一錢不值。』昉始信之。」，《宋人軼事彙編》卷四引。

〔註17〕趙昌平〈從鄭谷及其周圍詩人看唐末至宋初詩風動向〉謂：「李昉詩亦清淺」，文見《文學遺產》1987年第三期。

〔註18〕〈暑雨晴炎風稍解更逢連假甚適閒情竹軒正恣於高眠蓬閣忽貽於佳句一篇一詠雖許於唱酬載笑載言頗疏於陪接不蒙顧我深所慊懷敢次來章用伸微抱〉詩。

〔註19〕前舉〈侍郎吟思……〉詩之五章。

〔註20〕〈和夏日直秘閣之什〉詩。

〔註21〕〈寄孟賓于〉詩。案此詩由宋馬令之《南唐書》卷二三蒐入，見《全宋詩》卷一三，頁187。

翼，枯木重爲犯斗槎」〔註22〕的奮厲，在在顯示其忠國愛君、憤發自誓的懷抱，這在其詩中雖未特別突顯，但仍值得注意。

　　其實李昉詩作最普遍的內容，乃是寫其清閑自適的生活，故或寫天候（如〈依韻和殘春有感〉、〈和喜雨〉、〈宿雨初晴……〉），或因病感慨（如〈老病相攻偶成長句寄祕閣侍郎〉、〈昉著灸數朝……〉、〈齒疾未平……〉），或詠花鳥（如〈獨賞牡丹因而成詠〉、〈依韻奉和千葉玫瑰之什〉、〈寶相花送上祕閣侍郎并獻惡詩一首〉），或酬謝贈寄（如〈謝侍郎三弟朝蓋相過〉、〈輒歌盛美獻祕閣侍郎〉、〈寄祕閣侍郎〉）等，均道出詩人平日愛好讀書、愛好歌詩唱和的快樂生活，〈偶書口號寄祕閣侍郎〉、〈更述荒蕪自詠閑適〉二詩便是最佳例證：

> 朝退歸來只在家，詩書滿架是生涯。
> 吟成拙句何人和，按得新聲沒處誇。
> 夜影最憐蟾影潔，秋空時見雁行斜。
> 望君偷暇來相訪，猶有東籬殘菊花。
> 滿架詩書滿炷香，琴碁爲樂是尋常。
> 誠知老去唯宜靜，自笑閑中亦有忙。
> 腰下轉嫌女印重，眉間漸長白毫長。
> 手栽園樹皆成實，引著兒孫旋摘嘗。

　　他如〈題岱宗無字碑〉、〈桐柏觀〉、〈題義門胡氏華林書院〉等題寫景物之詩絕少，如〈贈襄陽妓〉之寫兒女之情、〈泰陵忌辰〉之悽清亦絕無僅有，故其詩作內容較顯單調少變化。

　　李昉有一首詩常爲後人稱道，此即〈禁林春直〉詩，原詩於《二李唱和集》中未錄，今由《瀛奎律髓》中載見，其詩云：

> 疏簾搖曳日輝輝，直閣深嚴半掩扉。
> 一院有花春晝永，八方無事詔書稀。
> 樹頭百轉鶯鶯語，梁上新來燕燕飛。
> 豈合此身居此地，妨賢尸祿自知非。

〔註22〕〈再入相〉詩，由《排韻增廣事類氏族大全》卷三蒐入，見《全宋詩》卷一三，頁189。

《宋詩精華錄》評此詩道：「寫出太平氣象，而不落俗，惟元人王惲
〈玉堂即事〉二絕句近之。」但王惲之首二句：「陰陰槐幄幕閒庭，
靜似藍田縣事廳」卻以玉堂直喻縣廳，已落痕跡，故實遜李詩一截矣。
此詩不只首聯、頷聯具雍容氣象，頸聯亦流麗可喜，誠為李昉詩中佳
作。而〈祜公榮歸〉一詩亦精警可愛，將衣錦榮歸者急切歸鄉之喜悅
心境，騰踊紙上，頗值一觀，茲摘錄於後：

> 南望鄉間隔楚雲，歸心迢遞更紛紜。
>
> 何因得共飛帆上，細看長江濯錦文。

（二）、詩歌特色

　　李昉詩文均效法白居易的淺近易曉，故《宋史》本傳說他「為文
章慕白居易，尤淺近易曉」（卷二六五），《青箱雜記》也稱他：

> 詩務淺切，效白樂天體。晚年與參政李公至為唱和友，而
> 李公詩格亦相類，今世傳《二李唱和集》是也。

王禹偁的〈司徒相公挽歌〉，是悼李昉之作，其中也說：

> 須知文集裏，全似白公詩。（《小畜集》卷十）

身為宋初白體詩派的開派者，他以自己的地位影響了宋初的文壇。如
王偁《東都事略》曾記載李昉以白居易詩諷諫宋太宗之事云：

> 太宗嘗語輔臣曰：「朕何如唐太宗？」皆曰：「陛下堯舜之
> 主也，何太宗之足云！」昉獨無言，徐誦白居易詩云：「怨
> 女三千放出宮，死囚四百來歸獄！」太宗拱手曰：「朕不及
> 也。」（卷三十二）

史載太宗是好文之主，平時集宴即喜以詩賦賜臣子，且喜令臣下和
韻，故李昉即以白居易詩諷諫，從而折服太宗；另一則關於李昉之事，
亦可看出當時社會唱和風氣之盛，及李昉之所以能夠主盟詩壇的原
因。《玉壺清話》載道：

> 至道元年燈夕，太宗御樓，時李文正昉以司空致仕於家，
> 上亟以安輿就其宅，召至，賜坐於御榻之側。敷對明爽，
> 精力康勁。上親酌御樽飲之，選肴核之精者賜焉，謂近臣
> 曰：「昉可謂善人君子也！事朕，兩入中書，未嘗有傷人害

　　物之事，宜其今日所享也。」又從容語及平日藩邸唱和之
　　事，公遽離席，歷歷口誦御詩七十餘篇，一句不訛。上謂
　　曰：「何記之精也？」公奏曰：「臣不敢妄對，臣自得謝職
　　無事，每晨起盥櫛，坐於道室，焚香誦詩，每一詩日誦一
　　遍，間或御誦道佛書。」上喜曰：「朕亦以卿詩別笥貯之。」
　　　　　　　　　　　　　　　　　　　　　　　　（卷三）

由此段記載可以得知，當李昉致仕之後猶兀自不得歇息，仍日日吟誦
太宗唱和之詩，是以能即席背誦太宗作品七十餘篇，而太宗也喜歡李
昉詩，故特別用竹笥貯放。唱和詩之受到重視，於此可以略窺一二。
而李昉以兩度入相的顯赫地位，以及受太宗喜愛的情形來看，他對宋
初的詩壇應是具有很大影響力的。也就是說：白體詩在宋初能夠易於
流傳，李昉和徐鉉的功勞至鉅。

1、清婉淺切

　　上節已引李昉自序《二李唱和集》，說明其纂集的宗旨，乃在設
法使自己的唱和集能如《劉白唱和集》那樣「流布海內」。且其集子
中的一百五十餘篇作品，都是依韻唱和的。李昉作品的風格，大致不
脫白居易閑適詩和唱和詩的範疇。《宋史》本傳說他為人和厚，做事
小心謹慎，此性格表現在詩歌創作上，便呈顯出對仗的工整和圓熟，
而造語則極力保持白體的淺切。如〈依韻和殘春有感二首〉：

　　暮春三月思依依，又到年年惜別時。
　　暖逼流鶯藏密樹，香迷舞蝶戀空枝。
　　海棠殘艷紅鋪地，蜀柳長條翠拂池。
　　便是林亭微暑至，葛衣重喜趁涼披。

頷聯、頸聯的對仗都妥貼適切，但造語清淺，故全詩顯得清婉淺切。
又如〈仙客〉〔註23〕一詩亦清淺可喜，其詩云：

　　胎化仙禽性本殊，何人攜爾到京都。
　　因加美號為仙客，稱向閑庭伴野夫。
　　警露秋聲雲外遠，翹沙晴影月中孤。

────────────────────

〔註23〕本詩《二李唱和集》未收，見方回《瀛奎律髓》卷二七載。

　　　　青田萬里終歸去，暫處雞群莫歎吁。

此詩將鶴之美姿氣質比喻爲如神仙般之不食人間煙火，奈何卻落到人間與雞群雜處，全詩淺顯平易，《瀛奎律髓》以爲「最佳者尾句」，而紀昀《瀛奎律髓刊誤》則以爲「尾句淺露之甚」，其實一尚精神，一重形式，唯全詩語言淺近則屬事實，且此詩頸聯亦極工巧，頗能表現鶴隻的形象和特徵，堪稱警句。

　　他如「水光先見月，露氣早知秋」〔註24〕、「琴彈永月得古意，印鎖經秋帶蘚痕」〔註25〕、「三載經樓鳳閣，五年提筆直鰲宮」〔註26〕等詩句，亦清婉淺切，精警可愛。

2、喜用白居易詩句或詩題入詩

　　李昉喜用白居易詩句或詩題入詩，如〈牡丹盛開對之感歎寄秘閣侍郎〉一詩即云：

　　　　白公曾詠牡丹芳，一種鮮妍獨異常。
　　　　眼底見伊眞國色，鼻頭聞者是天香。
　　　　朝含宿雨低垂淚，晚背殘陽暗斷腸。
　　　　多病老翁爭奈何，寄詩遙問少年郎。

全詩淺白有味，而且頷聯、頸聯都對仗工整，以「白公曾詠牡丹芳」起筆，表示自己對白居易詩的喜好，並進而學習模仿，此詩在氣氛的掌握上頗近白居易詩，亦即充分表現白詩淺切通俗的風格。〈齒疾未平灸瘡正作新詩又至奇韻難當暗忍呻吟強思酬和別披小簡蓋念短才更竭病懷甘輸降款〉一詩，由詩題可了解李昉等人愛好唱和成風，雖已身染恙疾，疼痛不已，猶比不上詩癮之「難當」，只好「暗忍呻吟」，「強思酬和」，而且一酬便是五首，如非眞對吟詩如此偏好癡迷，怎能如此？而宋初詩壇若非有這等地位、這等癡迷的高官推動，發揮影

〔註24〕〈僧閣閑望〉詩，錄自宋李頎之《古今詩話》（見《全宋詩》頁189）；吳喬之《圍爐詩話》以爲此詩句「可入六朝三唐」（卷五頁16）。
〔註25〕此詩句見明代鍾惺之《鍾伯敬先生硃評詞府靈蛇二集·骨集》頁34，題爲〈贈邑令詩〉，然未見《二李唱和集》收入，《全宋詩》內亦未載。
〔註26〕見《全宋詩》頁189引《排韻增廣事類氏族大全》卷三，未著詩題。

響力，白體詩如何能盛行不墮？此組詩之一吟道：

> 等閑無客訪閑門，時訪閑門只有君。
> 最喜舉觴吟綠篠，誰能騎馬詠紅裙。
> 遮窗密影朝朝見，聒枕幽聲夜夜聞。
> 更待明年漸滋盛，投林宿鳥定成群。

全詩言近意淺，明白流暢，其第四句下自注：「白公云：亦曾騎馬詠紅裙」，即擺明此詩句乃從白詩中截出。而頸聯「遮窗」兩句對仗整齊有趣，如單獨抽出，或許會產生如歐公《六一詩話》中「肥妻子」之效果。〈伏蒙侍郎見示蓬閣多餘暇詩十首調高情逸無以詠歌篇篇實爲絕倫一一尤難次韻強率鄙思別奉五章卻以祕閣清虛地爲首句所謂效西子之顰也惟工拙之不同豈天壤之相接莞爾而笑其敢逃乎〉詩之一寫道：

> 祕閣清虛地，深居好養賢。不聞塵外事，如在洞中天。
> 日轉遲遲影，爐焚裊裊煙。應同白少傅，時復枕書眠。

此詩句末自注云：「白云：盡日後廳無一事，白頭老監枕書眠。」此亦效用白詩一例。又如〈輒歌盛美寄秘閣侍郎〉詩亦云：

> 楮冠仍用竹爲簪，才略文章盡有餘。
> 避寵怕聞調鼎鼐，愛閑專喜掌圖書。
> 歌詩唱和心偏樂，勢利奔趨跡自疏。
> 恰與宗兄性相近，好來城外卜鄰居。

第四句「愛閑專喜掌圖書」即化用樂天詩句，故於此句下自注：「白公〈任祕書監〉詩云：專喜圖書無過地，偏尋山水自由身。」以上諸篇均爲直接截用白詩者，可見其對白詩之喜好。

3、唱和五律多組詩，且每章首句皆同

在李昉唱和詩中，有一奇特現象：喜用五律作組詩，且每章首句皆用同句。如上舉〈伏蒙侍郎見示蓬閣多餘暇詩……其敢逃乎〉一題五章，每章都用「祕閣清虛地」爲首句，反覆吟詠，但除首句外，每章所詠內容卻不同。如〈侍郎吟詩愈清逸才無匹敵唱彌高而和彌寡我已竭而彼轉盈欲罷不能蓋彰其餘刃知難而退甘豎於降旗五章強振於蕭音三鼓那成於勇氣暫希解甲少逐息肩庶重整其懦兵願別當其堅陣

此時勝負期一決焉卻以地僻塵埃少為首希垂采覽〉詩，題中明寫五章皆以「地僻塵埃少」為首句；〈又捧新詩見褒陋止睹五章之綺麗如九奏之淒清其末章云誰比天人福皆從積善招天人之比固不敢當積善之徵其來有自味嘉言之若是省薄德以何勝仰謝良知謹次來韻以老去心何用為首希垂采覽〉詩，亦明以「老去心何用」為首；若〈自過節辰又逢連假既閉關而不出但欹枕以閑眠交朋頓少見過盃酒又難獨飲若無吟詠何適性情一唱一酬亦足以解端憂而散滯思也吾弟則調高思逸誠為百勝之師劣兄則年老氣羸甘取數奔之誚恭依來韻更次五章以自喜身無事為首〉詩，則用「自喜身無事」作首句。

　　由上舉諸詩可以察知：李昉在作五律組詩時，精神都非常愉悅，所以詳述作詩緣由，並且全以五言表現其輕鬆愷忻的心情，故其五律組詩均有清淡閑適的風格。茲舉二詩以證：

> 地僻塵埃少，幽居一院清。自題花色號，暗記樹根莖。
> 竹撼蕭疏影，松搖淅瀝聲。也知園圃小，隨分適閑情。
> 〈侍郎吟詩……〉首章）

> 老去心何用，虛窗夏景涼。麥光鋪作簟，雪粉煮為漿。
> 竹徑時教掃，蔬畦不使荒。子孫何所遺，經史在南堂。
> 〈又捧新詩……〉三章）

至於由七律所彙成的組詩，非但無首句相同之例，且其詩風較傾向流轉工巧。如〈昉著炙數朝廢吟累日繼披佳什莫匪正聲亦貢七章補為十首學顰之誚誠所甘心〉詩之四章：

> 歷官從宦復如何，冒寵叨榮最有餘。
> 五載濫批黃紙敕，半生曾典紫泥書。
> 安民濟物才無取，報國酬恩志未疏。
> 聖主憂邊心正切，若為端坐正安居。

〈修竹百竿纔欣種植佳篇五首旋辱詠歌若無還答之言是闕唱酬之禮恭依來韻以導鄙懷調下才卑豈逃嗤誚〉之首章：

> 謾栽花卉滿朱欄，爭似疏篁種百竿。
> 長愛枕前聞淅瀝，乍欣窗外見檀欒。

第四章　白體大家王禹偁及其對詩歌成就

第一節　王禹偁生平及其詩學淵源

一、生平及著作

　　王禹偁字元之，濟州鉅野（今山東鉅野）人，九歲能文。[註1]
太平興國八年（983）中進士[註2]，授成武縣主簿，次年秋改爲大理
評事知長洲縣（今江蘇蘇州）。在長洲縣任內，與同年進士羅處約日
相唱酬，詩名傳誦遐邇。端拱元年（988），太宗聞其名，召試於京，
授右拾遺，直史館。是年獻〈端拱箴〉以寓規諷，且上書〈御戎十策〉
談邊事處置。次年，應詔賦詩，拜左司諫、知制誥。淳化二年（991）
爲徐鉉辯誣治妖尼道安罪，被貶爲商州（今陝西商縣）團練副使。經

〔註1〕此據《宋史》本傳、《宋元學案補遺》，《東都事略》則云：「九歲能
　　　　文歌詩」；然據《邵氏聞見錄》、《宋名臣言行錄》則云：「年七八已
　　　　能文」，並舉其〈磨詩〉：「但存心裏正，無愁眼下遲。若人輕著力，
　　　　便是轉身時」以證；宋無爲子之《西清詩話》則謂「元之七歲」代
　　　　父送麵至畢文簡宅，而有「鸚鵡能言爭似鳳」「蜘蛛雖巧不如蠶」之
　　　　對；司馬光《涑水紀聞》則引宋次道所爲〈神道碑〉曰：「生十餘歲，
　　　　能屬文」。
〔註2〕見《宋會要輯稿》第一百七冊，「選舉一」，頁4231。

年餘，由商州移任解州，旋奉詔拜左正言，太宗以其性剛直，不容於物，命宰相戒之。直昭文館，乞求外任，以便奉養雙親，得知單州，至郡十五日，召爲禮部員外郎，再知制誥。至道元年（995）正月召拜翰林學士、知審官院兼通進臺銀封駁司，詔命有不便之處即多所論奏，五月即因上疏論開寶孝章皇后喪禮事，坐輕肆罷爲工部郎中，知滁州。至道三年初，起復尚書工部郎中、知揚州。四月，特授尚書刑部郎中。五月，眞宗下詔求直言，上〈應詔言事疏〉，即詔還朝，復知制誥。因預修《太祖實錄》直書其事，咸平元年（998）落知制誥，出知黃州（湖北黃岡）〔註3〕，世稱王黃州。咸平四年春，移知蘄州（湖北蘄春），到任未逾月而卒〔註4〕，年四十八。〔註5〕

〔註3〕 王禹偁重修《太祖實錄》事，兩見於《宋會要》，清徐松所輯之《宋
　　　　會要輯稿》第五十三冊「運歷一」，頁2142，及第七十冊「職官一八」，
　　　　頁2789均可見此記載；而落職知黃州事，據《續資治通鑑長編》卷
　　　　四十三，頁15，李燾自注云：「按禹偁黃州謝上表則此出端坐史事，
　　　　而本傳乃云：宰相張齊賢、李沆不協，意禹偁證其間，故罷職。今
　　　　但從《記聞》，更須考之。或云：禹偁撰太祖，增上徽號冊文語涉譏
　　　　訕。此大誤也。江休復云：眞宗初即位，禹偁謁畢相于開封云：某
　　　　事某事舊僚宜有規諷。出知黃州。此亦誤：眞宗初即位，禹偁實自
　　　　揚州召入，當其責時，畢相去開封矣。」又，《涑水紀聞》卷三引宋
　　　　次道〈神道碑〉謂：「眞宗初，召王禹偁於揚州，復知制誥，修太宗
　　　　實錄。」此《太宗實錄》實《太祖實錄》之誤也；而宋蔡居厚《詩
　　　　史》載：「王元之以尼道安事謫黃州，蓋爲盧崔州所譖也。」此又張
　　　　冠李戴，誤將救徐鉉貶商州之事與因重修《太祖實錄》被貶黃州之
　　　　事攪混，此當辯明。
〔註4〕 宋·祝穆《新編四六寶苑群公妙語》頁二四七云：「王元之自橫（案
　　　　當爲黃）移蘄州，臨終作表曰：『豈期游岱之魂，遽協生桑之夢』，
　　　　昔人夢生桑，而占者云：『桑字乃四十八』，果是以歲終，元之亦以
　　　　四十八而歿也，垂歿用事，精切如此。」語雖涉迷信，聊加摘錄，
　　　　以爲談助；唯《東都事略·王禹偁傳》與《經進東坡文集事略》卷
　　　　五九〈王元之畫像贊幷序〉郎曄注則云：咸平四年春，王禹偁奉命
　　　　知蘄州，時已疾甚，肩輿上道。四月到任，謝上表兩聯曰：「宣室鬼
　　　　神之問，絕望生還；茂陵封禪之書，付之身后。」案宋人書冊中記
　　　　載此兩聯者甚多，惟文字稍有差異，如洪邁《容齋三筆》卷八〈四
　　　　六名對〉條，「絕望」即作「敢望」，「付之」作「已期」。
〔註5〕 以上王禹偁生平參見《宋史》本傳、黃啓方《王禹偁研究》、徐規

　　王禹偁一生志節高古，直道而行，當其出知黃州時，便作〈三黜賦〉以明志，卒章云：「屈於身而不屈於道兮，雖百謫其何虧？吾當守正直而佩仁義兮，惟終身而行之」(《小畜集》卷一)，雖屢遭貶謫亦不改其志，故亟爲後世稱道。如蘇軾贊其畫像曰：「惟昔聖賢患莫己知，公遇太宗，允也。……咸平以來，獨爲名臣，一時之屈，萬世之信。」〔註6〕黃山谷對王禹偁更是佩服之至，除以「砥柱中立」、「古之遺直」讚美他之外，還寫了一首詩稱道他的忠君愛國：「往時王黃州，謀國極匪躬。朝聞不及夕，百壬避其鋒。九鼎安磐石，一身轉孤蓬。浮雲當日月，白髮照秋空。」〔註7〕而當王禹偁去世後，諫議太夫戚綸誄曰：「事上不回邪，居下不諂佞，見善若己有，嫉惡過仇讎。」因其政治操守的正直廉潔，故導致仕宦生涯的顛頓，也因仕途的挫折，讓他有機會接觸到更實際的民眾問題，捕捉到更眞實的社會脈動，並利用他高度關懷國家社會、極爲同情百姓的心靈和努力淬鍊的文學技巧，寫下了不少不朽的詩篇，宋太宗曾稱揚道：「當今文章，惟王禹偁獨步耳」〔註8〕，洵可謂推崇之至。今人徐規在研究王禹偁作品和事跡後，亦給王禹偁下了一個評語：「他是北宋政治改革派的先驅，是關心民瘼、敢說敢爲的好官，是詩文革新的旗手，是據實直書、不畏時忌的史家」〔註9〕，如此尊敬詩人，無非是想還他一個該有的歷史公道罷了。

　　王禹偁的著作，據蘇頌《小畜外集‧序》云：「公之屬稿，晚年手自編綴，集爲三十卷，命名小畜，蓋取《易》之懿文德而欲己之集大成也。後集詩三卷，奏議集三卷，承明集十卷，五代史闕文一卷，並行于世。」又云：「集賢君購尋裒類，又得詩賦碑誌論議表書凡二

　　　　《王禹偁事跡著作編年》及《宋元學案補遺》卷三「學士王先生禹偁」。
〔註6〕　見註4引《經進東坡文集事略》卷題。
〔註7〕　分見《金華黃先生文集》卷十四之〈王元之眞贊〉及〈題黃州墨跡〉。
〔註8〕　《涑水紀聞》卷二，頁33。
〔註9〕　徐規《王禹偁事跡著作編年‧序》，頁1。

十卷，目曰《小畜外集》。因其名，所以成其志也。」由此可見王禹
偁的著作除今傳的《小畜集》三十卷、《小畜外集》二十卷外，尚有
《後集詩》三卷、《奏議集》三卷、《承明集》十卷，以及《五代史闕
文》一卷。唯後四本除《五代史闕文》尚存外（四庫全書本、四部叢
刊本），其他皆於南宋初已佚。

　　《小畜集》之編纂，據王禹偁〈自序〉，乃是詩人「大懼沒世而
名不稱」，故將平生所爲文章，除「散失、焚棄外」，加以分類排序而
成。其書卷一爲古賦、卷二爲律賦、卷三至卷五爲古調詩、卷六古詩、
卷七至卷十一律詩、卷十二、十三歌行，卷十四之下分別爲雜文、論、
碑記、書、序等。至若由其曾孫王分所裒集的《小畜外集》雖名爲二
十卷，然今所見皆爲殘本，祇存卷七（不全）至卷十三，其中除卷七
爲詩卷外，餘爲雜文、論議、箴讚頌、代擬、序等。故目前可見王禹
偁之詩，計十一卷，約六百一十五首。

二、詩學淵源

　　王禹偁是宋初詩文的重要作者，在文學上他主張學習韓愈、柳宗
元，認爲文句必須通俗易懂，而反對五代浮靡的文風，故其〈待漏院
記〉、〈黃州新建小竹樓記〉、〈唐店河嫗傳〉、〈答張扶書〉等代表作，
用筆皆含蓄簡鍊，語言也平易樸素；在詩歌上，他則推崇杜甫、白居
易的作品，曾作詩自述：「本與樂天爲後進，敢期子美是前身」〔註10〕，
故其詩歌創作，不僅寫得平易淳雅而有古風，而且勇于揭露現實，嚴
於針砭自身，故後人稱其詩歌「有杜甫反映民生疾苦的內容，有白居

〔註10〕《小畜集》卷九〈前賦春居雜興詩二首間半歲不復省視因長男嘉祐
　　　　讀杜工部集見語意頗有相類者咎于予且意予竊之也予喜而作詩聊以
　　　　自賀〉詩。案《蔡寬夫詩話》云：「元之本學白樂天詩，在商州嘗賦
　　　　〈春日雜興〉云……，其子嘉祐云：『老杜有恰似春風相欺得，夜來
　　　　吹折數枝花之句，語頗相近。』因請易之。王元之忻然曰：『吾詩精
　　　　詣，遂能暗合子美邪？』更爲詩曰：『本與樂天爲後進，敢期子美是
　　　　前身。』卒不復易。」是知王禹偁在詩歌創作上確實是喜歡杜甫和
　　　　白居易，並且也極力向他們學習的。

易平白明曉之風格」。〔註11〕

翁方綱《石洲詩話》卷三云：

> 《小畜集》五言學杜，七言學白，然皆一望平弱，雖云獨
> 開有宋風氣，但於其閒接引而已。

翁氏的說法明白表示：王禹偁的詩歌學習對象，便是杜甫和白居易。只是五言方面較傾向學習杜甫的沉鬱端重，而七言則學習白居易的平淺流暢。雖然翁氏認爲王禹偁的詩格過於「平弱」，而且只是詩歌由唐風進入宋調的「接引而已」，但亦不否定其「獨開有宋風氣」的貢獻。清初吳之振之編《宋詩鈔》，將王禹偁列爲詩集之首，並在〈序〉中說：

> 元之詩學李杜，……是時西崑之體方盛，元之獨開有宋風
> 氣，於是歐陽文忠得以承流接響。文忠之詩，雄深過於元
> 之，然元之固其濫觴矣。穆修、尹洙爲古文於人所不爲之
> 時，元之則爲杜詩於人所不爲之時者也。

吳氏此說將西崑置於王禹偁之前或同時，雖是一項錯誤，但他認爲：歐陽脩後來能夠順利推行詩文革新運動，在詩歌方面首應感謝王禹偁的「獨開風氣」，他才能「承流接響」，揮舞革新大纛，促成宋代詩歌的獨立。所以說，王禹偁是歐陽脩詩歌方面的「濫觴」，此確是卓見。王禹偁於〈贈朱嚴〉一詩中亦說：

> 誰憐所好還同我，韓柳文章李杜詩。（《小畜集》卷十）

這代表王禹偁喜好的詩家是李白、杜甫。

從以上諸家說法加以歸結，可以發現王禹偁的詩學淵源如下。

（一）、主學白居易

王禹偁自幼即喜歡讀白居易的詩，後來即學習白居易的詩歌寫作技巧，創作了不少動人詩篇。他在〈不見陽城驛〉一詩的序中曾說：

> 予爲兒童時，覽《元白集》，見唱和〈陽城驛詩〉，時穡貶
> 江陵，過商山，感陽道州而作是詩也。……樂天在翰林，

〔註11〕黃啓方語，見氏著《王禹偁評傳》頁47。

> 得而和之。淳化二年秋九月，予自西掖左宦商於，……因
> 作古風詩，申明三賢之作，且以不見陽城驛爲首句。(《小畜
> 集》卷三)

此序說明王禹偁自兒童即已接觸白居易詩作了，前舉〈前賦春居雜
興……〉詩在「本與樂天爲後進」句下自注：「予自謫居多看白公詩」，
是對白居易詩的喜好始終未曾中斷也。而早年所作的〈酬安秘丞見贈
長歌〉詩中也云：

> 邇來游宦五六年，吳山越水供新編。
>
> 還同白傅蘇杭日，歌詩落筆人爭傳。(《小畜集》卷十三)

這表示王禹偁早期也和其他同時期的白體詩人一樣，喜歡白居易在蘇
杭做官時所作「吟玩性情」的閑適詩和唱酬詩。我們從他的另外二首
詩中也可看出此種傾向：一爲中進士之後，剛任成武縣主簿時的作品
〈寄魚台主簿傅翱〉，其末聯云：

> 仍誇縣尹風騷客，應有秋來唱和詩。(《小畜集》卷七)

一爲移任長洲縣之後，寄同年進士、當時正知吳縣之羅處約的〈官舍
書懷呈羅思純〉，其末聯說道：

> 公暇不妨閑唱和，免教來往遞詩簡。(同上卷)

前述已言，王禹偁在尚未中進士之前，已與畢士安爲唱和之友，故唱
和作品應不少；中進士之後的幾年中，先和傅翱唱酬，後再與羅處約
相唱和。據《宋史·羅處約傳》載，王禹偁在長洲任內，和羅處約「日
以詩什唱酬，蘇杭間多傳誦」，而且僅是有關太湖遊覽的詩就達百首
之多；另在被貶到商州之後，他又和商州知州馮伉酬唱，一年之間也
創作了近百首詩，後來還曾編爲《商于唱和集》。

　　貶謫商州期間的作品，除了唱和詩是效仿白居易詩歌外，另如前
舉〈不見陽城驛〉、〈放言〉(《小畜集》卷八)、〈芍藥詩〉(《小畜集》
卷十一)等都是明顯的有意仿作，這在各詩的序中可以得知。如〈芍
藥詩序〉云：

> 白少傅爲主客郎中、知制誥，有〈草詞畢詠芍藥〉詩，詞
> 采甚爲該備。……予以端拱己丑歲，由左司諫爲制誥舍人，

　　　　後坐事黜棄。……自出滁上，移廣陵，追念綸闈，于今九

　　　　載，而編集之內，未嘗有芍藥詩，言于詞臣，不得無過。……

　　　　因賦詩三章，書于僧壁。

其創作動機明顯可見，乃單純爲追摹樂天而爲。〈放言〉詩序，將此

意念表現的更加清楚，他說：

　　　　元、白謫官，皆有〈放言〉詩著於編集，蓋騷人之道味也。

　　　　予雖才不侔於古人，而謫官同矣。因作詩五章，章八句，

　　　　題爲〈放言〉云。

在在顯示王禹偁對白居易行事和詩什的熟稔與欽仰，故時思效法摹

擬。

　　　　嚴羽《滄浪詩話・詩辯》中曾說：

　　　　國初之詩，尚沿襲唐人，王黃州學白樂天。

《蔡寬夫詩話》也說：

　　　　國朝初沿襲五代之餘，士大夫皆宗樂天，王黃州主盟一時。

在其詩集中，的確有許多詩什是學習白詩作法或化用、引用白居易詩

句的，而且詩篇中語及樂天的也不少，今舉證如下：

（甲）、語及白居易者（按《小畜集》、《小畜外集》卷次及他書輯佚之次第排列）：

（1）、《小畜集》：

　　　　白麻幾千紙，意出元白外。（卷三〈寄獻鄜州行軍司馬宋侍郎〉）

　　　　樂天曾守郡，酷愛虎丘山。（卷六〈遊虎丘〉）

　　　　先皇陵樹老，白傅影堂空。（卷七〈送趙令公西京留守〉）

　　　　香山居士眞容在，爲我公餘奠一觴。（卷七〈送同年劉司諫通

　　　　判西都〉）

　　　　放言詩什誰堪贈，焚贈微之與樂天。（卷八〈放言〉）

　　　　元白當時皆謫宦，不聞將得御書行。（卷八〈急就章〉）

　　　　多謝昭文李學士，勸教枕藉樂天書。（卷八〈報李學士〉）

　　　　樂天詩什雖堪讀，奈有春深遷客家。（同上）

請雨摩騰塔，尋芳白傅祠。(卷十〈送僕射相公赴西京〉)

須知文集裏，全似白公詩。(卷十〈司空相公挽歌〉)

賈生北望朝文帝，白傅何期哭憲宗。(卷十一〈揚州道中感事兼簡史館丁學士〉)

謝公向此憑熊軾，白傅曾爲鹿鳴客。(卷十二〈送姚鉉之任宣城〉)

因思元白在江東，不似晁丞今獨步。(卷十二〈送晁監丞赴婺州關市之役〉)

還同白傅蘇杭日，歌詩落筆人爭傳。(卷十三〈酬安秘丞見贈長歌〉)

（2）、《小畜外集》：

玉堆深媿白，黛潑不如彬。(外七〈仲咸因春遊商山下得三怪石輦致郡齋甚有幽趣序其始末題六十韻見示依韻和之〉)

白公渭北眠村舍，杜甫瀼西賃草堂。(外七〈賃宅〉)

徒聞清政如黃霸，尚借緋衫似白公。(外七〈和仲咸雨中作〉)

絳侯憎賈誼，白傅怨王涯。(外七〈次韻和仲咸對雪〉)

（3）、他書輯佚：

韓愈謫官憂瘴癘，樂天左宦白髭鬚。(《永樂大典》卷一一五八一〈登秦嶺〉)

應隨白太守，十隻洞庭船。(《吳郡志》卷四九〈憶舊游致仕了倩寺丞〉)

他如在詩句下自注言及白居易者，如《小畜集》卷八〈謫居感事〉「琴酒圖三樂，詩章效四雖」詩句下自注：「白公有四雖詩」，而其所謂「三樂」雖未說明取自樂天，其實仍是轉用白居易〈北窗三友〉〔註12〕詩意而成；同卷〈柴舍人新入西掖〉「好繼忠州文最盛，應嫌長慶格猶卑」句下自注：「舍人嘗與予評前賢詔誥，以爲陸相首出，若奉天罪

〔註12〕〈北窗三友〉其中有云：「三友者爲誰？琴罷輒舉酒，酒罷輒吟詩。三友遞相引，循環無已時。」此即王禹偁「三樂」所據。白詩見《白居易集箋校》卷二九。

己詔，元白之徒，可在廡下」；另前舉諸詩序，亦多有語及白居易的，或許除了王禹偁對白詩的喜好外，二人同遭遷謫的命運，更讓王禹偁發出深沉的共鳴吧！

（乙）、摹擬白居易詩者

今傳王禹偁詩作中有不少七言歌行，如《小畜集》卷十二、卷十三兩卷即有二十五首歌行，如〈烏啄瘡驢歌〉之深刻寓意、〈和馮中允爐邊偶作〉之嚴峻議論、〈酬安祕丞見贈長歌〉之活潑流暢、〈對酒吟〉之志在澤民等，均體現了白居易新樂府的精神風貌。他如〈拍板謠〉之旋律節奏，分明摹倣白居易之〈琵琶行〉：

> 麻姑親採扶桑木，鏤脆排焦其數六。
> 雙成捧立王母前，曾按瑤池白雲曲。
> 幾時流落來人間，梨園部中齊管絃。
> 官絃才動我能應，知音審樂功何全。
> 吳宮女兒手如筍，執向玳筵為樂準。
> 數聲慢，仙人屐齒下雲棧，老狐臘月渡黃河，緩步輕輕踏冰片。
> 數聲急，空江雹打漁翁笠，鮫人泣對水精盤，滿把珠璣連瀉入。
> 劃然一聲送曲徹，由基射透七重札。
> 金罍冷落闃無聞，隴頭凍把泉聲絕。
> 律呂與我數自齊，絲竹望我為宗師。
> 總驅節奏在術內，歌舞之人無我欺。
> 所以唐相牛僧儒，為文命之為樂句。

此段歌行，不管其藝術成就如何，但在聲音、節奏、內容方面都時時可見白居易的影子，可以說是王禹偁摹擬白詩的顯例。

許顗《彥周詩話》中曾云：

> 本朝王元之詩可重，大抵語迫切而意雍容。如「身後聲名文集草，眼前衣食簿書堆」，又云：「澤畔騷人正憔悴，道旁山鬼謾揶揄」，大類樂天也。

許氏所引的前句詩，正是從白居易〈編成拙詩成一十五卷因題卷末戲贈元九李十二〉之「世間富貴應無分，身後文章合有名」中脫化而出。〈登秦嶺〉詩之「樂天左宦白髭鬚」，其詩句下自注云：「白公〈貶江州〉云：『望秦嶺上多時立，無限秋風吹白鬚』。」《小畜外集》卷七〈次韻和仲咸對雪散吟三十韻〉詩之「宣室終前席，潯陽暫種畬」，其詩句下自注曰：「白公江州詩云：『結茅栽芋種畬田』。」同卷前引〈仲咸因春遊商山下……〉詩之「玉堆深媿白」，王禹偁亦在詩句下自注：「白公〈太湖石〉詩：『錯落復崔嵬，蒼然玉一堆』」；「何啻爲三友」句下自注：「白公〈雙石〉詩云：『石雖不能言，許我爲三友』。」凡此均可見王禹偁對白居易詩的精熟，故常截取或轉化白居易詩句以爲己用。如其著名的〈到任表〉一文，其中有「全家飽暖，盡荷君恩」之語，後來爲歐陽脩用爲詩句「諸縣豐登少公事，全家飽暖荷君恩」而傳誦不絕，宋黃徹《䂬溪詩話》云：

> 夢得亦有詩云：「一生文章不得力，百口空爲飽暖家」；白
> 云：「不才空飽暖，無力及飢貧。」（卷九）

這應是王禹偁反用白居易的詩意而成。又如《小畜集》詩卷首篇乃是〈酬种放徵君一百韻〉，王禹偁在題下自云：「此篇命爲首，重高士也」，此就內容而言也；若依形式來看，律詩長至百韻者，在王禹偁之前並非沒有，只是爲數不多，而白居易〈代書詩一百韻寄微之〉（卷十三）便爲其中之一，此爲王禹偁在詩律形式模倣白詩之一例，甚且在日後有更長的〈謫居感事一百六十韻〉出現，這可視爲王禹偁對白詩長律在形式上的一項突破，但其反映現實精神仍是一本白居易的。

游國恩〈白居易及其諷諭詩〉一文指出：白居易的諷諭詩從表現手法上分爲三類：（一）直說的，如〈傷宅〉、〈買花〉等。（二）比較的，如〈觀刈麥〉、〈輕肥〉等。（三）隱喻的，又可分爲二種，其一全篇用比喻并不點破的，如〈感鶴〉；其一篇末點明比喻正意的，如〈有木名凌霄〉等。而王禹偁每一類都有仿效之作：第一類作品如〈對雪示嘉祐〉，即是通過直率的語言，將關心百姓、刻苦自勵的情懷道

出。第二類作品的代表作如〈金吾〉，即通過不同身分生活的互相對
比來突出主題，給人以深刻印象；另外如〈感流亡〉、〈對雪〉二詩更
像白居易的〈觀刈麥〉和〈村居苦寒〉詩。第三類中通篇用比喻而不
點破的，如〈烏啄瘡驢歌〉，全詩透過驢已負瘡、烏復傷之的慘酷事
實，暗寓對貪官污吏的譴責；雖用比喻而篇末點破的，如〈竹䶉〉詩
直以山中之竹比賢良，食竹之鼠比奸佞，可與白居易詩〈紫藤〉媲美。
今人陳植鍔說：

> 個人抒情多用近體，反映民生與國事則常用伸縮性較大的
> 古體，這是杜甫以來詩人們約定俗成的習慣。白居易諷諭
> 詩毫無例外地採用古體。至於唱和，大抵用的是句式整齊、
> 講究聲偶的律體，宋初詩人沿而未改。在唱酬遊戲之作風
> 靡了一代詩壇，盡人皆墮其窠臼之際，王禹偁獨能從積習
> 中解脫出來，提倡白居易的早期詩風，創作了這麼多面向
> 現實、關心民間疾苦的古體詩，無異於黑暗深處閃出的一
> 道亮光。〔註13〕

這段話可以看作是王禹偁學習白居易諷諭詩的具體成就。

　　王禹偁學習白居易詩歌平易曉暢的風格，學習白居易從實際生活
出發，直抒所見，直寫所感，並且採取樸素自然、通俗易懂的語彙入
詩；在思想內容上繼承白居易「惟歌生民病」的主張，以其剛正不阿
的個性，深刻地批露當時官場、社會的弊陋與生民困頓的苦難；而謫
宦期間的作品，有許多是明確標明學習白居易的；在藝術表現方面，
白居易注重以美刺方式突顯鮮明之是非觀念與強烈之愛憎情感的手
法，以傳統比興手法託物言志、以事喻理的創作技巧，均爲王禹偁所
紹承，故林逋在讀過他的詩集後，要發出如下的贊歎：

> 放達有唐唯白傅，縱橫吾宋是黃州。（《林和靖詩集》卷三〈讀
> 王黃州集〉）

這說明王禹偁的詩歌，無論是在內容思想方面，或藝術表現方面，都

〔註13〕見陳植鍔〈試論王禹偁與宋初詩風〉。

受到白居易極深的影響。

（二）、五言規摹杜甫

在《小畜集》卷九之〈前賦春居雜興……〉詩中，王禹偁曾說自己愛慕杜甫、白居易詩，並進而努力學習，希望能與之並駕齊驅。他將白居易與杜甫連在一起說，這和一般白體詩人不同，主要是他能通透的理解到：杜甫與白居易的許多詩什同樣地是在追求反映現實，關懷民生。而他在白體詩人中所以顯得卓越，最主要便是他能繼承杜甫、白居易詩中的現實精神，創作詩篇，反映社會民情。在同卷〈日長簡仲長〉一詩中，亦可見王禹偁對杜甫的歌頌，他說：

> 子美集開詩世界，伯陽書見道根源。

這種見解，與歷來對杜甫的看法有很大的差異：前人認為杜甫詩的成就，多在「繼往」和「集大成」方面，而他卻獨具隻眼，盛贊杜甫「開詩世界」。雖然有人認為王禹偁此語是「醉翁之意不在酒，意在杜詩中尋覓知音，有所寄託，借杜詩之酒杯澆自己之塊壘，抒發其仕途坎坷、懷才不遇的悲涼心境」；〔註14〕但不可否認，他對杜甫的尊崇是真摯且熱切的，除上舉〈前賦春居雜興……〉與〈日長簡仲長〉二詩中之詩句外，他在稱贊丁謂的詩時，也以「其詩效杜子美，深入其間」〔註15〕而給以極高的評價；在與鄭褒寫信時，也稱譽對方「齎詩而來者，悉是陳杜也」。〔註16〕今舉王禹偁其他詩作中語及杜甫者證明其對這位前代詩人的推崇：

1. 見於《小畜集》者：

> 子美重槐葉，直欲獻至尊。（卷五〈甘菊冷淘〉）
>
> 莫學當初杜工部，因循不賦海棠詩。（卷七〈送馮學士入蜀〉）
>
> 新集甘棠盡雅言，獨疑陳杜指根源。（卷九〈書孫僅甘棠集後〉）
>
> 莫嫌工部官曹慢，杜甫才名是外郎。（卷十〈制除工部郎中出

〔註14〕《宋詩鑑賞辭典》，頁15，周鳳崗語。
〔註15〕《小畜集》卷十九〈送丁謂序〉。
〔註16〕同上書卷十八〈答鄭褒書〉。

內署〉）

誰憐所好還同我，韓柳文章李杜詩。(卷十〈贈朱嚴〉)

杜甫奔竄吟不輟，庾信悲哀情有餘。(卷十三〈還楊送蜀中集〉)

李白王維并杜甫，詩顛酒狂振寰宇。(卷十三〈酬安祕丞歌詩集〉)

2、見於《小畜外集》者：

白公渭北眠村舍，杜甫瀼西賃草堂。(外七〈賃宅〉)

3、見於其他載籍者：

杜甫句何略，薛能詩未工。(《全芳備祖》前集卷七〈海棠〉)

杜甫且爲詩宰相。(《海錄碎事》卷十九，《全宋詩》頁八一一引)

他如《小畜集》卷四之〈五哀詩〉，其序亦明白表示自己此篇詩作是效擬杜甫〈八哀詩〉而成，他說道：

予讀杜工部〈八哀詩〉，唯鄭廣文、蘇司業名位僅不顯者，餘多將相大臣，立功垂裕，無所哀矣。憶子美之詩，蓋取「人之云亡，邦國殄瘁」而已，非哀乎時也。有未列于此者，待同志而嗣之云。

《蔡寬夫詩話》所載王禹偁的一則佚事，正足以說明他學習杜甫的決心：

元之本學白樂天詩，在商州嘗賦〈春日雜興〉詩云：「兩株桃杏映籬斜，裝點商州副使家。何事春風容不得，和鶯吹折數枝花。」其子嘉祐云：「老杜嘗『有恰似春風相欺得，夜來吹折數枝花』之句，語頗相近。」因請易之。王元之忻然曰：「吾詩精詣，遂能暗合子美邪？」更爲詩曰：「本與樂天爲後進，敢期子美是前身。」卒不復易。

按此處詩話所舉杜詩，乃杜甫〈絕句漫興九首〉之三，其詩云：「手種桃李非無主，野老牆低還是家。恰似春風相欺得，夜來吹折數枝花。」由二詩對照可知，王禹偁在遣詞命意上與杜詩是有點類似，但師其辭而不師其意，確實有新的境界。王詩在此言「本與樂天爲後進」，乃是說明自己學習白詩過程的總結；「敢期子美是前身」，則是對自己學

杜的期許和自勉。

王禹偁詩語言具有白詩明朗圓熟、暢快流利的優點，但由於白詩在謀篇布局方面較缺少變化，所以有時寫法不免稍嫌板滯。而杜甫的絕句一方面具有豐富的意象，一方面又吸收民歌的特點，形成一種既形象鮮明、又語調平易的獨特語言。作爲詩風崇尙淺易的白體詩人，王禹偁從杜甫的絕句入手學習，這是很自然的。而其律詩、古體詩亦不可小覷，尤其是今傳律詩作品約五百首，數量不可謂不豐。五律雖僅百餘首，約莫只佔律詩的五分之一，但其中長律有二十首，而長達一百六十韻的〈謫居感事〉更是有宋最長的詩篇，其錘鍊的功力可見。據清人李重華的說法：

> 五言律詩杜老固屬聖境，……前此則李太白、陳子昂亦佳。
>
> （《貞一齋詩話》）

以前引王禹偁詩文語及杜甫者而觀，他常將李杜、陳杜並舉，或許便是以他們爲詩歌創作的圭臬。宋犖《漫堂說詩》以爲歷代五古「必以少陵爲歸墟」，而在其之前能得古意的則有阮籍、陳子昂和李白等，王禹偁兩稱陳杜，應是對二人在五律及五古成就上的崇仰。而王禹偁在五古方面的用功亦甚力，是以《小畜集》中能有七十餘首五古，且多爲長篇，如〈月波樓詠懷〉有六十八韻，而〈酬种放徵君〉更長達百韻。其五古〈懷賢詩〉三首、〈五哀詩〉五首，便是效杜甫〈八哀詩〉的。〈甘菊冷淘〉則是效法杜甫的另首〈槐葉冷淘〉，這在其「子美重槐葉，直欲獻至尊」詩句下之自注：「事見杜工部〈槐葉冷淘〉詩」可知。而他在〈和廬州通判李學士見寄二首〉之一尾聯「除卻清貧入詠詩，山城坐客冷無氈」句下，即注云：「杜工部〈戲贈鄭廣文〉詩云：登科四十年，坐客寒無氈。」此其所以會說所好「李杜詩」的原因。

王禹偁其他詩篇學杜者：絕句如〈杏花〉七首之一：

> 紅芳紫萼怯春寒，蓓蕾粘枝密作團。
>
> 記得觀燈鳳樓上，百條銀燭淚闌干。（《小畜集》卷九）

此即是學杜甫將兩個從表面上看來毫不相關的景象（樹枝上密粘之蓓蕾和風樓上縱橫之燭淚）剪接在一起，讓我們從鏡頭的突然變換中獲得強烈的對比，感受到作者隱藏在這兩幅畫面背後那種憂國憂民、京華望切的無限深情，此種跌宕捭闔、意匠經營的工夫，正是老杜作詩的奧秘所在。在律詩方面，如〈新秋即事〉三之一：

> 露莎煙竹冷淒淒，秋吹無端入客衣。
> 鑑裏鬢毛衰颯盡，日邊京國信音稀。
> 風蟬歷歷和枝響，雨燕差差掠地飛。
> 繫滯不如商嶺葉，解隨流水向東歸。（同上）

和〈村行〉：

> 馬穿山徑菊初黃，信馬悠悠野興長。
> 萬壑有聲含晚籟，數峰無語立斜陽。
> 棠梨葉落胭脂色，蕎麥花開白雪香。
> 何事吟餘忽惆悵，村橋原樹似吾鄉。（同上）

此二詩，王禹偁在創作時有意識地以杜甫嚴謹、峻拔的詩風爲榜樣，因此無論在風格沈鬱方面，抑或字句的錘煉方面，均遠非前此那些應酬湊趣之作所可同日而語。由意象經營的角度而論，這兩詩開闊動蕩、情景融契，很見功夫，尤其〈村行〉詩之意深詞煉、情味清雋悠長，歷來更爲人們所津津樂道。

不僅詩句化用杜詩，文句亦有採取杜詩者，如宋吳开《優古堂詩話》云：

> 王元之黃州上任謝表云：「宣室鬼神之問，敢望生還；茂陵封禪之書，已期身後。」亦出於杜子美「竟無宣室召，徒有茂陵求」之語。

然而吳氏亦認爲：「前輩不以爲嫌者，蓋文勢事情自須如此也」。

王禹偁在眾人迷戀忘返於唱和之區、沉溺於白居易晚期詩風不能自拔之際，不僅轉而創作「惟歌生民病」的諷諭詩，而且盛讚「子美集開詩世界」，提倡「詩效杜子美」，「爲杜詩於人所不爲之時」（《宋詩鈔》），其開有宋一代尊崇杜甫詩風的功績，是不容磨滅的。

（三）、樂府師法李白

　　一般認為王禹偁的詩歌源自白居易和杜甫，其創作詩什也以效仿二位詩人反映現實的詩篇最著，尤其學白居易的唱和詩、諷諭詩、閑適詩等均頗著成效。但除此之外，王禹偁的詩是否別無他師呢？

　　至道二年（996），王禹偁在被貶滁州期間曾寫了一首詩送給曾幫他編纂《小畜集》的學生朱嚴，敘說自己在滁的境遇和志趣，此詩尾聯云：

　　誰憐所好還同我，韓柳文章李杜詩。（《小畜集》卷十〈贈朱嚴〉）

明白表示自己此時所喜的詩篇，為李白和杜甫的作品。而他為李白畫像所寫的〈李太白眞讚〉序說：

　　予嘗讀《謫仙傳》，具得其事，始而隱以俟命也，中而仕以求用也，終而退以全身也。又嘗讀謫仙文，微達其旨：頌而諷，以救時也；僻而奧，以矯俗也；清而麗，以見才也。而未識謫仙之容，可太息矣，恨不得生于天寶間，與謫仙挈書秉毫，私願畢矣。……公暇之間，語及皇唐文士，予以謫仙為首稱。云得其眞，出以相示。予乃彈冠拭目，拜而窺之，宿素志心，于是併遂。……亦旣適願，能無述乎？

　　（《小畜外集》卷十）

從以上王禹偁的自序，可以清楚地瞭解：王禹偁對於李白的崇拜和敬慕，非僅對其詩歌而已，連其出處進退、文章旨要都是他素來敬仰的，故以不得與謫仙生於同時，共同「挈書秉毫」為憾；而當趙普之子攜帶李白畫像前來時，王禹偁乃「彈冠拭目，拜而窺之」，其態度之眞、頂禮之誠，可以見出平日對李太白的欽慕絕非虛偽，故其感謝趙氏使其「宿素志心，于是併遂」。旣已「適願」，乃為歌以讚。如果再仔細推究王禹偁喜歡李白詩文、行事的原因，便可發現：王禹偁的仕宦生涯和李白的處境遭遇有某些彷彿之處，尤其當他再三遭斥之後，便時生歸隱之心，其朝班無人是知音之無奈與不忍隨波逐流、同流合污的志節，亦有同於前輩處，故因此認同自是自然。再加上李白文學的主張「頌而諷，以救時」、「僻而奧，以矯俗」、「清而麗，以見才」，及

其創作成就，又是王禹偁所深深讚佩的，故說王禹偁的詩歌有學於李白者應不爲過。今試舉數詩以證：

> 勸君莫把青銅照，一瞬浮生何足道。麻姑又採東海桑，閬苑宮中養蠶老。任是唐虞與姬孔，蕭蕭寒草埋孤冢。我恐自古賢愚骨，疊過北邙高突兀。少年對酒且爲娛，幾日樽前垂白髮。安得滄溟盡爲酒，滔滔傾入愁人口。從他一醉千百年，六轡蒼龍任奔走。男兒得志升青雲，須教利澤施于民。窮來高枕臥白屋，蕙帶藜羹還自足。功名富貴不由人，休學唐衢放聲哭。（《小畜集》卷十三〈對酒吟〉）

此詩之浪漫曠達，有侔於謫仙之飲酒歌之什。而王禹偁活潑舒暢、詭譎奇趣的詩篇如〈酬安祕丞歌詩集〉，亦有李白〈將進酒〉、〈少年行〉之況味：

> 我聞天上有二十八箇星，降生下界爲英靈。東方曼倩蕭相國，至今留得終天名。又聞地府有三十六所洞，洞中多聚神仙眾。神仙負過遭譴謫，謫來人世爲辭客。李白王維并杜甫，詩顛酒狂振寰宇。今來相去千百年，寥落乾坤闃無睹。皇天何不生奇人，庸兒蠢夫空紛紛。夜眠朝走不覺老，飯囊酒甕奚足云。陶丘忽見安秘書，星精仙骨眞有餘。月中曾折最高桂，趁出玉兔驚蟾蜍。示我歌詩百餘首，筆鋒閃閃摩星斗。乍似碧落長拖萬丈虹，飲竭四海波瀾空。又似赤晴乾撒一陣雹，打折瓊林枝倒卓。夜來夢見李長吉，叩頭再拜須來乞。自言失卻照海珠，至今黑坐驪龍窟。方知安侯不是星辰類，即是神仙輩。不然又爭得標格峻邁，文辭顛怪。有時醉起一長噫，八極風清鬼神駭。他年卻入蓬萊宮，休使麻姑更爬背。（《小畜集》卷十三）

〈酬贈田舍人〉雖題屬唱和，然其內容及歌行體式的吟詠，亦絕類李白古樂府的興味：

> 君不見天上星辰拱環極，忽然隕地變成石。
> 又不見雲中鷹隼橫高秋，有時搵翼化作鳩。
> 人生進退甚類此，左遷右轉誰自由。

憶昔逢君在鄒魯，翰林丈人東道主。
一言得意便定交，數日論文暗相許。
邇來倏忽十餘年，共上赤霄連步武。
禁中更直承明廬，深喜兼葭依玉樹。
兩制惟君最清慎，筆力辭鋒有餘刃。
方期夜直金鑾坡，誰知共理淮陽郡。
官銜新換版曹郎，腰佩初懸列侯印。
西垣三字班列閒，南面百城資望峻。……
入則步蒼苔，詠紅藥，了事舍人孫處約。
出則張皂蓋，擁朱輪，賢明太守召信臣。
請君屈指數交友，似此宦名能幾人。
逢時誰不欲行道，遇主我亦思庇民。
功名富貴皆待命，出處語默聊衛身。
一車甘雨方建隼，萬國淳風莫泣麟。
他時宣室召賈誼，賢人事業當併伸。
詹間忍見烏兔走，鑑裏星星將白首。
休耽鈴閣家藏書，且酌郡齋官給酒。
嬰兒稚女滿眼前，莫負時光笑開口。（《小畜集》卷十二）

王禹偁另有一首與李白樂府同題之〈戰城南〉，均是反對征戰、反對窮兵黷武的歌行，其中詩人之沈鬱悲痛相同，所不同者時代有異而已，可見王禹偁於李白詩篇中多少曾汲取一些營養，並試圖在詩歌形式、內容上求改進，這也正是李白、白居易對樂府改革的精神所在。

第二節　詩歌藝術特色

　　王禹偁崛起於北宋初期，歷經宋太祖、太宗和真宗三朝，活動期最主要是在太宗朝。他一生創作大量詩歌，既有揭露社會現實、反映民生的歌詩，亦有描寫自己仕途生活的謫居詩以及交游酬酢的唱和詩，還有寫景抒情的詠物、詠懷與田園山水之作。

　　王禹偁的詩歌創作，按其一生際遇，大致可分為三期：從太平天

國八年（983）中進士到他首次擔任知制誥期間爲前期；中期則在淳
化二年（991）他被貶謫商州到重任知制誥。晚期則從第二次貶黜滁
州（995）直到謫死蘄州爲止。這三個時期，由於王禹偁的生活經歷
不同、政治地位不斷改變（從皇帝的近臣成爲貶謫的地方官），宦海
浮沉，仕途蹇滯，因而給他的詩歌創作帶來明顯的影響，不但使各個
時期的詩風不盡一樣，而且詩歌所反映的社會內容和思想感情亦不一
致，但反映現實的詩風在其詩歌創作中始終占主導的地位。

　　在王禹偁早期的詩歌中，唱和詩佔了很大的比例，但在其結集成
冊時卻只剩爲數不多的作品，主要原因乃在其藝術境界的提昇與自我
對唱和詩價值的評斷。他早年的唱和詩，基本上是屬於官場應酬及自
我創作技巧磨練的層面，其表現的內容亦以仕途順遂和閑適心態爲基
礎，故重在語言聲律、形式對仗、意思精切等外在藝術的追求，而較
少探觸心靈深處的眞情實感，故此時作品多爲對偶工切的律詩，整體
風格爲語近意淺，且內蘊貧狹。此類風格作品較佳者，如〈除夜寄羅
評事同年〉三首之一：

　　　　歲暮洞庭山，知君思浩然。年侵曉色盡，人枕夜濤眠。
　　　　移棹燈搖浪，開窗雪滿天。無因一乘興，同醉太湖船。
　　　　《小畜集》卷七）

全詩屬對工切，語意清雅，頸聯尤見精警。首聯之「洞庭山」、「思浩
然」與尾聯之「一乘興」、「太湖船」遙相契照，思緒綿密完整，一氣
呵成，實已由白體上窺盛唐，略具孟浩然之風。又如〈寄田舍人〉一
詩，則已具歌頌正直、伸張正義和自明心跡的內涵及風格：

　　　　出處昇沉不足悲，羨君操履是男兒。
　　　　左遷郡印辭綸閣，直諫書囊在殿帷。
　　　　未有僉諧微賈誼，可無章疏雪微之。
　　　　朝行孤立知音少，閑步蒼苔一淚垂。（同上）

此詩從形式上看屬唱和贈答一類，但反映的內容是歌頌正直，且全詩
寫得深沉有力，氣勢渾雄，故賀棠《載酒園詩話》稱許王詩云：

　　　　王禹偁秀韻天成，……雖學白樂天，得其清而不得其俗。

賀氏此評，主要是針對像這些能擺脫淺易平俗而趨向盛唐風格的作品
而發。

　　宋太宗淳化二年，王禹偁從皇帝的侍臣貶黜爲商州團練副使，其
創作態度開始發生變化：他由漠視人生變爲正視現實，由創作吟詠山
光水色的唱和詩變爲描寫時代弊病、民生苦難的現實詩篇。此段期間
雖不免仍有唱和詩作，但性質已非如前之以娛樂、圖謀進身爲目的的
創作，而是作爲互相慰藉與自我排遣的情感抒發了。故同是唱和之
作，商州之後的情調與意緒均已改變。爲期約二年的謫宦時期，是他
一生創作的精華歲月，也是詩歌創作建立獨特風格的轉捩點，因爲在
商州兩年，使他對當時的社會現實有了一定的認識和了解，也讓他獲
得在宮廷任諫官時所無法得到的東西，這是他近二十年仕宦生涯中最
重要的一環。此期所創作的詩歌，不僅在數量上豐碩，而且在思想內
容上已跨入如杜甫、白居易等詩人反映社會現實的行列，爲其創作生
涯開拓更廣大的世界，也爲其創作生命埋下更深厚的基礎。《宋朝事
實類苑》評論王禹偁之詩曰：

　　　　王禹偁詩多紀實中的。(卷三十四)
即是針對其反映社會現況，揭露民生實情而言。如〈對雪示嘉祐〉詩
云：

　　　　去年看雪在商州，使君命我山寺頭。
　　　　峰巒草樹六百里，飢鼯凍鳥聲啾啾。……
　　　　今爲諫官非冗長，拾遺三館俸入優。
　　　　秋來連澍百日雨，禾黍漂溺多不收。
　　　　如今行潦占南畝，農夫失望無來麰。
　　　　爾看門外飢餓者，往往殭殕塡溝壑。……
　　　　未行此志吾戚戚，對酒不飲抑有由。
　　　　斯言不敢向人道，語爾小子爲貽謀。(《小畜集》卷十二)

此詩以直樸的語言，描述百姓的痛苦生活，揭示宋初貧富之間的差
距，正如一幅形象生動的社會圖像。此段時期的創作，王禹偁一反早
期唱和詩的律體形式，而大量採用比較活潑、不受格律形式限制的古

體，而且詩歌語言直而不俗，風調暢而不浮，明顯可見受到韓愈以文
為詩的影響，也為北宋中期形成具有獨特風貌的宋詩奠下了基礎。

　　從至道元年（995）他第二次遭到罷黜滁州至咸平四年（1001）
五月謫死蘄州的後期，其詩作開始出現蕭條的景況。在這段期間，王
禹偁屢遭貶謫，情緒苦悶，去職隱居、躬耕田野的念頭時常縈繞心懷，
雖然此時也有一些反映民生之作，然而多數作品為厭倦仕途、退隱歸
田的遣懷之作。如〈滁州官舍二首〉之一：

　　　　忽從天上謫人間，知向山州住幾年。
　　　　俸外不教收果實，公餘多愛入林泉。
　　　　朝簪未解雖妨道，宦路無機即是禪。
　　　　鈴閣悄然私自問，郡齋何異玉堂前。（《小畜集》卷十）

〈荒亭晚坐〉：

　　　　荒亭秋日沉，獨坐白頭吟。為郡殊無味，歸田有素心。
　　　　鵲翻楓葉亂，蛩響菊叢深。微物休相聒，幽懷老不禁。

　　　　（同上）

此二詩所表現的是意志消沉，放情山水之心，這和他中期貶謫商州時
期發抒生民苦難，亟欲革陋祛弊、救世濟民的積極精神有甚大的差
異。然而正如其〈三黜賦〉中所言，他是「屈其身」而「不屈其道」，
棄官歸田只是他改變生活方式的一種調適，並未真正改變他的志趣。
此期詩歌的藝術風格較趨向於消極、自傷，故較常運用比喻寄興的寫
作技巧。

　　以上所述，乃是針對王禹偁各階段的詩歌表現作一說明，今將其
詩歌藝術綜合分析如下：

一、具反映現實之精神

　　王禹偁反映現實的精神，是紹述白居易《新樂府》「惟歌生民病」
（〈寄唐生〉）和「以歌泄導人情」（〈與元九書〉）而來。王禹偁曾在
〈吾志〉一詩中，明確表達自己的志向和抱負，他說：

　　　　吾生非不辰，吾志復不卑。致君堯舜上，學業根孔姬。（《小

畜集》卷三）

他是有志立功建業，輔助君王開創一番嶄新格局的有志之士。他不避權奸，不畏邪佞，以身許國，他的赤膽忠誠是皎若明日，人神可鑒，故其在〈和屯田楊郎中同年留別之什〉中說：

> 科名長恐辱同年，許國丹誠皎日懸。（《小畜集》卷十一）

由於有這樣的胸襟和懷抱，加上他出身磨家，曾經擔任過州縣長官，在貶謫商州之後，更有較多機會去接觸黎庶，瞭解民眾的生活，爲他關懷百姓疾苦的作品打下基礎。

毛谷風於《宋人七絕選》中提到宋代反映現實的作品產生，乃是「由于兩宋官僚機構臃腫，統治階級生活靡爛，國防開支數額驚人，加以朝廷一貫採取屈辱媚外、稱臣納幣的投降政策，這就勢必加重人民的負擔，激化社會階級矛盾。因而，同情民生疾苦、鞭撻殘民以逞的封建官吏的現實主義作品就應運而生。」（頁 5）此在敘述宋初外在形勢和內政弊端方面，可謂實情；然而若以此推論「現實主義作品就應運而生」，似乎太過單純化，尤其當吾人檢視與王禹偁同時或稍後的詩人創作之後，應可發覺：創作所謂「現實主義作品」的詩人及詩什，簡直是寥若晨星，更遑論其創作成就；以此，王禹偁的反映現實的創作，在當世詩人中更是彌足珍貴。宋太宗在淳化四年將王禹偁由解州召回，授與左正言時即對宰相告誡說：

> 禹偁文章獨步當世，然賦性剛絕，不能容物，卿等宜召而
> 戒之。

而詩人自己在回答丁謂說他因「高亢剛直之性」遭黜時，並不承認自己高亢，但說：

> 夫剛直之名，吾誠有之，蓋疾惡過當，而賢不肖太分，亦
> 天性然也。而又齒少氣銳，勇于立事。今四十有三矣，五
> 年之中，再被斥棄，頭白眼昏，老態且具，向之剛直，不
> 折而自衰矣。（《小畜集》卷十八〈答丁謂書〉）

詩人自承秉性剛直，是以嫉惡如仇，嚴分君子小人，以致觸犯忌諱遭貶，但縱使仕途偃蹇，詩人仍然「直躬行道」，將自己所見所感忠實

紀錄，成就了許多為人稱頌的反映現實的佳篇。如前舉的〈金吾〉，
即是大膽披露罪行深重的曹翰及剝削百姓脂膏的不義官僚。〈對雪示
嘉祐〉在描繪水災帶給百姓的苦難；〈感流亡〉反映的是淳化元年旱
災帶給農民的災難；〔註17〕而膾炙人口的〈對雪〉，更將宋遼戰爭所
帶給百姓的禍患，表露無遺：

> 帝鄉歲云暮，衡門晝長閉。五日免常參，三館無公事。
> 讀書夜臥遲，多成日高歲。睡起毛骨寒，窗牖瓊花墜。
> 披衣出戶看，飄飄滿天地。豈敢患貧居，聊將賀豐歲。
> 月俸雖無餘，晨炊且相繼。薪芻未闕供，酒肴亦能備。
> 數杯奉親老，一酌均兄弟。妻子不飢寒，相聚歌時瑞。
> 因思河朔民，輸稅供邊鄙。車重數十斛，路遙幾百里。
> 羸蹄凍不行，死轍冰難曳。夜來何處宿，闃寂荒陂裏。
> 又思邊塞兵，荷戈禦胡騎。城上卓旌旗，樓中望烽燧。
> 弓勁添氣力，甲寒侵骨髓。今日何處行，牢落窮沙際。
> 自念亦何人，偷安得如是。深為蒼生蠹，仍尸諫官位。
> 謇諤無一言，豈得為直士。褒貶無一詞，豈得為良史。
> 不耕一畝田，不持一隻矢。多慚富人術，且乏安邊議。
> 空作對雪吟，勤勤謝知己。（《小畜集》卷四）

此詩既以感人畫面反映了百姓的徭役之苦，又披露了詩人的內心世
界，抒發了自己愛國愛民的情懷，詩中作者一再將自己的安逸與河朔
百姓服勞役的苦況對照，並且自責無力解除民瘼，這其實反映出詩人
不願尸位素餐的責任心，並且也對當時那些無功而食祿之輩作了一番
諷刺。此詩在思想上繼承杜甫、白居易繫心民瘼的傳統，在藝術風格
上深得白詩平易淺切的真傳，在內容描述上則頗近杜甫的〈自京赴奉
先縣詠懷五百字〉。然而王詩和杜詩最大的不同是：杜甫由自己的困
境，推想到比自己處境更艱難更困苦的百姓；王禹偁則由自己較為安
穩的生活，推想到那些飢寒交迫的貧苦百姓以及在邊塞服役的士兵。
但他們都深刻地揭露當時社會的真實景象，表現出詩人對同胞的強烈

〔註17〕《宋史・太宗本紀二》：「淳化元年八月，京兆、長安八縣旱。」

情感。

〈戰城南〉一詩，則揭露與不滿宋太宗窮兵黷武的對外政策：

邊城草樹春無花，秦骸漢骨埋黃沙。

陣雲凝著不肯散，胡雛夜夜空吹笳。

我聞秦築萬里城，疊屍壘土愁雲平。

又聞漢發五道兵，祁連澤北誇橫行。

破除璽綬因胡亥，始知禍起蕭牆內。

耗盡中原過太半，黃金買酎諸侯叛。

直饒侵到木葉山，爭似垂衣施廟算。

大漠由來生醜虜，見日設拜尊中土。

自古控御全在仁，何必窮兵兼黷武。

戰城南，年來春草何纖纖。

窮荒近日恩信霑，寒嚴凍岫青如藍。

方知中國有聖人，塞垣自爾除妖氛。

河湟父老何忻忻，受降城外重耕耘。（《小畜集》卷十三）

至道三年，宋太宗在靈州對西夏發動了一場大規模的戰爭。這場戰爭使宋朝國庫空虛，百姓困弊不堪，死傷慘重，因而引起朝內大震，許多官吏對此表示憂慮。王禹偁一向反對窮兵黷武，在其上太宗的〈御戎十策〉中，他早就說過：「不必輕用雄師，深入敵境，竭蒼生之眾力，務青史之虛名。」（《續資治通鑑長編》卷三十）至道三年十二月，初即位的真宗在群臣諫議下，採取了與西夏修好的政策，對其主李繼遷復賜姓名、官爵，使邊境形勢安寧，百姓安居樂業。王禹偁此詩便在此歷史背景下，詳細敘述太宗與真宗不同的作為，大膽披露國家社會的弊端。

李燾在《續資治通鑑長編》卷四十九中稱道王禹偁的為人：

禹偁詞學敏贍，時所推重。鋒裁峻屬，以直躬行道為己任，遇事敢言，雖履危困，封奏無輟。嘗云：「吾若生元和時，從事於李絳、崔群間，斯無媿矣。」又為文著書，師慕古昔，多涉規諷，以是不諧於流俗，故累登文翰之職，尋即罷去焉。

戚綸誄王禹偁云：

> 事上不回邪，居下不諂佞；見善若己有，疾惡過仇讎。

　　（《涑水紀聞》卷三）

此皆證明王禹偁之詩歌反映現實，乃緣自其內在性格之剛直，與其精熟、喜愛杜甫、白居易詩篇所致也。

二、時饒民歌趣味

　　王禹偁之詩歌藝術和同時期的白體詩人相比，風格較顯多樣化。尤其他謫宦期間，接觸了許多新鮮的事物、風土民情，為他的詩歌創作注入了無比的活力。如前述反映現實的作品，便是在貶謫商州之後的收獲；而他初貶商州雖有「可憐此夜商山客，畫盡爐灰淚滿衣」[註18] 的傷心失望，但是他也為「商州未是無人境，一路山村有酒店」、「平生詩句多山水，謫宦誰知是勝遊」[註19] 的境況而自我安慰。並在「直道雖已矣，壯心猶在哉」及「有言皆為國，無日不憂民」[註20] 的強烈責任心驅使下，留意民生，了解民瘼。前舉〈賦得臘雪連春雪〉及〈自嘲〉二詩便是為民懽欣、為民憂愁的代表作。

　　在商州期間，王禹偁還創作了一些極具民歌風味的詩什，前舉〈閑居〉（何必問生涯）即淺近似口語，而〈種菜了雨下〉一詩，光看詩題，便覺淺易親切，而且頗有助於瞭解詩人在商山的生涯，其詩云：

> 菜助三餐急，園愁五月枯。廢畦添糞壤，胼手捽荒蕪。
> 前日種子下，今朝雨點粗。吟詩深自慰，天似憫窮途。（《小畜集》卷九）

此詩雖是自我生活的寫照，然而官猶如此，則百姓的困苦更可體會。此詩頸聯「前日種子下，今朝雨點粗」，簡直就是口語。毛谷風在《宋人七絕選・前言》中曾經提到：「宋詩（除以文字為詩，以才學為詩，

〔註18〕《小畜集》卷九〈南郊大禮詩十首〉之三。
〔註19〕此兩聯詩句分見《小畜集》卷八之〈初入山聞提壺鳥〉與〈聽泉〉。
〔註20〕分見《小畜集》卷八之〈謫居〉及卷九之〈太師中書令魏國公冊贈尚書令追封眞定王趙挽歌十首〉之三。

以議論爲詩外）在藝術上還有一個顯著的特點，就是語言的通俗化和幽默感。」以此聯來看，內容通俗易懂，語言淺白自然，可謂宋詩語言通俗化的先聲。而以口語入詩，又最具民歌風味的詩篇，則非〈畬田詞〉莫屬。此詩寫於淳化二年（991）冬末（即貶謫商州的第一年冬末），共有五首，詩人著力在用平易通俗的民間口語，描繪商州的農村生活，其序說道：

> 上雒郡南六百里，屬邑有豐陽、上津，皆深山窮谷，不通轍跡。其民刀耕火種，大底先斫山田，雖懸崖絕嶺，樹木盡仆，俟其乾且燥，乃行火焉。火尚熾，即以種播之。然後釀黍稷，烹雞豚，先約曰：某家某日，有事于畬田。雖數百里，如期而集，鋤斧隨焉。至則行酒唱炙，鼓噪而作，蓋斸而掩其土也。掩畢則生，不復耘矣。援桴者有勉勵督課之語，若歌曲然。且其俗更互力田，人人自勉。僕愛其有義，作〈畬田詞〉五首，以侑其氣。亦欲採詩官聞之，傳于執政者，苟擇良二千石暨賢百里，使化天下之民如斯民之義，庶乎汙萊盡闢矣。其詞俚，欲山甿之易曉也。（《小畜集》卷八）

詩人有感於山中居民能夠「更互力田，人人自勉」之「有義」，因此創作這些詩歌想「侑其氣」，亦希望採詩官能將此詩傳於執政者，「使化天下之民如斯民之義」，並使全國的荒萊能夠盡予闢除，做到人盡其才，地盡其利，庶幾使國家物富民豐，增植國力。但此詩乃爲山民而作，爲易於歌詠，故以俚詞寫作，使人人能夠朗朗上口。此五首詩是：

> 大家齊力斸屏顏，耳聽田歌手莫閑。
> 各願種成千百索，豆其禾穗滿青山。（其一）〔註21〕
> 殺盡雞豚喚斸畬，由來遞互作生涯。
> 莫言火種無多利，禾樹明年似亂麻。（其二）
> 鼓聲獵獵酒釅釅，斫上高山入亂雲。
> 自種自收還自足，不知堯舜是吾君。（其三）

〔註21〕詩人在「索」字下自注云：「山田不知畎畝，但以百尺繩量之，曰某家今年種得若干索。」故可知「索」爲長度衡量單位。

北山種了種南山，相助刀耕豈有偏。

願得人間皆似我，也應四海少荒田。（其四）

畬田鼓笛樂熙熙，空有歌聲未有詞。

從此商於為故事，滿山皆唱舍人詩。（其五）

全詩由五首七言絕句組成，寫得明快簡潔，情意盎然，將商州山民齊力砍拓高山樹木、團結墾荒種田的情景描繪得淋漓盡致，踊躍紙上。從中我們可以領略到古老農村的風貌，也似乎可以聽到從高山傳來的悠揚歌聲。這首歌詩採用民歌的形式，把七言絕句寫得口語化，且詩人不是以旁觀者而是以貼切畬田者的口吻來創作，故全首詩可說是融會了民歌通俗清新又悠揚生動的優點而創作的新歌詞。清代的錢詠在《履園譚詩》中說得好：「口頭語言，俱可入詩，用得合拍，便成佳句。」（〈總論〉）本來文學如博采口語，便可使文章更加接近語言，更加有生氣，如王禹偁這〈畬田詞〉五首、以及蘇軾的「但尋牛屎覓歸路，家在牛欄西復西」、陸游的「舍前舍後養魚塘，溪北溪南打稻場」等便是成功的佳例。

王禹偁除了用民歌風調寫了五首〈畬田詞〉外，他在滁州時也寫了一首〈唱山歌〉以記載滁地的民俗：

滁民帶楚俗，下俚同巴音。歲稔又時安，春來恣歌吟。

接臂轉若環，聚首叢如林。男女互相調，其詞非奔淫。

修教不易俗，吾亦弗之禁。夜闌尚未闋，其樂何愔愔。

用此散楚兵，子房計謀深。乃知國家事，成敗因人心。

（《小畜集》卷五）

詩中以熱情歡快的語言，描述了滁州人民用辛勤的汗水換來了豐碩的成果，他們為此而高興得手舞足蹈，並盡情歡唱、享樂。此情此景也深深的感染了詩人的心靈，使他真切的領悟到：國家只有順應民情、尊重民俗，才能獲得民心。也惟有獲得民心，國家才能富強興盛。他的這些創作，都是非常通俗易曉，在當時文人筆下是很難見到的。

今人朱大成在討論宋詩在發展過程中所形成的特點時，曾指出「俚俗淺薄」也是宋詩對晚唐五代以來逐漸形成的形式主義詩風的批

判結果，他說：「俚俗即通俗化，語言通俗化的詩更便於發揮它的社會影響作用。……宋代的一些詩人所以喜歡用淺顯的語言寫詩，一是因爲他們大都不是脫離現實的詩人，這些人關心人民的疾苦，了解人民的生活，他們的詩中是在對現實的觀察體驗中寫出來的。……凡是走過這條路的詩人，他們的詩中自然充滿著生活氣息，所謂通俗淺顯大概就是由此而生的。」〔註22〕這番話雖是針對宋代普遍詩歌特性，尤其是北宋中期詩文革新運動之後的詩歌而言，但是以之對應王禹偁的寫作背景和動機，的確是非常相應的。

三、有散文化、議論化之傾向

　　德國古典美學家黑格爾從人的主觀動因來解釋各類藝術的共同基礎，並且指出詩歌具有散文化的趨勢，他在其《美學・全書序論》中說：

> 詩的適當的表現因素，就是詩的想像和心靈性的觀照本身，而且由於這個因素是一切類型的藝術所共有的，所以詩在一切藝術中流注著，在每門藝術中獨立發展著。詩藝術是心靈的普遍藝術，這種心靈是本身已得到自由的，不受爲表現用的外在感性材料束縛的，只在思想和情感的內在空間與內在時間裏逍遙游蕩。但是到了這最高階段，藝術又超越了自己，因爲它放棄了心靈借感性因素達到和諧表現的原則，由表現想像的詩變成表現思想的散文了。

黑格爾氏認爲詩透過想像和心靈性的觀照，而流注在一切藝術中，成爲一切藝術的共同基礎。但當詩藝術到達最高階段後，又可以放棄純感性的想像而落實到表現思想的散文。其實我們也可以說：詩歌散文化現象，是散文對詩歌這種文學形式間相互影響的結果，是和社會、音樂、語言等的影響分不開的。它出現在詩歌產生之初，是伴隨著詩歌的發展而發展的。尤其每當新舊兩種詩歌樣式交替的階段，這種現象就特別明顯。有人認爲這是詩歌的自身要求，「是詩歌不斷追求語

〔註22〕見朱氏〈論宋詩的歷史地位〉。

言解放的結果」；〔註 23〕也有人說，詩歌散文化的結果，是產生一種比較符合當時時代、音樂、語言要求的新樣式詩歌。〔註 24〕

　　證諸北宋初期的詩作，包括白體詩、晚唐體詩、及西崑體詩在內的各個詩家，由於仍是以沿襲晚唐五代唱和詩歌為主的居多，故詩歌散文化的傾向並不明顯，但王禹偁是個例外。由於王禹偁並不滿足於白體詩的流易淺近，因此他也不反對詞麗；他不只學白居易的唱和詩，也規摹白氏的諷諭詩，並且向上師法杜甫律體的鍊字、用意，以及格律的整鍊和變化，也仿效李白古體的放達。相對來說：古風歌行較近體的格律詩多些散文化的傾向；和整齊的五七言相比，雜言詩就較有散文化的意味。白居易所說「不務文字奇，唯歌生民病，願得天子知」，就是這個意思。而王禹偁詩集中，古風歌行不少；縱使是近體詩，亦頗多採用散文語法或散文結構為詩的。

　　前舉〈對雪〉一詩，從首句的「帝鄉歲云暮」到篇末的「勤勤謝知己」，句式雖多排比（如「城上卓旌旗，樓中望烽燧」、「弓勁添氣力，甲寒侵骨髓」之類），且段落之間也有排比的（如「因思河朔民，輸稅供邊鄙」段與「又思邊塞兵，荷戈禦胡騎」段）；但從詩歌語言的角度看，此詩實是以單行素筆直抒胸臆，其結構就像散文一樣地平鋪直敘。且如詩中之「五日免常參，三館無公事」、「不耕一畝田，不持一只矢」等句，不只無詩句之停滀變化，且直是散文句式。又如前舉〈畬田詞〉五首之結構及其中之詩句如「大家齊力斸孱顏」、「豆其禾穗滿青山」、「北山種了種南山」、「願得人間皆似我」、「空有歌聲未有詞」、「從此商於為故事，滿山皆唱舍人詩」等，如果將之從詩歌中抽離、單獨觀看，它們實是散文語句。尤其是為了表達某些感觸和意念，散文句法的詩句更容易出現。如以下諸聯便是：

　　　　一生得喪唯憑道，千古聲名合在詩。(《小畜外集》卷七〈和安
　　　　邑劉宰君見贈〉)

〔註 23〕見江上春、江山紅〈宋詩不應輕視──與蘇者聰同志商榷〉，頁 49。
〔註 24〕參見張海明〈詩歌散文化原因淺探〉。

未甘便葬江魚腹，敢向台階請罪名。(同上卷〈出守黃州上史館相公〉)

三齊號難治，民瘼待良醫。(《小畜集》卷十〈送毋殿丞赴任齊州〉)

昇沈得喪何須問，況是浮生已半生。(《小畜集》卷十〈戲題二章述滁州官況寄翰林舊同院〉)

須知文集裏，全似白公詩。(《小畜集》卷十〈司空相公挽歌三首〉之二)

逢時誰不欲行道，遇主我亦思庇民。(《小畜集》卷十二〈酬贈田舍人〉)

自古控御全在仁，何必窮兵兼黷武。(《小畜集》卷十三〈戰城南〉)

他如前舉之〈感流亡〉、〈對雪示嘉祐〉及〈秋霖二首〉、〈對酒吟〉等篇章，尤其是古體長篇如〈謫居感事〉、〈酬安祕丞歌詩集〉之類，大都是以單行素筆直寫胸中所見，故散文化跡象更為明顯。今舉〈十月二十日作〉以觀：

重衾又重茵，蓋覆衰孱身。中夜忽涕泗，無復及吾親。
須臾殘漏歇，吏報國忌辰。凌旦騎馬出，溪冰薄潾潾。
路傍饑凍者，顏色頗悲辛。飽暖我不覺，羞見黃州民。
昔賢終祿養，往往歸隱淪。誰教為妻子，頭白走風塵。
修身與行道，多愧古時人。(《小畜集》卷六)

正如宋詩的散文化傾向是詩體受散文句法、語言節奏、及內容表現方式的影響一樣，王禹偁的詩歌也是明顯的受到其散文的影響，尤其是他非常推崇韓愈的文章，其〈贈朱嚴〉詩中所說「誰憐所好還同我，韓柳文章李杜詩」，正擺明他以韓、柳的文章為其散文圭臬，但他學習韓愈文章是取其「易」的一面，而非宏麗奇崛的一面，所以他在〈答張扶書〉中力主古文應求明白易曉。而後來的宋文也同樣標榜韓愈的古文，但仍同王禹偁一樣是取其易的一面。因此可以說：王禹偁是宋詩散文化的先驅。

後人在評論宋詩的特點時，常有以「好議論」為其弊者。如明屠

隆《由拳集・文論》即說：

> 宋人好以詩議論。夫以詩議論，即奚不爲文而爲詩哉？（卷三十二）

清潘德輿《養一齋詩話》也說：

> 宋人率以議論爲詩。

「以議論爲詩」的主要含義是指詩歌議論化。事實上，以議論入詩並非自宋人開始。從《詩經》至班固、左思及杜甫、白居易、韓愈等人都擴展了詩歌議論的範圍。到了宋代，談史論政、談詩論藝的詩比唐詩更有進展，而且更有成績，他們把習慣於狀物、敘事、抒情、感懷、言志的詩帶到另一個新的疆域，這是宋詩發展的必然趨勢，也是宋人在重視詩歌的社會功能時所必須發展的途徑之一。或許有人認爲詩歌應當「主性情」，而不能將之弄得淺露無味、令人生厭，所以應該學唐詩，但葉燮《原詩》反駁說：

> 從來論詩者，大約申唐而絀宋。有謂：「唐人以詩爲詩，主性情，于三百篇爲近；宋人以文爲詩，主議論，于三百篇爲遠。」何言之繆也？（卷四〈外篇下〉）

主性情與主議論與《詩經》是近是遠？孰近孰遠？暫不討論；但詩歌縱使是議論，也須有內涵，故林昌彝《射鷹樓詩話》引吳蘇泉〈蠡說〉云：

> 言者，心之聲也，其人君子，言必爾雅。但詩之爲道，不忌說理，而不可迂腐；不嫌言情，而不可淫褻；不廢議論，而要有涵蘊；不禁生新，而不可纖俗怪僻；不妨用事，而不可雜拉填砌。（卷二十一）

沈德潛《說詩晬語》卷下也說：

> 人謂詩主性情，不主議論。似也，而亦不盡然。……但議論須帶情韻以行，勿近傖父面目耳。

這也就是說詩歌主要是以情動人，但當詩人在生活中有了深刻的感受，產生了濃烈的感情，非盡情抒發不可的時候，往往就要發議論，否則就難以表現得淋漓酣暢。但在發議論時，仍須帶著感情，因爲飽

含形象和感情的議論，可以增強詩的思想的明確性和實用性，可以增強詩的感染、教育和鼓舞的力量，從而發揮詩歌的社會作用。〔註25〕

王禹偁的詩歌具有濃厚的議論化傾向，尤其是謫居期間的詩什，不管是唱和或感懷，不管是近體或古體，均可見議論的蹤跡。一般之議論如：

> 力稿乃有秋，斯言不虛矣。向使懶種植，荒榛殊未已。
>
> 有書閑不讀，爲學還如此。（《小畜集》卷三〈觀鄰家園中種黍示嘉祐〉）
>
> 古人貴道德，豈以祿位居。……請慎名與器，願分賢與愚。
> （《小畜集》卷四〈送戚維綸之閬州亳州〉）
>
> 丈夫貴自奮，何必恃貽謀。（同上卷〈送陳侯之任同州〉）
>
> 人生一世間，否泰安可逃。姑問道如何，未必論卑高。
> 自古富貴者，撩亂如蔾蒿。德業苟無取，未死名已消。（《小畜集》卷五〈酬楊送〉）
>
> 窮通皆有術，得喪又奚悲。（《小畜集》卷八〈謫居感事〉）
>
> 務本不務末，求力不求人。（《永樂大典》卷一三四五〇〈贈种放處士〉）

諷時政之缺失如：

> 時政苟云失，生民亦何辜。（《小畜集》卷六〈秋霖二首〉之一）
>
> 峨冠旅進又旅退，曾無一事裨皇猷。（《小畜集》卷十二〈對雪示嘉祐〉）
>
> 若教都似周公時，生民豈肯須披緇。（《小畜集》卷十二〈酬處才上人〉）
>
> 自古控御全在仁，何必窮兵兼黷武。（《小畜集》卷十三〈戰城南〉）

爲人己之不平感憤者：

> 漢家青史緣何事，卻道蕭何第一功。（《小畜集》卷八〈滎陽懷

〔註25〕參見劉慶福〈談詩歌中的議論〉。

古〉〉

佞倖聖賢俱餓死，若無史筆等頭空。(同上卷〈讀史記列傳〉)

是時楊雄在東觀，投閣欲死無人扶。

有唐力士夫人死，朝士執喪如喪妣。

是時李白放江邊，憔悴無人供酒錢。

小人之性何所似，真如蜂蝶并螻蟻。(以上均《小畜集》卷十

二〈和馮中允爐邊偶作〉)

以上所舉之議論，內容均非常深刻，而且飽含感情，無論是一般的議論，或是批評時政的闕失，抑或是對人己之不平所抒發的譏議，都是語言精錬、韻律和諧的佳句，容易讀人產生共鳴，這是王禹偁服膺白居易主張詩歌應有所為而為的結果，也開啓了歐陽脩、梅堯臣、蘇舜欽等人在「以議論為詩」這方面努力的大門，其影響可說是十分深遠的。〔註26〕

四、喜用比喻手法

在王禹偁詩中，雖多直鋪其事之作，但以物喻物或以己方人之詩，亦所在多有。其以物比況者，多為議論不平之事；以己比諸前賢時，多抒發詩人之衷心喜望或深沉之悲哀。

以物比況，最有名之例為前舉〈竹䶄〉一詩，他將賢良比作商嶺修竹，而小人乃是令人髮指的食竹之鼠，詩中將小人之惡形醜態透過詩人對鼠輩的嫉憎伐討，頗有洗滌人心之暢快感受。他如寫金吾之得勢，以「龍飛起魚鱉」(〈金吾〉)形容；勸人努力自持，用「巨魚方呴沫，相望在江湖」(〈送戚維戚綸之閬州亳州〉)互勉；寫自己一無是處，不能為民解瘼，曰「深為蒼生蠹」(〈對雪〉)、「亦以蠹黎元」

〔註26〕前舉朱大成〈論宋詩的歷史地位〉一文云：宋詩的議論多一些，乃是對晚唐五代以來美人香草、風月戀情為主要內容的的詩風的解放。而筆本棟〈北宋黨爭與文學〉一文則指出：所謂「議論」乃是「是是非非，務窮盡道理乃已，不為苟止而妄隨」，是「開口攬時事，議論爭煌煌」的精神表現，但他也認為北宋士人的好議論，不僅深受黨爭影響，而且屬於黨爭的重要組成部份。

（〈一品孫鄭昱〉）；譽人出處得宜，謂「處則同喬松，決起如冥鴻」
（〈送馮尊師〉）；憂慮自己對國君的一片丹心赤誠為小人所讒毀，故
須「傾盡葵藿心，庶免浮雲隔」（〈望日臺〉）；哀生民之遭水潦，諷時
政之缺失，則譏陳「雨若是天淚，天眼應已枯」（〈秋霖二首〉之一）；
寫忠臣之直道事君，如人之以橄欖就酒，「食之先顰眉，皮核苦且澀，
歷口復棄遺。」貞節亂世見，猶如橄欖之「良久有迴味，始覺甘如飴」，
故以橄欖作何譬喻？「喻彼忠臣詞」（〈橄欖〉）；自嘲初仕之官卑俸薄，
謂「位卑松在澗，俸薄葉經霜」（〈成武縣作〉）；雖位列西掖，仍然自
陳「官清自比乘軒鶴，心小還同畏網魚」（〈閣下詠懷〉）；敘述自己醉
心儒學，而致廢寢忘食，則曰「收螢秋不倦，刻鵠夜忘疲」（〈謫居感
事〉）；不甘沈淪下僚，想望飛黃騰達，故而發出「枳棘心何恨，松筠
操自持」（同上）之聲，並自誇「胸中貯兵甲，堂上有熊羆」（同上）；
寫秉性剛直，不能苟且同物，便道「祇恨方于柄，何嘗曲似鉤」（〈對
雪感懷呈翟使君馮中允同年〉）；自嘆雄文直道，卻難防小人之讒害，
不禁浩歎「雄文自貯胸中甲，直氣誰防笑裏刀」（〈內翰畢學士……〉）；
不奈閑職，便曰「貳車官職是籠禽」（〈春日登樓〉）；責小人之卑劣，
排擠賢良，便喟歎「何事春風容不得，和鶯吹折數枝花」（〈春居雜興
四首〉之一）。其他諸如此類之詩句不勝枚舉，今僅摘錄《小畜集》
卷八以前之詩句以證，餘不贅敘。

　　王禹偁以前賢自喻之處甚多，其中尤以同遭貶謫的前輩詩人屈原
與賈誼之身世，最易引起詩人的共鳴；而當年華老去，詩人每念壯志
未酬、或將終老謫宦時，腦海便浮現馮唐〔註27〕身影。今將王禹偁詩
作中有關賈誼和屈原、馮唐及其他前賢與詩人自身境遇比況的資料羅
列於後，以見其比喻手法運用之繁，並以略窺詩人心中之苦悶與喜樂
所在：

〔註27〕馮唐歷漢文、景、武三帝，直言「不知忌諱」，年老仍為郎，景帝時
　　　任楚相，旋免；武帝時，舉賢良，已九十餘歲，未能任官。後因用
　　　作詠歎年老滯沈下僚的典故，而王禹偁喜自比馮唐，其用意即在此。

（一）、有關賈誼者（屬《小畜集》者只列卷數篇名，以下各項同）

嗟嗟漢賈誼，年少謫南荒。（卷五〈聞鵙〉）

未有僉諧徵賈誼，可無章疏雪微之。（卷七〈寄田舍人〉）

自慚非賈傅，宣室詎重求。（卷八〈元日作〉）

應笑同時東觀客，商於憔悴似長沙。（卷八〈寄馮舍人〉）

天生賈誼成何事，祇得人間三十三。（卷八〈哭同年羅著作五首〉之一）

作賦有時悲鵩鳥，殺身無路學犧牛。（卷九〈南郊大禮詩十首〉之十）

寧同賈生恨，自比老萊身。（卷九〈自詠〉）

宦途流落似長沙，賴有詩情遣歲華。（卷九〈新秋即事三首〉之二）

憑高朗詠沉湘賦，自許吾生似賈生。（卷九〈春郊獨步〉）

賈生如再召，爲爾指迷津。（卷十〈贈王蠙〉）

賈誼因才逐，桓譚以識疏。（卷十〈偶題三首〉之一）

賈生北望朝文帝，白傅何期哭憲宗。（卷十一〈揚州道中感事兼簡史館丁學士〉）

他時宣室召賈誼，賢人事業當併伸。（卷十二〈酬贈田舍人〉）

皇家早歲平吳後，翰林賈公爲太守。（卷十二〈送姚著作之任宣城〉）

絳侯憎賈誼，白傅怨王涯。（《小畜外集》卷七〈次韻和仲咸對雪散吟三十韻〉）

謫宦慚無賈生賦，愁霖合有謝公詩。（同上卷〈唱和暫停霖淫復作因書四韻呈仲咸兼簡宋從事〉）

（二）、有關屈原者

懶讀三閭傳，空尋四皓祠。（卷八〈謫居感事〉）

兄弟相知情未改，著書呼取屈原魂。（卷九〈寄陝府通判孫狀

元兼簡令弟秀才〉）

應念出官淮水上，被人還笑屈原醒。（卷十〈賀馮起張秉二舍
人〉）

寧可飛鳥隨四皓，未能魚腹葬三閭。（同上卷〈放言〉之四）

（三）、有關馮唐者

貳卿三十八，羞殺老馮唐。（卷十〈送禮部蘇侍郎赴南陽〉）

卻應迴笑滁陽守，官似馮唐半白頭。（卷十〈賀呂祐之諫議〉）

妙術遠慚周柱史，衰容爭奈漢馮唐。（卷十〈饒州馬殿院頻寄
黑毲藥服數千丸斑白未減作詩以報之〉）

放逐翰林同李白，蹉跎郎署是馮唐。（卷十一〈送江州孫膳部
歸闕兼寄承旨侍郎〉）

昨日梓宮陪哭臨，淚多唯有老馮唐。（卷十一〈闕下言懷上執
政三首〉之一）

官曹寂寞馮唐老，多羨乘軺澤國行。（卷十一〈送直館高正言
轉運荊湖〉）

馮唐空潦倒，衛綰是誰何。（卷十一〈病中書事上集賢錢侍郎五
首〉之四）

（四）、以其他前賢自比者

元白當時皆謫宦，不聞將得御書行。（卷八〈急就章〉）

甘貧慕原憲，齊物學莊周。（卷八〈對雪感懷呈翟使君馮中允同年〉）

飢腸已共夷齊約，一曲高歌去採薇。（卷八〈放言〉之一）

放言詩什誰堪贈，焚贈微之與樂天。（同上詩之五）

譬似元和張太祝，十年不改舊官銜。（卷八〈迴襄陽周奉禮同
年因題紙尾〉）

西垣謫宦何須恨，若比羅三是幸人。（卷八〈哭羅著作同年五
首〉之五）

本與樂天爲後進，敢期子美是前身。（卷九〈前賦春居雜興……〉）

幽懷遠慕陶彭澤，且擷殘英泛一觴。(卷九〈雪霽霜晴獨尋山
逕菊花猶盛感而賦詩〉)

猶言彭澤終歸去，門柳青青檻菊黃。(卷九〈寄豐陽喻長官〉)

莫嫌工部官曹慢，杜甫才名是外郎。(卷十〈制除工部郎中出
內署〉)

叔夜養生休著論，陶潛難死只因閒。(卷十一〈病起思歸二首〉
之一)

夢得蹉跎因出郡，薛能詩什恥監州。(同上詩之二)

賴有古人蹤跡在，只應蓬寧是吾師。(卷十一〈公退言懷〉)

散為郎吏同元稹，羞見都人看李邕。(卷十一〈闕下言懷上執
政三首〉之二)

應璩叨三入，張衡志四愁。(卷十一〈送刑部韓員外同年致仕歸
華山〉)

棖也好剛多悔吝，唯憑忠信自書紳。

嚴陵知退遺榮利，只擬滄浪把釣綸。(以上卷十一〈和吏部薛
員外見寄〉)

誰解吟詩送行色，茂陵多病老相如。(卷十一〈送河陽任長官〉)

廉使多情應問我，為言衰病似相如。(卷十一〈送第三人朱嚴
先輩從事和州〉)

安邊不學趙充國，富民不作田千秋。

黍畦鋤理學元亮，瓜田澆灌師秦侯。(以上卷十二〈對雪示嘉
祐〉)

因思元白在江東，不似晁丞今獨步。(卷十二〈送晁監丞赴婺
州關市之役〉)

有病如原憲，無才敵景差。(《小畜外集》卷七〈次韻和仲咸對雪
散吟三十韻〉)

王禹偁詩歌用比、用賦之手法已如上述，而其詩即景生情之寄興手法
並非沒有，只是較之前二種表現方式，則比例明顯微少。其中前敘之

〈對雪〉一詩，以雪起興，而思及河朔民、邊塞兵之寒冷苦寂，再反省自身不耕不戰卻能安享食祿，故作詩以謝知己，此即爲興體之發揮；至如《小畜集》卷五之〈霖雨中偶書所見〉亦由山禽之啄蚯蚓而引發詩人對小人傾軋賢良之浩歎，此亦屬興寄筆法。而同書卷六之〈橄欖〉詩，則雖多用賦、比，然興亦存焉，且此詩頗能將橄欖滋味傳神表達，雖直而不俗，頗耐人咀嚼。他若〈泛吳松江〉（卷七）、〈春居雜興四首〉（卷八）等看似純寫景者，卻實有莫大之傷痛存在，佳篇實多，無法詳載，唯讀者於閱讀時宜先就其身世略作探討，再仔細品賞，方能識其眞正滋味。

第三節　文學主張

一、以傳道明心爲詩文創作目的

　　王禹偁的詩歌藝術能夠在宋初詩壇形成自己的特色，應與他不同於當時詩壇的文學理論有關。觀其詩文集中，並無特別爲詩歌標舉主張者，但以其論文學之主張而觀，則其詩歌創作又頗能服膺此文學思想，故今特從其文學觀點及主張來探究其詩歌創作之本原。

　　面對北宋初期深受晚唐五代靡艷風氣影響的文壇，王禹偁主張以「革弊」做爲維護斯文的起點，故其在〈送孫何序〉中云：

> 天之文，日月五星；地之文，百穀草木；人之文，六籍五常。捨是而稱文者，吾未知其可也。咸通以來，斯文不競，革弊復古，宜其有聞。（卷十九）

革弊的方式，就在「復古」，通過復古的途徑以達到維護「斯文」的目的；那何謂「文」？「文」的目的又何在呢？王禹偁在〈答張扶書〉一文中云：

> 夫文，傳道而明心也，古聖人不得已而爲之也。且人能一乎心，至乎道，修身則無咎，事君則有立。及其無位也，懼乎心之所有不得明乎外，道之所畜不得傳乎後，于是乎

有言焉。又懼乎言之易泯也，于是有文焉。信哉，不得已
而為之也。（卷十八）

由此可知，王禹偁所謂「文」，乃是指人們基於懼怕自己心中所有不
能表白、道德經驗不能傳承，而希望有一可以表述的方式來達成這些
心願，於是便出現了所謂的「語言」，然而這語言會隨著時間的流往
而消逝，因此便將此心聲寄託在可以綿延流傳的「文字」上。今人所
謂的文學，便是人類透過文字表達心聲的一種方式，它是蘊積在內而
不得不發的，所以是「不得已而為之」。

　　在王禹偁認為：「文」有天文、地文和人文，而於人類所形成的
文學應以「六籍五常」為本，除此則無所謂「文」，故其在〈答張扶
書〉中又強調：

今為文而捨六經，又何法焉。（同上）

「六經」的作用為何？為何為文捨六經便無師法對象？在王禹偁的看
法是：

古君子之為學也，不在乎祿位，而在乎道義而已。用之則
從政而惠民，捨之則修身而垂教，死而後已，弗知其他。
科試已來，此道甚替，先文學而後政事故也。然而文學本
乎六經者，其為政也，必仁且義，議理之有體也；文學雜
乎百氏者，其為政也，非貪則察，涉道之未探也。是以取
士眾而得人鮮矣，官謗多而政聲寢矣。讀堯、舜、周、孔
之書，師軻、雄、韓、柳之作。故其修身也，譽聞于鄉里；
其從政也，惠布于郡縣。（《小畜集》卷十九〈送譚堯叟序〉）

他也認為：

士君子者，道也；行道者，位也。道與位并，則敷而為業，
〈皋陶〉、〈益稷謨〉、〈伊訓〉之類是也；道高位下，則垂
之于文章，仲尼經籍，荀、孟、揚雄之書之類是也。（同上
卷〈東觀集序〉）

由於六經能體現聖人「從政而惠民」、「修身而垂教」之道，可施於政
事，可以修身，可以「化俗」，而諸子百家之學若施於政事，「非貪則

察」，涉道「未深」，而無法真正得人，亦無法有良好政聲，故王禹偁主張「文學本乎六經」。

王禹偁既主張通過復古的方式來革弊，又主張為文應師法六經，故只要是有人能符合他為文理想的，必定加以誇讚。如他稱讚孫何的文章「皆師戴六經」，以為「宜其在布衣為聞人，登仕宦為循吏，立朝為正臣，載筆為良吏，司典謨，備顧問，為一代之名儒」〔註35〕，其揚譽備至，無非是緣於孫何之文能學六經也；推薦丁謂與薛太保時云：「其道師於六經，汎于群史」〔註36〕，又說：「去年得富春孫何文數十篇，格高意遠，大得六經旨趣，僕因聲於同列。間或曰：『有濟陽丁謂者，何之同志也，其文與何不相上下。』僕未之信也。會有以生之文示僕者，視之，則前言不誣矣。」〔註37〕對於學者能夠努力向上，學習古文，便滿心歡喜，如他認為江翊黃所為古文文義尚淺，但卻勉勵他：「又繼之以文，好古近道，趣向不俗，修之不已，可為聞人。」〔註38〕如此關懷，亦無非是愛其好古學道。但所謂的「復古」，並非「模其語而謂之古」，因為如此「亦文之弊也」（〈答張扶書〉）；他亦不認為六經之文為語艱義奧，故其在指斥張扶文章「茫然難得其句，昧然難見其義，可謂好大而不同俗」之後，又對他說：

（文）既不得已而為之，又欲乎句之難道邪？又欲乎義之難曉邪？必不然矣。請以六經明之。《詩》三百篇，皆儷其句，諧其音，可以播管絃，薦宗廟，子之所熟也。《書》者，上古之書，二帝三王之世之文也，言古文者無出于此，則曰：「惠迪吉，從逆凶。」……在《禮・儒行》者，夫子之文也，則曰……，夫豈句之難道邪？夫豈義之難曉邪？……近世為古文之主者，韓吏部而已。吾觀吏部之文，未始句之難道也，未始義之難曉也。……姑能遠師六經，近師吏

〔註35〕見《小畜集》卷十八〈送孫何序〉。
〔註36〕同上卷〈薦丁謂與薛太保書〉。
〔註37〕同上卷〈送丁謂序〉。
〔註38〕同上卷二十〈送江翊黃序〉。

部，使句之易道，義之易曉，又輔之以學，助之以氣，吾
將見子以文顯于時也。（〈答張扶書〉）

在此我們可以清楚地知道：王禹偁以爲六經之文，並非如張扶所想像
之句難道、義難曉，而且他在推崇韓愈時，亦認爲其文句易道、義易
曉而值得後人敬仰與學習。王禹偁稱讚韓愈「師戴聖人之道，述作聖
人之言」〔註39〕，爲文態度是「不師今，不師古，不師難，不師易，
不師多，不師少，惟師是爾」（〈答張扶書〉），故自稱是「希韓者」。
〔註40〕只要是學者爲文師法韓愈的，俱爲他們大力宣揚：如見孫何之
文「有韓柳風格，因誇於同列，薦於宰執間」〔註41〕，並稱美他「落
落然眞韓、柳之徒也」（〈送孫何序〉）；讚譽丁謂之文「皆意不常而語
不俗，若雜于韓柳集中，使能文之士讀之，不之辨也」（〈送丁謂序〉）；
而他也曾向鄭褒自承，當自己貶滁州時，仍有許多文士「攜文而來」，
但爲「不復議進士之臧否以賈謗」，故對來者之文「悉曰韓、柳」，此
雖是意氣之舉，但可見出其在文學上特別推重韓、柳。

　　當張扶接到王禹偁的回函後，並不服氣，再舉揚雄「以文比天地」
之難度難測爲證，反駁王禹偁前述論點，而王禹偁則再次告訴張扶：

子之所謂揚雄以文比天地，不當使人易度易測者，僕以爲
揚雄自大之辭也，非格言也，不可取而爲法矣。夫天地，
易簡者也。……子又謂六經之文語艱而義奧者十二三，易
道而易曉者十七八，其艱奧者，非故爲之語，當然矣。……
又謂漢朝人莫不能文，獨司馬相如、劉向、揚雄爲之最，
是謂功用深，其文名遠者。數子之文，班固取之列於《漢
書》，若相如〈上林賦〉、〈喻蜀〉、〈封禪文〉，劉向〈諫山
陵〉，揚雄〈議邊事〉，皆子之所見也，曷嘗語艱而義奧乎？
謂功用深者，取其理之當爾，非語迂義暗而謂之功用也。（《小
畜集》卷十八〈再答張扶書〉）

〔註39〕見《聖宋文選》卷七〈投宋拾遺書〉（四庫全書本）。
〔註40〕見《小畜集》卷二十〈送廖及序〉。
〔註41〕同上卷二十九〈殿中丞贈戶部員外郎孫府君墓誌銘并序〉。

王禹偁一再強調，六經文義大半是易道易曉的，縱使是漢代有名賦家所為之賦，又何嘗「語艱而義奧」？六經之「艱奧者，非故為之語，當然矣」這項事實，是王禹偁把它放在語言「總處在變化狀態中」這個背景上觀察而得出的結論。為了傳道明心，於是才有「文」的出現。而世異語變，時過境遷，當時「易道」之句、「易曉」之義，在後世或許便變得看來「語艱而義奧」了。然而，「易曉」「易道」的基本精神並沒有隨著語言和語言環境的變化而消失。「遠師六經」，就應師其基本精神而不應該摹其語言〔註42〕，所以他以為文學作品之「功用深」，在於其理之適當合用，而不在其語言文義之迂曲晦暗也。因此他還是勸勉張扶創作文章要「句易道，義易曉」，這與白居易創作「老嫗能解」的諷諭詩的理論依據是一樣的。

二、以平易雅正為詩歌審美標準

　　王禹偁在詩歌方面推崇陳子昂、杜甫，最主要是著眼於他們有變化開創的功績，而使詩風趨向於雅正。此種觀點，應是步武白居易的。白居易在〈與元九書〉中曾說：

> 唐興二百年，其間詩人不可勝數，所可舉者，陳子昂有〈感遇詩〉二十首。又詩之豪者，世稱李、杜：李之作才矣，奇矣，人不逮矣，索其風雅比興，十無一焉。杜詩最多，可傳者千餘首，至於貫穿古今，覼縷格律，盡工盡善，又過于李焉；然撮其〈新安〉、〈石壕〉、〈潼關吏〉，〈蘆子關〉、〈花門〉之章，「朱門酒肉臭，路有凍死骨」之句，亦不過三四十首。杜尚如此，況不如杜者乎！

在白居易認為，李白詩雖然可謂天才之作，惜其中甚乏「風雅比興」之作。本章第一節敘述王禹偁之詩學淵源時，曾提到其在〈李太白真贊序〉中對李白文章的尊崇，但是於其詩歌則未作任何表示，此或可解釋為王禹偁初貶商州時尚流連於以白體唱和詩風為主的創作範疇

〔註42〕參見梁道理〈試論宋代古文運動中的兩條路線〉，《陝西師大學報》1984年第一期，頁53。

內；然而當其晚年被貶滁州後，雖有好「李杜詩」之句，但仍未點明所好爲何，唯在古詩、歌行部份已稍見其學白蹤影，或許諷諫時事、關心民瘼之作即王禹偁心目中之詩歌審美標準。

今人許總在其《宋詩史》一書中提到：「王禹偁并重文、道、心，主張表現形式與思想內容的統一」（頁46），又說：「其對文、道關係的認識和好古崇道的思想，顯然是韓愈、柳宗元文道合一思想的發展。然而他又同時兼顧『心』、『道』，并重『情』、『理』，實際上體現了『言志』、『緣情』兩大詩學思想體系的共存。」（同上）事實上，王禹偁的詩歌創作不但體現了「言志」、「緣情」兩大體系，而且在前面我們也探述過王禹偁在詩學上的審美觀點，他不祇是倡導平易的詩風，而且他主張「詞麗而不冶，氣直而不訐，意遠而不泥，有諷諭，有感傷，有閑適」（〈馮氏家集前序〉）等多樣化的詩歌風貌，但其前提是必須「歸於雅正」。〔註43〕其《小畜集》卷四〈五哀詩〉之二即云：

　　文自咸通來，流散不復雅；因仍歷五代，秉筆多艷冶。

這雖是對五代綺艷文體的批評，但宋初沿襲舊習，詩文風氣依然衰竭，故其頗爲感慨地歎道：

　　可憐詩道日已替，風騷委地無人收。（《小畜集》卷〈還揚州許書記家集〉）

在〈贈王獻〉詩中也表示：

　　舉子競文賦，風騷委路塵。吾宗多警句，詩道束無人。（同上卷十）

其深沉的呼籲，乃是決心要振拔風騷傳統之意，這正如白居易〈與元九書〉中所說：「僕常痛詩道崩壞」一樣，都想改革文弊，扶振「詩道」，故而主張發揚古代詩歌「風雅」「興寄」的傳統，所以他稱道杜甫「集開新世界」，以杜甫、白居易自期（即自謂「本與樂天爲後進，敢期子美是前身」者），一切都顯示其詩歌主張是以雅正爲內涵的。所以他在爲孟賓于詩集作序時，便以「雅澹之體」稱之，並自信地說：

〔註43〕見《小畜外集》卷十三〈桂陽羅君遊太湖洞庭詩序〉。

「得余爲序，足以振令名而雪遺恨也。」〔註44〕

　　王禹偁認爲文學創作的目的，是用來移風易俗，改變民眾氣質的，所以他在〈東觀集序〉中說：

　　　　文以化俗，故《詩》《書》《禮》《樂》行焉。

想要移風易俗、感化人心，最有效的方式莫過於利用詩歌的薰陶。所謂「潛移默化」者，便是讓受教育的對象在不知不覺中接受他所需學習或改變的，而不會有所抗拒，這種實施方式也容易水到渠成、事半功倍。因此王禹偁主張先用詩歌來「化俗」，其所持理由是：

　　　　仲尼以《三百篇》爲六經之首，以其本於人情而基於王化故也。(〈馮氏家集前序〉)

　　要想達成「文以化俗」的教育作用，便應加強創作可以「傳道明心」的文，而爲使「傳道明心」的文能夠發揮最大作用，又非「句之易道，義之易曉」的詩文不克爲功，故而王禹偁極力倡導平易自然的詩文風格，他在〈答張扶書〉和〈再答張扶書〉中所言「既不得已而爲之，又欲乎句之難道邪？又欲乎句之難曉邪？」便可說是他創作詩文的基本精神。蘇頌在《小畜外集·序》中贊揚他說：

　　　　竊謂文章末流，由唐季涉五代，氣格摧弱，淪于鄙俚。國
　　　　初屢有作者留意變風而習尚難移，未能復雅。至公特起，
　　　　力振斯文，根源於六經，枝派於百氏，斥浮偽，去陳言，
　　　　作而述之，變於道。後之秉筆之士，學聖人之言，由藩牆
　　　　而踐奧奧，騃公爲之司南也。

紀昀《四庫總目·小畜集提要》亦云：

　　　　宋承五代之後，文體纖儷，禹偁始爲古雅之作。

此雖是對其文章創作的贊美，但再回顧《蔡寬夫詩話》所說：「國初沿襲五代之餘，士大夫皆宗白樂天詩，故王黃州主盟一時」，及《載酒園詩話》對他的稱贊：「王禹偁秀韻天成，雖學白樂天，得其清不得其俗」，我們便可清楚地了解：平易雅正，便是王禹偁的

──────────────────────

〔註44〕見《小畜集》卷二十〈孟水部詩集序〉。

詩歌審美標準；而創作平易雅正的詩歌，即是王禹偁所極力倡導的
詩歌主張。

第四節　王禹偁對宋詩改革運動之影響

　　趙宋繼五代十國之後立朝，宋初詩文亦沿舊習，故多浮靡之譏。
王禹偁首先提出「傳道而明心」的文學主張，改革五代末流雕繪弊習，
爲詩文革新奠定了理論基礎，且以自己的創作實踐給歐陽脩等人提供
了成功的途徑。

　　在詩歌方面，他是北宋第一個尊崇、提倡學習杜甫詩歌的詩人
〔註45〕，故吳之振在《宋詩鈔・騎省集鈔序》中稱他：

　　　　爲杜詩於人所不爲之時。

　　他不但首先倡導學習杜詩，而且還學習白居易反映社會現實、關
懷民生的諷諭詩，努力把詩歌引向白居易所呼籲的詩歌合爲時、事而
作的社會功用上，並以平易雅正的詩風創作大量的詩歌，反映宋代社
會的生活面貌。其後歐陽脩、梅堯臣、蘇舜欽等人所提倡的詩歌改革，
也在內容上要求「敘人情，狀物態」，反對無病呻吟的詩作；在藝術
上則要求以清麗平淡的風格糾正浮艷雕琢的作風，而開啓宋詩的眞正
面目，這些都是王禹偁爲其先聲。因此，吳之振盛稱王禹偁對宋初詩
文改革的貢獻說：

　　　　元之獨開有宋風氣，於是歐陽文忠得以承流接響。文忠之
　　　　詩，雄深過於元之，然元之固其濫觴矣。(《宋詩鈔》)
歐陽脩對王禹偁的成就、風采亦極爲推許，其〈書王元之畫像側〉即
云：

　　　　偶然來繼前賢跡，信矣皆如昔日言。諸縣豐登少公事，一
　　　　家飽暖荷君恩。想公風采常如在，顧我文章不足論。名姓
　　　　已光青史上，壁間容貌任塵昏。(《歐陽修全集》卷一〈居士集

〔註45〕如在〈日長簡仲咸〉一詩中盛讚「子美集開詩世界」，稱譽丁謂「詩
　　　　效杜子美」(〈送丁謂序〉)，自稱所好「李杜詩」等。

一〉、頁八十)

歐陽脩在此詩中充滿對王禹偁的景仰，並對其詩文成就給予高度的肯定；至於歐公之後的北宋詩文大家蘇軾和黃庭堅則分別就其才識、人品加以謳頌，如蘇軾在其〈王元之畫像贊并序〉中贊歎道：

> 故翰林王公元之，以雄文直道，獨立當世，……見公之畫
> 像，想其遺風餘烈，願爲執鞭不可得。(《經進東坡文集事略》
> 卷五九)

黃庭堅則在〈題王黃州墨跡後〉云：

> 世有斫泥手，或不待郢工。往時王黃州，謀國極匪躬。朝
> 聞不及夕，百壬避其鋒。九鼎安盤石，一身轉秋蓬。(《山谷
> 詩》內集卷第二)

此詩充分肯定了禹偁的文學成就和政治才華，並對他屢遭飄泊終於壯志難酬的厄遇表示了深切的同情。而其另首〈次韻楊明叔見餞詩十首〉之七則充分表達了他對王禹偁詩歌成就的看法，其詩吟道：

> 元之如砥柱，大年如霜鶚。
>
> 王楊立本朝，與世作郛郭。(同上卷第十四)

歐陽脩、蘇軾、黃庭堅等人乃是建立宋詩眞正面貌的最大功臣，而他們都異口同聲稱道譽、頌揚王禹偁，並由其詩學成果「承流接響」，可見王禹偁的文學理論和詩歌創作深切地影響了宋詩的發展。就此而觀，王禹偁在宋詩發展史上，是具有一定的地位和價值的。

王禹偁的文學理論和實踐，在宋初雖然一時沒有引起應有的重視，但作爲北宋詩文革新運動的先驅，其開闢草萊之功，在我國文學史上所產的積極影響，是非常地鉅大而深遠。故紀昀在《四庫全書簡明目錄》中即推崇王禹偁對宋初詩文革新的努力，他稱道：

> (禹偁)詩文始全變五季雕繪之習，然亦不爲柳開之奇僻。
>
> (卷十五)

而清汪景龍、姚壎所編《宋詩略》，在其〈凡例〉中也讚許禹偁始開風氣之功說：

> 宋詩自王黃州后風氣方開，故《鈔》始黃州以識宗派。

今人對王禹偁在詩歌改革方面所下的工夫和努力，也多所肯定。如許總在其編撰之《宋詩史》中，即以王禹偁詩歌能體現宋代一統局面的時代氣象，並奠定北宋中期詩文革新的基礎，而給以肯定推崇，其文云：

> 在宋詩鄙俚詩風積習中，以王禹偁為代表的白體詩人首先
> 表現出改革詩風的願望並付諸實踐，雖然勢力稍嫌卑薄，
> 並且終為晚唐體與西崑體所淹沒，但是其「斥浮偽，去陳
> 言」、「力振斯文」之魄力與成就，在殘唐五代的頹靡氣息
> 中，實如一道燦爛的閃光，不僅隱然體現了宋代一統局面
> 的時代氣象在文化領域的折光，而且成為北宋中期以歐陽
> 修等人為代表的聲勢浩大的詩文革新運動的先聲與隱緒。
> （頁27）

而中國文學史研究委員會所編之《新編中國文學史》，亦站在王禹偁推動宋初詩文革新的艱困立場，對其努力和貢獻給予喝采：

> 王禹偁以自己的詩歌創作，奠定了宋代詩歌尊杜、尊韓、
> 尊白的基本傾向，這是和詩文革新運動的傾向符合的。但
> 他在宋初文壇上比較勢單力薄，正如柳開、穆修、尹洙等
> 獨立寫作古樸的散文一樣，然而因此也就顯得更為可貴。
> 他們是宋代詩文革新道路上的拓荒者和發難人。（頁417）

王禹偁的詩歌成就在北宋當時，所以未能如其後的歐陽脩般發揮深遠的影響力，除了當時詩人還是沉溺在淺俗的酬答或宮廷爭奇鬥險的險韻唱和外，王禹偁去世過早及其接二連三的貶斥亦是重要原因之一。尤其是顛沛流離的生活，不僅使其身心健康遭受嚴重的摧殘，而且鯁介剛直的個性，也無法使他像歐陽脩那樣取得比較穩固的政治地位，來領導詩文革新的推動。所以當其被貶滁州後，便時有歸田隱耕之思，而且在離開商州後，其詩歌數量及內容實質上並無太大的進展，這對詩人來說是一個很大的致命傷。不過，對於王禹偁之詩文不能廣為流傳的問題，水心葉適有不同的見解，他以為：

> 其文簡淡古雅，由上三朝未有及者，而不甚為學者所稱，
> 蓋無師友議論之故也。（《習學記言・序目》卷四十八〈皇朝文鑒・

　　　　奏疏〉條）

不論王禹偁之詩文是否由於沒有師友論議而未獲應有之榮寵與影
響，但林逋所言：「放達有唐惟白傅，縱橫吾宋是黃州」，則已對其努
力作了適切的回應。而能對王禹偁詩文創作及其影響給予較客觀地評
價的是清朝的翁方綱，他的《石洲詩話》卷三即云：

　　　石門吳孟舉鈔宋詩，略西崑而首取元之，意則高矣，然宋
　　　真面目自當存之。元之雖爲歐蘇先聲，亦自接脈而已。

由此段詩話來看，我們便可清楚：王禹偁的真正地位便在爲「歐蘇先
聲」，因爲這正是宋詩擺脫唐詩、發展其真正面貌的開端。所謂「萬
事起頭難」，對於王禹偁披荊斬棘、革弊袪陋之舉，雖未能畢竟全功，
但其精神和成就是值得喝采和肯定的；而其在宋詩發展史上的價值和
地位，也應加以適切的釐定，方不致湮滅前人應得的光采和榮耀。

第五章　晚唐體詩人及其詩風

第一節　晚唐體主要內容及其詩風

　　北宋詩壇，在宋眞宗之前的約五十年間，是由當時的文壇鉅子徐鉉、李昉和其後起之秀王禹偁爲代表的白體詩主盟。在此期間，由於國家政治安定、社會經濟漸趨繁榮，促進了文化事業的發展，並且由於宋初幾位君主對文化事業的重視與提倡，使得文化學術層次和知識分子的素養能夠獲得顯著的提昇。當人類的基本需求獲得滿足之後，便會尋求更爲舒適的生活方式，以滿足精神方面的不足，而「新」、「變」便是對原有事物或方式、體制修正或改革的基本精神。宋初詩壇雖由白體詩雄霸五十年，而且也曾出現像王禹偁這樣創作力豐富且有成就的詩人，但王禹偁只活了四十八歲，且晚年一再被貶，無法有效地發揮其影響力。就詩風而論，白體詩普遍缺乏變化，已無法滿足新一代知識分子的需求，且白體末流所顯現的平易淺俗詩風，也開始引起詩人們的不滿，因此便促使新的作家群體和新的詩歌流派的出現，方回所謂的「晚唐體」和「西崑體」詩派便奠基在此內在需求和外在環境的引導上而產生。

　　宋初的白體詩歌語言，由於受到晚唐五代詩歌的影響，雖王禹偁有意以易曉易道之風格力圖矯治，且他本身並不排斥詞麗的作品，但此種努力並不能使宋初白體詩在詩歌語言藝術上獲得高度的成就，因此新的詩作群體在追求詩歌藝術形式美的情況下，選擇以晚唐詩風中

之構思精巧和雕章琢句的藝術形式來替代白體詩的淺俗平易詩風。詩歌表現構思精巧的詩作群體，便是後人所稱的「晚唐體」；而詩歌表現以雕章琢句爲特色的詩作群體，便稱爲「西崑體」。許總《宋詩史》認爲，宋初這種詩歌藝術形式追求的改變，「與其說是宋初白體之後的詩風新變，倒不如說是白體之前的晚唐詩風的復歸」（頁 55），這種論點基本是正確的，祇不過認眞推究起來，這何嘗不是中晚唐詩風的再次翻版？何嘗不是當時的詩人體現了宋初的時代精神及其審美趣味的高層化要求呢？

　　宋初「晚唐體」，其所表現的詩風並非全然涵括整個晚唐詩風，而只是學習唐末五代時所流行之賈島、姚合的清苦詩風。近人多將晚唐詩壇所流行的詩風分爲二種：其一爲以溫庭筠、李商隱、韓偓等人爲代表的浮靡詩風，其二乃是以皮日休、杜荀鶴、陸龜蒙等人爲主的寫實詩風。但在宋人的眼中，所謂晚唐五代詩風，側重的卻是這兩派之外以賈島、姚合爲宗主的清苦詩風。〔註1〕如《蔡寬夫詩話》即云：

　　唐末五代俗流以詩自名者，……大抵皆宗賈島輩，謂之「賈島格」。

故本文所言宋初晚唐體詩，實以賈島、姚合爲宗主的詩派，與嚴羽《滄浪詩話・詩體》中所分唐代詩歌五體之一「晚唐體」無涉，此當先予明察。

　　今針對宋初晚唐體詩之主要內容及其詩風略述於後：

一、奉賈島、姚合爲宗主

　　宋初的晚唐體詩人，據方回的〈送羅壽可詩序〉言主要有九僧、寇準、魯三交、林逋、魏野父子和趙抃等人。而他們的共同特色便是學習賈島、姚合詩的構思精巧，表現清麗的詩風。

〔註1〕近人和宋人對「晚唐五代詩」的觀點有些不同，近人常將賈島、姚合詩列入與韓愈等人同時代的中唐裏，如李日剛《中國詩歌流變史》、施蟄存《唐詩百話》等是。

賈島，字浪仙〔註2〕，范陽（今河北涿縣）人，生於唐代宗大歷十四年，卒於唐武宗會昌三年（779～843）。他早年出家做和尚，法名無本。三十二歲時到洛陽以詩謁韓愈，韓愈勸其返俗求取功名。歷次應舉不第，終於在四十四歲時考上進士，唐文宗時曾任長江主簿，故世人稱其「賈長江」。後又做過普州司倉參軍，然在仕途一直沒太大的發展。賈島一生非常清苦，又極愛作詩，常取日常事物入詩，其創作態度深受杜甫「語不驚人死不休」的影響，加上其往來多僧道之流，故其詩清眞幽細，時帶山林之氣。蘇軾在〈祭柳子玉文〉中曾批評孟郊與賈島的詩爲「郊寒島瘦」，李嘉言在《長江集新校》的前言中說：「所謂瘦，即指其表現日常眼前的寒苦、僻澀、狹窄、瑣碎的生活、思想與見聞所形成的風格而言。就其每首詩來說，突出地表現他這種思想作風的雖然不多，但他片言隻語地表現這種思想情緒的卻爲數不少。這就構成了一種傾向，給人一種消極的感覺。」〔註3〕通過這段說明，可以比較具體地了解賈島詩的風格。

賈島的作詩態度，據其〈戲贈友人詩〉描述，自己每日非作詩不可：

> 一日不作詩，心源如廢井。筆硯爲轆轤，吟詠作縻綆。
> 朝來重汲引，依舊得清冷。書贈同懷人，詞中多苦辛。

而賈島因思索詩句的中「推」「敲」二字而沖犯韓愈的故事，亦證明他在詩的創作態度上是認眞而嚴肅的。賈島的刻苦吟詩，在唐代詩人中是很突出的。他有一首〈送无可上人〉詩，其頸聯云：「獨行潭底影，數息樹邊身。」此二句是他最得意之詩句，他在這二句下自己注了一首絕句：

> 二句三年得，一吟雙淚垂。知音如不賞，歸臥故山秋。

由此可見其創作之苦辛。而賈島之苦吟，是把精力集中在律詩的中間

〔註2〕賈島之字，據《唐才子傳》說他字閬仙，明清人詩話中也常稱爲賈閬仙，恐是傳寫之誤。

〔註3〕見施蟄存《唐詩百話》頁 455 引。

二聯上，特別是頸聯。明代楊慎在其《升庵詩話》中云：

> 晚唐之詩分為兩派：一派學張籍，則朱慶餘、陳標、任蕃、
> 章孝標、司空圖、項斯其人也。一派學賈島，則李洞、姚
> 合、方干、喻鳧、周賀、九僧其人也。其間雖多，不越此
> 二派，學乎其中，日趨于下。其詩不過五言律，更無古體，
> 五言律起結皆平平，前聯俗語十字一串帶過，後聯謂之「頸
> 聯」，極其用工。又忌用事，謂之「點鬼簿」，惟搜眼前景
> 而深刻思之，所謂「吟成五個字，撚斷數莖鬚」也。(卷十
> 一)

此處說明賈島等人詩作大體用功在五言的頸聯，乃是先有章句然後有
思想內容的作法，而其思想內容亦是從此佳聯中生發，故其詩作往往
有佳句而乏佳篇。司空圖在〈與李生論詩書〉一文中即批評賈島之詩
曰：

> 賈浪仙誠有警句，視其全篇，意思殊餒。大抵附于寒澀，
> 方可致才，亦為體之不備也。(《司空表聖文集》卷二)

賈島這種深刻吟詠的詩風，深深影響了北宋九僧、林逋等人的詩作，
亦影響到南宋之江湖詩人和永嘉四靈的詩歌創作，故宋初晚唐體詩人
的詩歌亦常是有佳句而乏佳篇。

姚合（779～846），陝州硤石（河南陝縣）人，唐玄宗朝宰相姚
崇曾孫。元和十一年（816）舉進士，授武功主簿，因而世稱「姚武
功」。姚合為人嗜酒愛詩，達觀自放，與當時的詩人如韓愈、劉禹錫、
賈島、張籍、白居易、羅隱、李頻等均有交游或酬唱，詩名重於時。
由於他和賈島是親密的詩友，故在孟郊死後，賈島的名字就常和姚合
聯繫起來，稱為「姚賈」。但有人認為他們兩人的詩格並不太一樣，
如《唐才子傳》便說：

> 島難吟，有清洌之風；合易作，皆平澹之氣。興趣所到，
> 格調少殊，所謂方拙之奧，至巧存焉。蓋多歷下邑，官況
> 蕭條，山縣荒涼、風景凋弊之間，最工模寫也。(卷六)

此話說明賈島苦吟，但其詩清洌；而姚合把筆成詩，其詩平澹。二人

的詩都有興趣，但風格卻有些不同。今人施蟄存也認為二人的詩風並不一致，他說：

> 「姚賈」這個名詞，表示的是中唐五言詩的兩種風格，以賈代表艱澀的五言詩，以姚代表平淡的五言詩。（《唐詩百話》頁548）

施氏的看法是賈島的風格特色為艱澀，而姚合詩卻顯平淡，但晚唐張為的《詩人主客圖》卻把二人均列入「清奇雅正」一派，賈為升堂詩人，姚為入室詩人，足見二人的詩風有相似之處。宋劉克莊《後村詩話‧新集》卷四中云：

> 亡友趙紫芝選姚合、賈島詩為《二妙集》，其語往往有與姚、賈相犯者。按賈太雕鐫，姚差律熟，去韋柳尚爭等級。

趙氏所以會將姚、賈之詩選編一集，自有其風格雷同之處，而嚴羽《滄浪詩話‧詩辨》也云：

> 近世趙紫芝、翁靈舒輩，獨喜賈島、姚合之詩，稍稍復就清苦之風，江湖詩人多效其體，一時自謂之唐宗。

此亦是以姚、賈合言，並說其共同詩風為「清苦之風」，而為四靈所喜。至於姚合詩作內容，亦多寫個人生活與自然景色，且喜以五律為詩，刻意求工，〈武功縣中作〉三十首即為其早期詩代表，此即所謂「最工模寫」之作。清賀裳《載酒園詩話‧又編》云：

> 秘書與閬仙善，兼效其體。古詩不惟氣格近之，尚無其酸言。至近體如「酒熟聽琴酌，詩成削樹題」、「過門無馬跡，滿宅是蟬聲」……，俱為宋人所尊，觀之果亦警策。

以上所述，均在說明二人詩風之異同。以二人活動的時間來看，均在唐憲宗元和年間居多，然何以後人稱規摹二人風格之詩作為「晚唐體詩」？明許學夷《詩源辨體》卷二十五的說法或可提供一些答案，他說：

> 其人既在元和間，先已逗入晚唐纖巧，故晚唐諸家實多類之，非有意學之耳。（孫映逵《唐才子傳校注》頁587引）

由於賈島、姚合詩的構思精巧、風格清麗，正好為宋初詩人意欲

改變白體詩末流淺俗平易詩風的努力提供了最佳選擇，如九僧詩，方回以為是晚唐體詩中「最逼真」者，陳振孫《直齋書錄解題》也云：

> 凡一百七首，景德元年直昭文館陳充序，目之曰「琢玉工」，以對姚合「射雕手」。（卷十五「總集類」）

清賀裳《載酒園詩話》亦云：

> 九僧詩俱宗閬仙。

此段敘述使我們清楚九僧乃學姚賈之構思也。今略舉九僧數詩以證：

> 詩名在四方，獨此寄閒房。故域寒濤闊，春城夜夢長。禽聲沉遠木，花影動回廊。幾為分題客，殷勤掃石床。（僧希畫〈書惠崇師房〉）

紀昀《瀛奎律髓刊誤》卷四十九稱此詩「不失雅則」且「中四句卻煉得好」，並以為希畫之〈早春闕下寄觀公〉一詩，「非武功輩所可並論」，此雖有過譽之嫌，然可見彼等與姚合詩風之近。另首僧文兆的〈宿西山精舍〉：

> 西山乘興宿，靜稱寂寥心。一徑杉松老，三更雨雪深。
> 草堂僧語息，雲閣磬聲沉。未遂長棲此，雙峰曉待尋。

方回《瀛奎律髓》以為九僧「詩皆學賈島、周賀，清苦工密，所謂景聯人人著意，但不及賈之高、周之富耳。」（卷四十七）紀昀之《刊誤》則批曰：「三四已佳，五六從三四生出，更為幽致。通體亦氣韻脩然，無刻畫齷齪之習。」（同上）此均將九僧構思精密之佳處披露無遺，亦可見其與賈島之承襲關係。

晚唐體其他詩人，如潘閬、魏野，《後村詩話》即謂他們「規規晚唐格調，寸步不敢走作」，而《瀛奎律髓》也說「（寇）萊公詩學晚唐，與九僧體相似。」（卷十）又如晚唐體代表之一的林逋，其〈宿洞霄宮〉詩云：

> 秋山不可盡，秋思亦無垠。碧洞流紅葉，青林點白雲。
> 涼陰一鳥下，落日亂蟬分。此夜芭蕉雨，何人枕上聞？

此即以五律寫清幽野逸之景，筆致淡雅疏朗，尤重中間二聯的錘鍊。方回在《瀛奎律髓》中指出：「每首必有一聯工，又多在景聯，晚唐

之定例也。」本詩的頷聯就是詩人著力鍛煉的警句。林逋一生苦吟，曾自摘五言十三聯、七言十七聯撰爲「句圖」，由此可見宋初晚唐體詩人們的創作習尙與姚、賈正同。

今人白敦仁認爲：宋初晚唐詩體的流行，和白體一樣，都是「沿襲五代之餘」，並不是九僧以後才流行的。而且他也引用聞一多《唐詩雜論》的論點，說明賈島之詩所以能在元和興起，最主要的是他面對元和以來的黑暗時局，不像「孟郊那樣憤恨，或白居易那樣悲傷，反之，卻能立於一種超然地位」去「端詳它，摩挲它」；「他愛靜，愛瘦，愛冷，也愛這些情調的象徵——鶴、石、冰。……他甚至愛貧、病、醜和恐怖。」對於那些在苦悶中徬徨中的詩人而言，「這裏確乎是一個理想的休息場所。」而且他強調「賈島畢竟不單是晚唐、五代的賈島，而是唐以及各時代共同的賈島。」〔註4〕聞氏的這番話，可以讓我們對宋初九僧或南宋四靈這些詩人所以會喜歡賈島詩有更深入的理解。《續資治通鑑長編》卷五十二記載眞宗時有殿前副都指揮使保靜軍節度使王漢忠酷愛賈島、李洞詩，足見其影響範圍之廣。在九僧之前，以賈島詩作爲評論詩歌標準的有：王溥〈謝進士張翼投詩兩軸〉云：「格調宛同羅給事，功夫深似賈司倉。」（《全宋詩》卷十一）趙逢〈懷夢英大師〉云：「吟容賈島稱詩匠，醉許劉靈作酒仙。」（同上）此皆說明在九僧之前，宋初已有宗奉賈島者，只不過其詩歌成就不爲人所知而已。

二、以描摹風物爲主的內容

方回《瀛奎律髓》卷十曾批評姚合的詩歌云：

（姚少監）詩亦一時新體也，而格卑于島，細巧則或過之。……予謂詩家有大判斷，有小結裹。姚之詩專在小結裹，故四靈學之，五言八句皆得其趣，七言律及古體則衰

〔註4〕見白氏〈宋初詩壇及『三體』〉，頁61。

> 落不振，又所用料不過花、竹、鶴、僧、琴、藥、茶、酒，
> 于此幾物，一步不可離，而氣象小矣。

此評明白指出姚合詩之內容，多是描摹風物之作。歐陽脩《六一詩話》評賈島之詩云：

> 孟郊、賈島皆以詩窮至死，而平生尤自喜爲窮苦之句。……
> 賈云：「鬢邊雖有絲，不堪織寒衣。」就令織得，能得幾何？
> 又其〈朝飢詩〉云：「坐聞西床琴，凍折兩三弦。」人謂其
> 不止忍飢而已，其寒亦何可忍也！

又云：

> 賈島「怪禽啼曠野，落日恐行人」，則道路辛苦，羈旅愁思，
> 豈不見于言外乎？

此均說明賈島之詩在刻畫事物、情景上之精工。清代葉矯然《龍性堂詩話・續集》稱道賈島之描述事物情景之逼眞云：

> 賈島「怪禽啼曠野，落日恐行人」，夕陽驢背上，眞有此景，
> 想之心怦怦然動。（《唐才子傳校注》頁 463 引）

由於大多數晚唐體詩人一生不求仕進、隱跡山林，故他們的作品多流連山水、逍遙泉石之作，歐陽脩《六一詩話》中記載了一則有關九僧的的故事，頗能道出宋初晚唐體詩人在詩歌創作題材的範圍，其文曰：

> 國朝浮圖以詩名於世者九人，故時有集號《九僧詩》，今不
> 傳矣。余少時聞人多稱之，……當時有進士許洞者，善爲
> 詞章，嘗會諸詩僧分題，出一紙曰：「不得犯此一字」，其
> 字乃山、水、風、雲、竹、石、花、草、霜、雪、星、月、
> 禽、鳥之類，于是諸僧皆擱筆。

由歐公此文所載，九僧詩中充滿了花鳥竹石之類的詞語。今檢視現存九僧詩，誠如許洞所譏，幾乎無詩不沾山水風雲之類詞語，尤以晚唐體詩人最得意之頸聯（或中四聯），更爲明顯。而林逋晚年歸隱杭州，結廬孤山，二十年未嘗進入城市，其詩作題材無可諱言是相當狹窄，除寄贈唱和之作外，餘多寫西湖景物，如〈湖村晚興〉詩：

　　滄洲白鳥飛，山影落晴暉。

　　映竹犬初吠，弄舡人合歸。

　　水波隨月動，林翠帶煙微。

　　寺近疏鐘起，脩然還掩扉。（《林和靖詩集》卷一）

此詩寫黃昏湖村所見，將一切景物融攝其中，透過詩人精細之筆，將
此時空景物一一呈現眼前，沖淡自然，但卻讓讀者與此景物若即若
離，頗有意致。尤其在寫靜物時均襯以動詞，使景致更顯生動，如「晴
暉」因山影之「落」而覺其移逝；「竹」以犬「吠」相映而知其迎風
搖曳之姿；「月」緣水波之「動」而知其昇，此寫水波隨月而動更覺
興味盎然；「寺」本寂然，緣有鐘「起」，方覺其近；他如首句出一「飛」
字，立時便使空茫之平面化爲生動之空間；頸聯之下句，含一「帶」
字便將村林景致烘托的更加幽緻多情，此即詩人浸淫鄉野山林景色，
描摹體會深刻所致。陸游〈跋林和靖帖〉云：

　　祥符、天禧間，士之文學名天下者，陝郊魏仲先、錢塘林
　　君復，二人又皆工于詩。（《渭南文集》卷三十）

魏野與林逋雖同爲隱士，然魏野詩較境較清爽開闊，不似林逋之侷於
西湖園林景物，亦不如林逋之描摹細緻。然其詩中亦不乏寫景摹物之
作，如〈盆池萍〉一詩即其例證：

　　戶認庭前青蘚合，深疑鑑裏翠鈿稠。

　　莫嫌生處波瀾小，免得漂然逐眾流。（《東觀集》卷一）

此詩將盆池中之浮萍認眞模寫，或謂格局太小，然實工致。又如其〈尋
隱者不遇〉詩：

　　尋眞誤入蓬萊島，香風不動松花老。

　　採芝何處未歸來，白雲滿地無人掃。（宋葉正孫《詩林廣記》
　　卷九）

葉正孫於此引詩後自按說：「愚謂此詩模寫幽寂之趣，眞所謂蟬蛻污
濁之中，蜉蝣塵埃之表，與僧旡本詩同一意趣。」此確是的論。至若
晚唐體詩人中之唯一高官寇準，其詩中亦多寫景抒情之作，且風韻特
高，含思綿邈，如〈秋日原上〉一詩：

蕭蕭古原上，景物感離傷。遠嶠收殘雨，寒林帶夕陽。

溪聲迷竹韻，野色混秋光。吟罷還西望，平沙起雁行。

（《忠愍公詩集》卷中）

此詩極寫秋日原上所見蕭涼暮景，且多用「蕭蕭」「古原」「離傷」「殘雨」「寒林」「夕陽」「迷」「野色」「秋光」「雁行」等詞語，增添秋原之韻致，全詩情景混融，頗有唐詩味道。明王承裕〈忠愍公詩集序〉云：「讀公之詩，知其有劉長卿、元微之之風格。」《四庫全書總目提要》評寇準之詩亦云：

準以風節著於時，其詩乃含思悽惋，綽晚唐有之致，然骨

韻特高，終非凡艷所可比。（卷一五二）

觀此詩即可知其大概矣。另位晚唐體詩人潘閬之〈夏〉詩：

野花成子落，江燕引雛飛。

暗草薰苔徑，晴楊拂石磯。（《錦繡萬花谷》後集卷三引）

此詩乃晚唐體詩人純「就眼前景深刻思之」之例，至其〈曉泊崝浦寄剡縣劉覘員外〉詩：

曉汎剡溪水，晚見剡溪山。徘徊駐行櫂，待月思再還。

漁唱深潭上，鳥棲高樹間。應當金石交，念我無暫閒。

（《逍遙集》，頁1）

此詩之意緒綿密，筆調輕巧，頸聯「漁唱」兩句，描模眼前所見所聞，構思精巧，似無意而得，實鍛鍊極工，故可謂直逼賈島。

以上所述，皆爲晚唐體詩人描摹風物之作。另外，晚唐體詩人固多在野僧侶和隱居文士，然受宋初唱和詩風之普遍影響，晚唐體詩人詩集中亦多唱和之作。如林逋、魏野，往來除方外人士及一般文士外，亦有與官場中人唱酬者；九僧中之惠崇，不僅與林逋有詩文往來，且與楊億、劉筠、寇準等高官有詩歌酬唱，他如希晝、宇昭等人，亦有與劉筠、魏野唱和之作，唯彼等對於功名利祿較淡薄，故而唱和詩作未成爲晚唐體詩人的創作重心，亦未構成其詩歌中的主要風氣和特徵。復因創作心態之不同，晚唐體詩人之唱和詩所表達之情調風格亦和白體、西崑體之唱和詩大異其趣。大抵晚唐體詩人所創作的唱和

詩，多會流露出善於在精巧構思中描摹景物的特點，而白體詩人之唱和詩則以平易曉暢見長，內容意致則較貧乏；至於西崑體詩人，其酬唱之作多雕章琢句、華麗濃艷，此在詩歌語言上之分別尤爲明顯。

三、以孤峭精工見長之詩風

楊愼《升庵詩話》評晚唐體之詩謂其「忌用事，謂之『點鬼簿』，惟搜眼前景思深刻之」，此語正切中晚唐體詩人創作態度與方式。即因他們創作精神之審愼，故善於在描摹自然景物中表現其孤峭精工之詩風。

晚唐體詩人一般長於五言律詩，古體則很少發揮。方回在《瀛奎律髓》中曾批評晚唐體詩人的作品「每首必有一聯工，又多在景聯」（卷四十七），又說他們「詩學賈島、周賀，清苦工密，所謂景聯，人人著意」（同上），這些都是指此派詩人多著重鍊句而未著力於詩意的鍛鍊；而且就今傳晚唐體詩人作品來看，其作品較偏愛近體而輕古體。如林逋詩今存三百多首，古體詩僅詩集卷一有五言四首，其中〈閔師見寫陋容以詩奉答〉、〈監郡太博惠酒及詩〉、〈送牛秀才之山陽省兄〉爲四韻八句，故仍不脫律詩格局；然其五言詩，字字推敲，集中珠璣俯拾皆是，充分顯現其精工峭特之風格。如其〈台城寺水亭〉一詩：

> 金井前朝事，林僧問不知。綠苔欺破閣，白鳥占閑池。
>
> 清楚曾經晉，荒唐直到隋。南廊一聲磬，斜照獨凝思。

（《林和靖詩集》卷一）

此詩以史事起興，用問答的方式揭題，然而一句「林僧問不知」卻又將此段空虛縹緲之歷史盪開，把視線拉回到眼前世界裏的寺中景物。頷聯「綠苔欺破閣，白鳥占閑池」二句，雖是直寫目前所見，然而破閣、閑池無非是前朝故物，而如今樓閣已殘圮、城池已荒廢，致令青苔聚生其上、白鳥悠游其間，所謂物換星移、人事已非，以悠閑之景帶給詩人的感受卻是深沉的幽思。此聯以「綠苔」、「白鳥」之清新映襯「破閣」、「閑池」之落寞，給人視覺極大之震撼，而詩人在此用上「欺」、「占」二個

強硬的字眼，更讓人覺得世事之無常。此二句極鍊而工，方回所謂的「每首必有一聯工，又多在景聯」者即此類。而頸聯「清楚曾經晉，荒唐直到隋」二句，乃承續頷聯之意緒而來，此二句概括了東晉、南朝偏安之全部歷史，讓讀者了解到首句「金井前朝事」到底爲何，又將敘述主線拉回目前所在之寺院，因其經歷東晉、隋、唐、五代至如今之宋朝，時間起碼已逾五百年，故林僧自然「問不知」，而閣破、池殘亦屬必然。經此轉折，人已神遊故時，唯尾聯卻又由冥想拉回現實：「南廊一聲磬，斜照獨凝思。」日落黃昏，代表詩人駐足古寺時間之久，而寺院磬聲雖能將詩人精神暫時拉回現實，然而滄海桑田之感卻縈迴不去，故詩人依舊對著斜陽緬懷往事，一個「獨」字點出詩人心中之孤清，又回應首聯「林僧問不知」之句，其實不只林僧不知，世間復有多少人去注意此事，復能記憶此陳年往事？是以唯有孤寂以對。此詩不僅字句凝鍊，且意境高遠，有唐人況味，尤其結尾之清寒孤峭，頗有張繼〈楓橋夜泊〉之感受和意境，爲宋初詩人學中晚唐詩之佳作。

潘閬的〈歲暮自桐廬歸錢塘晚泊漁浦〉一詩，亦是清峭精工之作：

久客見華髮，孤櫂桐廬歸。新月無朗照，落日有餘暉。

漁浦風水急，龍山煙火微。時聞沙上雁，一一背人飛。

　　（《逍遙集》）

此詩境界開闊，中四聯對仗精工，頷聯看似自然，實爲鍛鍊而成，尤其「朗照」一詞冠在「新月」之後，而與「落日」「餘暉」相映，頓覺生新；而頸聯則見其尖新清峭之風，尤其「風水急」、「煙火微」之錘鍊，更爲晚唐體詩人善於景聯「著意」之說最佳註腳。尾聯甚有趣味，由眼前所見之景轉爲耳中所聞，且道出雁隻飛行方向與詩人乘船行進方向剛好相異，雁聲乍聞即已遠颺，爲此詩人行舟圖增添遼闊蒼茫之感，故劉攽《中山詩話》以爲此詩「不減劉長卿」。〔註5〕

魏野之詩，在晚唐體詩人中最是沖淡閒逸，其詩亦多精工之作，如甚爲人稱賞之〈春日述懷〉一詩：

〔註 5〕見《歷代詩話》，頁 286。

　　春暖出茅亭，攜筇傍水行。易諳馴鹿性，難辨鬥禽情。

　　妻喜栽花活，童誇鬥草贏。翻嫌我慵拙，不解強謀生。（《東
　　觀集》卷一）

魏野此詩乃感慨自己因無謀生之方致遭妻小嫌拙而作，全詩充滿慵閑
逸趣。中四句對仗極工，頷聯「易諳馴鹿性，難辨鬥禽情」，乃寫詩
人忘機無事之意，自然清俊。頸聯「妻喜栽花活，童誇鬥草贏」則是
敘述妻兒之日常生活情趣，極生動可愛，清吳喬《圍爐詩話》以爲魏
野「善寫塢壁間事」、「田園之趣宛然」（卷五），此聯的確自然而工，
情趣躍然眉前，故吳喬復以爲此聯「可入六朝三唐」（同上）而無愧，
而《瀛奎律髓》則盛稱此二句「精極」（卷十）。魏野詩多閑遠之作，
然其亦同其他晚唐體詩人均在景聯上著力，故詩風亦呈現精工清遠。

　　寇準《忠愍公詩集》中多五律，其五言詩清新可喜，七言詩則華
贍典麗，有騷賦之風，在晚唐體詩人中迥出一格，然其詩風普遍說來
乃清峭而不苦寒之格調，精工之程度較之其他晚唐體詩人則毫不遜
色，且其氣象較廣大，時有唐詩風味，如前舉〈秋日原上〉詩即是，
然因其詩中寫景之作的重情傾向十分明顯，且常就眼前之景而深刻思
之，故亦有清寂荒寒之作，如〈送人下第歸吳〉即此類：

　　鶯老計還失，負書歸故鄉。杏園無近路，澤國有高堂。

　　白鳥迷幽浦，寒猿叫夕陽。離懷休墮淚，春草正茫茫。

　　（卷中）

首二句破題，點出士子歸鄉之無奈。「鶯老」二字，將讀書人惟恐年
華逝去，無法及時揚名立萬之驚惶，生動形容。「負書歸故鄉」一句
則寫盡失意士子之落寞，原先巴望衣錦榮歸，光耀門楣，而今唯有舊
篋作伴，一無長物，此實非己所願，然「杏園無近路，澤國有高堂」，
乃迫使失意者不得不面對現實，以克盡養親之責，此處頷聯之「近路」
與「高堂」雖工整，此在意義上實非名物的對，但卻予人悽情之氛圍。
頸聯則使用「白鳥」、「幽浦」、「寒猿」、「夕陽」等迷離字眼，營造出
下第時睹物思情之哀傷氣氛。而結尾之「離懷」、「墮淚」、「春草」、「茫

茫」等更增添離人惆悵心情。胡仔《苕溪漁隱叢話》稱寇準詩「含思
悽惋，蓋富於情者也」洵為洞見。

　　九僧，在宋初詩人中是身份較特殊的一群，《瀛奎律髓》曾云：

> 有宋國初，未遠唐也，且此九人詩，皆學賈島、周賀，清
> 苦之密，所謂景聯人人著意，但不及賈之高，周之富耳。（卷
> 四七）

方回此言指出：九僧所學乃以賈誼、周廣等中唐詩人為主，且其詩風
傾向「清苦」，但琢鍊之習乃晚唐體詩人之共同特色，故在「景聯」
尤其〈著意〉。茲舉惠崇〈訪楊雲卿淮上別墅〉為例：

> 地近得頻到，相攜向野亭。河分岡勢斷，春入燒痕青。
> 望久人收釣，吟餘鶴振翎。不愁歸路晚，明月上前汀。（《增
> 廣聖宋高僧詩選》前集）

此詩以造訪朋友寫起，首聯二句意興自然，寫來全不費工夫。次聯則
為惠崇非常自負之名聯，此詩之出名亦因頷聯之精工警策。司馬光《溫
公續詩話》中云：

> 惠崇詩有：「劍靜龍歸匣，旗閒虎繞竿。」尤其自負者有：
> 「河分岡勢斷，春入燒痕青。」時人或有譏其犯古者，嘲
> 之曰：「河分崗勢司空曙，春入燒痕劉長卿。不是師兄多犯
> 古，古人詩句犯師兄。」

惠崇此二句詩之意境的確寬闊而新，「河分」句筆勢豪健，雖未點明
春景，此景卻與春水之高漲有關，惟有水勢大方有斷山分岡之氣勢；
「春入」句則從細微處落筆，由燒痕之泛青見出節候之變化，「入」
字鍊得精巧，它將無形的春天具象化，後來辛棄疾詞「春入平原薺菜
花」〔註6〕即用此種修辭法。此聯從巨細、遠近、虛實等不同方面加
以組合，遂成全詩之警策。頸聯則以「望久」、「吟餘」代表時間的流
逝，然卻省略了其中的遊覽過程，筆墨簡鍊。尾聯寫歸去，卻以「不
愁」帶領，其遊興之濃即此可見。以寫景作結，又轉出月夜的新境，

─────────────

〔註6〕見辛棄疾〈鷓鴣天‧游鵝湖，醉書酒家壁〉詞。

更有悠遠不盡之意味存在。全詩情致是一派悠閑，然無一不是經過詩人匠心安排，故詩風顯現精煉清峭。

清郎廷槐於《師友詩傳錄》中云：「凡論古人詩，須求其本領所在，不可以流俗所趨，一概抹殺也。」論述古人詩須了解其創作背景及詩人所擅長、偏好之所在，蓋因人非單獨存在之獨立個體，他必須在所處的環境中生存發展，故而從其共同偏好中當可察覺此時代或此群體審美傾向。如宋初晚唐體詩人多為在野之士人及僧侶，然亦有位至宰相之寇準，而其詩風表現卻大抵相似，此必得從其社會環境中之精神層面探討，方可明瞭其成因。林逋、魏野均隱居山林，九僧亦山林之輩，故其詩歌多寫山水泉石、風雲花草，眾人又宗奉賈島、姚合，故其詩風多顯孤峭精工；而寇準之詩中亦往往有荒寒之筆、孤寂之境，此並非遭謫竄時始有，乃因寇詩多就眼前景摹寫，或抒一己之情，但皆精巧構思，以致境界纖小，此實其詩風一貫發展之結果，故《湘山野錄》謂：

> 萊公富貴之時所作詩，皆悽楚愁怨。（卷上）

此種現象，可說是宋初晚唐體詩人透過與宮廷、官吏唱和詩歌的風尚，創作以山林氣息為主的晚唐體詩風由民間而影響至宮廷、官場，以至縱使身為高官亦可能成為晚唐體之一員，今觀《忠愍公詩集》中，便有多篇與方外人士、隱士贈酬之作，故其詩「含思悽惋」，實就眼前景物而深思的結果，此即為宋初晚唐體詩人的共同特點。

第二節　林　逋

一、生平志行

林逋，字君復，錢塘人。生於宋太祖乾德五年（967），卒於宋仁宗天聖六年（1028），年六十一。祖父克己，曾任吳越錢氏通儒院學士。逋少孤力學，宋真宗景德中放游江淮間，晚年歸隱杭州，結廬孤山，二十年未嘗入城市。真宗曾賜號和靖處士。生性恬淡好古，雖衣

食不足，不以爲意，於孤山時植梅養鶴，終生不娶，有「梅妻鶴子」
之稱。死後，宋仁宗賜諡和靖先生，後世習慣上稱他爲林和靖。

　　林逋歸隱孤山，約在四十歲左右，至於其四十歲之前行蹤，除歸
隱前四年曾放游江淮間外，餘已無從跡考，只能就現存詩作中探索。
然其爲詩不自存稿，梅堯臣在詩集序中曾說其詩「所存百無一二」，
加以其詩集自明代陳贄刻本按詩體排列以來，後此諸刻皆依此次第，
故其作品創作時代也難以考證。唯可知者，由其集中仍可看出林逋放
游江淮之時間應在二十年以上，足跡所及，約有今之山東西部、安徽、
江西中西部及江蘇南部等。其放游目的，從他〈旅館寫懷〉一詩約略
可知：

> 垂成歸不得，危坐對滄浪。病葉驚秋色，殘蟬怕夕陽。
> 可堪疏舊計，寧復更剛腸。的的孤峰意，深宵一夢狂。
> （《林和靖詩集》卷一）

此詩頸聯「可堪」兩句透露詩人出游初衷，「舊計」即指當時抱負，
而「剛腸」則見昔日性格，故由此推斷：詩人遠游原是想爲世用，貢
獻一己心力的。然其或因「直語時多忌，幽懷俗不分」〔註7〕，或因
當時所結交均多非知名之士，故而滿腔抱負無由實現，致生「羇游事
無盡，塵土拂吾纓」〔註8〕之歎，漸動歸隱之心。

　　林逋在歸隱前，其詩名已遠播，而遁跡孤山之後，又經眞宗賜號，
故地方官時加造訪，如杭州守王隨，每與唱和，並常以俸錢幫其更新
草廬；而李及、薛映等人亦常往見，清談終日，因此其集中可見少數
與地方官吏酬酢之作；據田汝成《西湖游覽志餘》載，林逋在歸隱之
後尚有用世之心，然未獲當朝重用，因而作罷。其文云：

> 逋隱居西湖，朝庭命守臣王濟體訪之。逋投一啓，其文則
> 儷偶聲律之式也。濟曰：「草澤之士，不友王侯，文格須古；
> 功名之事，俟時致用，則當修辭立誠。今逋兩失之矣。」

〔註7〕《林和靖詩集》卷一〈偶書〉，案本節中下引《林和靖詩集》詩篇時，
　　　 只標卷數、詩名；如非此集中作品，則並舉書籍名稱。
〔註8〕同上卷〈汴岸曉行〉。

乃以文學保荐。詔下，賜粟帛而已。（《林和靖詩集》附錄引）

如其文可信，則隱居之初尚未放棄仕進之路；惟其爲人清正，端勁有骨，故對眞宗之賜號、賜粟帛，未嘗有感戴之語，且在其〈自作壽堂〉詩中寫下「茂陵他日求遺稿，猶喜曾無封禪書」（卷四）之句以明志，雖有人以爲此乃和靖未獲眞宗詔聘參預封禪「有爲而發」之作〔註9〕，但其曾自許「高亢可能稱獨行」（〈隱居秋日〉）已擺明自己生性之耿直，故不諱言「白眼看人亦未妨」（《湖山小隱二首》之二）的態度，其所求者惟心性之適而已。故其在歸隱之後的詩作，即充分將其適意湖山之心情志趣表露無遺。如〈深居雜興六首〉之小序云：

> 諸葛孔明、謝安石畜經濟之才，雖結廬南陽，攜妓東山，未嘗不以平一宇内、躋致生民爲意。鄙夫則不然，胸腹空洞，謵然無所存置，但能行樵坐釣，外寄心于小律詩，時或塵兵景物。衡門情味，則倒晩二君而反有得色。

此固可說是詩人內心之自白，且由此亦可知其自隱居孤山後的確已經絕意仕進，只求能行樵坐釣，醉心詩什；然其對於他人的求仕進不惟不反對，反而勉勵有加，這正顯示詩人對己對人之不同，亦坦示其磊落之胸懷。

林逋思想以儒家爲主，梅堯臣在〈林和靖先生詩集序〉中云：

> 其談道，孔孟也。其語近世之文，韓李也。（《宛陵集》卷五九）

正因爲其所談論以孔孟儒家爲主，故時常勗勉後生努力求進。其詩集卷一中頗多此類作品，如〈春日送袁成進士北歸〉、〈送茂才馮彭年赴舉〉、〈送史殿省典封川〉、〈送王舍人罷兩浙憲赴闕〉、〈送越倅楊屯田

〔註9〕按此全詩名爲〈自作壽堂因書一絕以志之〉，後人多簡稱〈自作壽堂〉詩，其詩云：「湖上青山對結廬，墳前修竹亦蕭疏。茂陵他日求遺稿，猶喜曾無封禪書。」此三四兩句極爲當時及後人所稱贊。歐陽脩《歸田錄》謂爲「尤爲人稱誦」，秦觀〈跋和靖詩帖〉則以爲「識趣過人如此，其風姿安得不清妙也」。梅堯臣〈和靖詩集序〉謂：「君在咸平、景德間已大有聞，會天子修封禪，未及詔聘，故終老而不得施用于時。」而于眞宗之好神仙，亦有微辭。

赴闕〉、〈送吳肅秀才〉等，均可見詩人對後進或友人仕進之熱切期盼與真心祝福；而卷三諸作，則多勉人發揮才智爲社稷造福，如〈送范寺丞仲淹〉、〈送史殿省典封川〉（卷一爲五律，此爲七律）、〈送史宮贊蘭溪解印歸闕〉、〈送馬程知江州德安〉、〈送楚執中隨侍入蜀〉等數十首，卷四之七絕亦有贈人數首，皆詩人勉人之作，詩中誠意不容置疑，是知林逋待人待己確有不同。今舉其詩集中之〈喜侄宥及第〉一詩以證：

> 新榜傳聞事可驚，單平于爾一何榮。玉階已忝登高第，金
> 口仍教改舊名。聞喜宴游秋色雅，慈恩題記墨行清。岩扉
> 掩罷無他意，但爇靈蕪感聖明。（卷三）

本已自謂「胸腹空洞，謹然無所置存」，對於眞宗之賜號賜粟已無所動心，但獲悉侄兒進士及第後則言「但爇靈蕪感聖明」，足見詩人胸懷之坦蕩，晁補之在〈跋林逋荐士書後〉推崇林逋此種獎勵後進的胸襟道：

> 其推挽後來，欲其聞達，則反復致志，如恐不及。（《林和靖
> 詩集》附錄引）

此亦詩人深受儒家孔孟思想之影響所致；此外，在其集中亦不乏佛家、道家思想，如詩集中所見相與酬贈唱和之方外之交即有三十餘人。其中思齊、希然、靈皎、遵式（即慈雲）且曾多次出現，詩中也曾論及佛禪。至於道士則較少，詩題所見僅卷三〈寄西山勤道人〉、〈寄玉梁施道士〉二篇，然詩中時見道家語，還可見到其家中有丹爐，從事服食，如「樵褐短長披搕膝，丹爐高下疊懸胎。三千功行無圭角，可望虛皇九錫來」〔註10〕之類是；「行藥」一詞亦屢見，或許這與其晚年多病有關。

二、詩歌主要內容

　　林逋詩歌，據明正統間陳贄刻本按體裁分類共得四卷，今浙江古籍所出版之《林和靖詩集》及北京大學出版社之《全宋詩》林逋

〔註10〕卷二〈深居雜興六首〉之四。

部份即大體據此書編目。今見林逋詩集計卷一五古四首、五律九十
一首，卷二七律七十二首，卷三七律五十八首，卷四五絕五首、七
絕七十九首、詩餘三首，總計詩三百九首、詞三首。梅堯臣序其詩
集時云：

> 其詩時人貴重甚於寶玉，先生未嘗自貴也。就輒棄之，故
> 所存者百無一二焉。

正因林逋之詩未嘗刻意留存，故今日所傳詩什不多。

就其現存詩歌而觀，內容題材相當狹隘，未嘗涉及國計民生，縱
使曾推崇王禹偁之放達，但卻未效法其創作關懷民瘼之作品，而多寫
隱逸生活及西湖景色。寫隱逸之作，如〈湖山小隱三首〉、〈小隱自題〉、
〈小隱〉、〈深居雜興六首〉等，今略舉數首以窺其隱居狀況：

> 園井夾蕭森，紅芳墮翠陰。晝巖松鼠靜，春塹竹雞深。
> 歲課非無秫，家藏獨有琴。顏原遺事在，千古壯閑心。
>
> 　（卷一〈湖山小隱三首〉之二）

此處頸聯說明隱居生涯中，有秫可收，足以釀酒，有琴作伴，可以為
樂，尾聯則用孔子弟子顏回和原憲故事，說明自己同二人一般皆甘貧
樂道；末句則借用漢蔡邕〈陳寔碑〉所載陳寔七十之後隱居丘山之故
事，表明隱居亦為自己夙志。故自謂「功名無一點，何要更忘機」（上
詩之一），復云「客游拋鄠杜，漁事擬滄浪。管樂非吾尚，昂頭肯自
方」（上詩之三），此詩一再敘述自己不願再涉塵事，故欲效《楚辭》
中之漁父歸隱，而不肯如諸葛亮之自比于管仲、樂毅，此種樂於悠閑
自得生涯之情緒，在〈小隱自題〉一詩中表現非常明顯：

> 竹樹繞吾廬，清深趣有餘。鶴閑臨水久，蜂懶得花疏。
> 酒病妨開卷，春陰入荷鋤。嘗憐古圖畫，多半寫樵漁。
>
> 　（同上卷）

漁樵生活，悠閑自適，賞花飲酒，清趣有餘，全詩表現一片祥和自然，
心性之舒暢頗有神仙不換之意味，故紀昀以為此詩意境「靜遠」，並
謂「三四句有人拆讀之，句句精妙；連讀之，一氣涌出，興象深微，

毫無湊泊之跡。此天機所到，偶然得之，非苦吟所可就也。」〔註11〕
而其〈小隱〉詩復寫道：

> 門徑獨蕭然，山林屋舍邊。水風清晚釣，花日重春眠。
> 苒苒苔衣滑，磷磷石子圓。人寰諸府洞，應合署閑仙。
>
> （同上）

有天地自然作伴，能欣賞山水花木，又無紅塵諸事憂心，如此勝景幽
境，自屬閑仙能得。其寫春日生涯便云：

> 衡宇日蕭寂，高春猶掩扉。春風似有舊，社燕亦重歸。
> 覽照老已具，開尊人向稀。頹然此心曲，持底屬芳菲？
>
> （同上卷〈春日感懷〉）

寫夏日避暑便道：

> 柴門鮮人事，氛垢頗能忘。愛彼林間靜，復茲池上涼。
> 托心時散帙，遲客或攜觴。況有陶廬趣，歸禽語夕陽。
>
> （同上〈郊園避暑〉）

描述園廬之秋夕：

> 蘭杜裛衰香，開扉趣自長。寒煙宿墟落，清月上林塘。
> 意想殊為適，形骸固可忘。援琴有餘興，聊復寄吟觴。
>
> （同上〈園廬秋夕〉）

敘山村冬暮景色：

> 衡茅林麓下，春氣已微茫。雪竹低寒翠，梅花落晚香。
> 樵期多獨往，茶事不全忙。雙鷺有時起，橫飛過野塘。
>
> （同上〈山村冬暮〉）

春有芳菲，夏避林池，秋駐琴月，冬共梅香，四時景物不同，各有異
趣，如此閑適生涯，自然令人忘機。方回評林逋詩道：「和靖詩，予
評之在姚合之上，兼無以詩自矜之意，而渾涵亦非合可望。」〔註12〕
林逋詩何以能在姚合之上？能寫自我面貌，且無其清苦之狀罷了，所
謂「渾涵」即指人與自然合而為一，生於茲樂於茲。其寫隱逸生活作

〔註11〕見《瀛奎律髓刊誤》卷二十三。
〔註12〕同上註。

品多如此類之閑適恬澹，如〈雜興四首〉中之「一壑等閑甘汨汨，五門平昔避炎炎」（之二）、「不知圖畫誰名手，狀取江湖太古民」（之四）均表現其對隱居湖山之適愜滿意。

但其詩中亦會偶露遁跡山林之原因，如〈深居雜興六首〉之四即云：

> 四壁垣衣釣具腥，已甘衡泌號沉冥。
>
> 伶倫近日無侯白，奴僕當時有衛青。
>
> 花月病懷看酒譜，雲夢幽信寄茶經。
>
> 茅君使者蕭閑甚，獨理叢毛向戶庭。（卷二）

「衡泌」，用《詩・陳風・衡門》：「衡門之下，可以棲遲，泌之洋洋，可以樂飢」之意，以指隱居之處。而「沉冥」則用揚雄《法言・問明》謂蜀莊「沉冥」、「不作苟見，不治苟得，久幽而不改其志」之意，而指隱士。觀其首句，似乎可見詩人之隱居此地乃屬自願，然一「已」字，則將經過一段時日方才調適之心境明白道出，如此便知其隱居當別有他因，故頷聯二句便接續說道：「伶倫近日無侯白，奴僕當時有衛青」，此聯常為人所稱揚，然眾人多從藝術技巧方面看待，而忽略其內在所欲表現之精神。按伶倫，乃傳說中黃帝時樂官，此處用如漢武時之俳優、弄臣。侯白，隋代臨漳人，好學有捷才，性滑稽，通儻不恃威儀，好為俳諧雜說，人多愛狎之。當時顯宦楊素、牛弘退朝，侯曾以「日之夕矣」諷刺楊牛為羊牛。林逋此聯二句乃在慨嘆今日文學弄臣中并侯白其人亦無，而追思昔時，即奴僕出身之衛青亦得建樹功勳。時事如此，以見自己之甘於衡泌，並非無因。但既已定隱居之志，便不復再生紅塵之念，更何況再涉江湖，故其對隱居不終者亦有些許遺憾，如前詩之三便道：

> 薄夫何苦事奸奸，一室琴書自解顏。
>
> 峰後月明秋嘯去，水邊林影晚樵還。
>
> 文章敢道長于古，光景渾疑剩卻閑。
>
> 多少煙霞好猿鳥，令人惆悵謝東山。

首句勸人不必爾虞我詐、勾心鬥角，人生自有詩書琴瑟可樂，如果能

夠放卻爭名奪利之心，回歸淳樸之大自然，那將是多麼地悠閑自得。尾聯則筆鋒一轉，惋惜謝安辜負煙霞雲鳥，中道出仕，隱居東山不終。

林逋詩寫西湖景色者，俯拾皆是，隨手可得。而且其寫景致尤重中間四句，其在〈深居雜興六首〉序中所謂「鑒兵景物」者，即為寫景模擬錘鍊之最佳說明。如其寫西湖週遭之景云：

> 湖水混空碧，憑欄凝睇勞。
> 夕寒山翠重，秋靜鳥行高。
> 遠意極千里，浮生輕一毫。
> 叢林數未遍，杳靄隔漁舠。（卷一〈湖樓寫望〉）

此處將西湖之景，透過作者之觀察，以恬靜之筆輕輕描繪，故顯特別清空。紀昀便稱道此詩前四句在暈染西湖景致上特別具有功力，「極有意境」，方回則愛其頷聯「夕寒山翠重」二句，盛稱是「佳句」。〔註13〕其另首〈孤山寺端上人房寫望〉，亦同為由高處遠眺之作：

> 底處憑闌思眇然？孤山塔后閣西偏。
> 陰沉畫軸林間寺，零落棋枰葑上田。
> 秋景有時飛獨鳥，夕陽無事起寒煙。
> 遲留更愛吾廬近，只待重來看雪天。（卷二）

此詩首聯即破題道出觀景所在地點，並說思緒因遠眺而隨之飛颺，但幽思緣何而起卻不明說，而將筆蕩開，於頷、頸二聯畫了四幅風景優美的圖畫。畫面沿著詩人的視線依次呈現：首幅是幽深閴寂的「林間寺」，次幅是寧靜優美而散落如棋盤的「葑上田」，再次是「獨鳥」飛進秋景之短暫停格，最後展開的是在夕陽映照之下特別顯得悠閑空寂的墟里「寒煙」。此四幅圖畫，正展現出高僧日日置身其間的那種幽深清寂之情懷，而詩人亦是淡泊名利、瀟灑物外者，故而目接此景，更能體會其中的興味，致生渺然幽思，留連徘徊，遲遲不忍離去。此詩中四句寫景特別精細高妙，頷聯之奇妙聯想和比喻，甚為貼切，錢鍾書《宋詩選注》于林逋詩僅選此首，並於其後注云：「從林逋這種

〔註13〕以上紀昀、方回評語，見同註五。

詩以後，這兩個比喻就常在詩裏出現。」《寒廳詩話》也說：「阮亭先生謂林君復詩：『陰沉畫軸林間寺，零亂碁枰湖上田』寫景最工。」足見後世詩人對此聯的激賞，而仿效者亦多。〔註14〕此詩頸聯在詞序上排列上作了精密的調動，亦使畫面在寧謐中浮現一股生動的靈氣，「飛」字、「起」字的運用，即所謂一字妥貼，全篇生色之詩眼，全篇著一「飛」字、「起」字，便使全詩振起，故此聯亦可愛也。其他寫西湖湖景者尚有〈湖村晚興〉、〈湖上初春偶作〉、〈西湖春日〉、〈孤山寺〉、〈西湖〉、〈西湖孤山寺後舟中寫望〉等等，亦多能將西湖勝處刻畫生動。

　　林逋詠物諸作最為人稱道者，當推寫梅，尤其〈山園小梅二首〉、〈梅花〉等均為膾炙人口之作，其實詩人不祇寫梅，亦有〈杏花〉、〈桃花〉、〈新竹〉等刻畫靜物之作，至於寫動態之物則有〈柴家鶴〉、〈百舌〉、〈蝶〉、〈野鳧〉、〈貓兒〉、〈鳴臯〉、〈呦呦〉等題，至於如〈筆〉、〈墨〉、〈茶〉、〈小舟〉等亦可入題，雖其數量不多，但卻簡淨入神。今舉二首以饗：

　　　　臯禽名只有前聞，孤引圓吭夜正分。
　　　　一唳便驚寥泬破，亦無閑意到青雲。（卷四〈鳴臯〉）

詩之前三句緊扣題目，處處關合鶴禽之特色，而末句卻將題意盪開，表現其高邁清絕之品格，而擬人化之思想表現，更烘托出鶴性之聖潔。又如〈百舌〉一詩，亦以禽鳥為題：

　　　　柳條初重草初肥，煙濕園林晚未晞。
　　　　百種堪憐巧言語，一般惟欠好毛衣。
　　　　欺凌紅杏從頭宿，諷刺黃鸝趁背飛。

〔註14〕後世倣效者，據錢鍾書《宋詩選注》及他書所見者，計有滕岑〈游西湖〉之「何人為展古畫幅，塵暗縑綃濃淡間」、程孟陽〈聞等慈師在拂水有寄〉之「古寺正如昏壁畫」、黃庭堅〈題安福李令朝華亭〉之「田似圍棋據一枰」、〈次韻知命入青原山石〉之「稻田棋局方」、文同〈閑居院上方晚景〉之「秋田溝隴如棋局」、楊萬里〈晚望〉之「天置楸枰作稻畦」及楊慎〈出郊〉之「平田如棋局」等，故王漁洋評此詩「寫景最工」，實有其道理。

　　　　誰道關關便多事，更能緘默送芳菲。(卷二)

此詩除首聯寫景，點明百舌鳥活躍之季節外，頷聯寫其宛囀善鳴，聲
音變化甚多，故以「百種堪憐巧言語」稱其變化巧妙，惟此鳥聲音雖
美，全身羽毛卻呈黑色而無艷麗色彩，故詩人爲其惋惜道：「一般惟
欠好毛衣」，以上頷聯乃就其聲音外貌描述。頸聯則將詩筆轉向其生
活習性，道出其棲息花叢枝頭的情態，「欺凌」、「諷刺」二詞將反舌
鳥擬人化，直接刻畫其拙劣之內在本質，尾聯亦以擬人手法，形容百
舌在夏至後之無聲情形，末句「緘默」、「送」字一出，全詩精神立刻
湧現，似乎百舌禽鳥亦如人類之有情，亦能爲芳菲之消褪而哀默。其
他詠物詩篇之名句，有「疏影橫斜水清淺，暗香浮動月黃昏」(〈山園
小梅二首〉之一)、「雪後園林才半數，水邊籬落忽橫枝」(〈梅花〉)、
「池水倒窺疏影動，屋簷斜入一枝低」(同上) 等，歐陽脩等人均爲
之稱道不已，以爲清香幽逸，獨標一格。林逋詩於寫物時喜歡設喻，
且對意精工，清新可喜，然氣格終嫌稍弱。

　　除寫隱逸生活和西湖景物外，林逋尚有贈答、旅游、哀悼等類詩
篇。如〈寄孫仲簿公〉詩之「馬從同事借，妻怕罷官貧」(卷一)，黃
徹謂「頗能狀寒廉態」；〔註15〕〈送思齊上人之宣城〉之「詩正情懷
澹，禪高語論稀」(卷一)，紀昀以爲「情韻亦佳」，而方回則稱揚倍
至，他於此詩下批曰：

　　　和靖於僧徒交遊良多，如送機素云：「錫潤飛晴靄，羅寒濾
　　　曉澌」(案此爲〈送機素還東嘉〉詩)，下一句清奇；寄清
　　　曉云：「樹叢歸夕鳥，湖影浸寒城」(案乃〈寄清曉闍梨〉)，
　　　尤妙不可言。宜其隱於湖山而名聞天下徹，凡重垂百世也。
　　　胸次筆端，兩相扶豎如此！(《瀛奎律髓刊誤》卷四十七)

至於〈傷白積殿丞〉之「遺傳得誰修闕下，孤墳應只客江邊」、〈傷朱
寺丞〉之「妻女飄零五嶺頭，爲君南望涕橫流」、〈吊薛公孟〉之「談
柄寂寥塵久暗，墨池荒廢草空青」(均卷三) 等，寫友人死後景況，

〔註15〕見《筆溪詩話》卷二磬。

哀悼之情，洋溢詩什。

　　沈幼征在爲林逋詩校注時曾云：

> 和靖詩題材相當狹隘，未嘗涉及國計民生。……現存和靖
> 的三百多首詩中，古體詩僅五言四首，其中三首是四韻八
> 句，仍舊是律詩的格局。格律小詩，不能大開大闔，縱情
> 抒寫。所以，無論是從內容還是從形式上來説，他只能是
> 一位名家而不能成爲大家。（《林和靖詩集‧前言》）

沈氏從內容形式來看林逋之成就，認可其爲「名家」，而非「大家」，
洵有見地；而俞明仁以「膠柱鼓瑟，一味鳴高」爲林逋的「致命弱點」
〔註16〕亦頗能道林逋出詩的不足，蓋大家能者非一，如僅能一體，其
氣格自然偏枯，更何況專事摹寫，更無法生發大氣魄之作品，是以僅
能以偏格成名，而不足以「大家」視之。

三、詩歌藝術特色

　　林逋詩歌主要內容略如上述，而其藝術特色則有數端：

（一）、屬對精工

　　晚唐體詩人以賈島、姚合爲宗主，學習其深刻摹寫景物之精神態
度，因此著意於字句之鍛鍊。此派作家，創作以五律爲主要體式，並
且刻意錘鍊中間兩聯，故屬對自顯精工，林逋便是其中能手。上節所
引〈宿洞霄宮〉之中四句：「碧澗流紅葉，青林點白雲。涼陰一鳥下，
落日亂蟬分」即其典型：頷聯之妙全在色彩的巧妙配置，由紅綠青白
的對比映襯，給人極愉悅的視覺享受；頸聯則將上聯的明麗色彩轉
暗，由「涼陰」和「夕陽」帶出時間之移動，使上下兩聯在氣氛上感
受不同。加上頸聯所寫乃飛鳥入林、秋蟬鳴噪，一派活躍氣象，與上
聯清幽氣象境界各異，且其寫景二聯之上句都從近處、低處落筆，下
句都往遠處、高處著墨；上句都寫明顯可見之動態，下句均寫幽微之
動，而頸聯又以視覺與聽覺之感官體驗相和，以致形成兩兩相對，上

〔註16〕見俞氏〈略論林逋的思想與藝術〉。

下互映，融匯出和諧對襯之美感。由此可見其不僅屬對精工而已，抑且精於詩篇章法。前引陸游〈跋林和靖帖〉之說，即在稱讚林逋之「工于詩」，以爲祥符、天禧間之文士能以文學揚名天下者，僅林逋與魏野二人。而紀昀等撰之《四庫全書簡明目錄》亦強調林逋之作品有意求工這項事實，其言曰：

> 逋名列《宋史·隱逸傳》，雖聲華太著，未能鴻冥物外、脫屣世情，然視种放、常秩，終爲有別。故其詩修詞雅秀，頗有意於求工。（卷十五）

元韋居安之《梅澗詩話》亦云：

> 林和靖詩好爲的對，雖人名亦取其字虛實色類相偶，如「伶倫近日無侯白，奴僕當時有衛青」之類，人多稱其工。然侯白本非伶倫，以秀才入官，隋文帝嘗令於秘書省修國史，但好爲滑稽，《啓顏錄》亦稱其機辨敏捷。……故和靖以爲伶倫，誤也。（卷上）

案元氏以爲林逋「好爲的對」，此實不虛；若謂「和靖以（侯白）爲伶倫」爲誤，則元氏又泥於字下矣；不過胡仔《苕溪漁隱叢話·前集》卷二十七所引《遯齋閑覽》的一段話，則頗堪玩味，其文曰：

> 林逋詩：「草泥行郭索，雲木叫鉤輈。」鉤輈格磔，謂鷓鴣聲也。《詩話》、《筆談》，皆美其善對。然鷓鴣未嘗栖木而鳴，惟低飛草中。孫莘老知福州，有〈荔枝十絕句〉云：「兒童竊食不知禁，格磔山禽滿院飛。」蓋《譜》言荔支未經人摘，百禽不敢近，或已經摘，飛鳥蜂蟻競來食之。或謂鷓鴣既不登木，又非庭院之禽，性又不嗜荔支，夏月即非鷓鴣之時，語意雖工，亦詩之病也。

《遯齋閑覽》此段話明指林逋此詩「語意雖工」，然不符事實，故終究爲「詩之病」，此與上舉韋氏之說不同之處在於：詩人乃借「伶倫」滑稽個性及鯁直刺事之特性來突出侯白的形象，當然也曾顧及與下句「衛青」之間的對仗，而此處「雲木叫鉤輈」則是直接的鋪敍，除非詩人有所寓意，否則應當根據事實描繪。今此詩已不見，未能完全了

解詩人眞正意涵，故無法作全面性之判斷；但若以此二句而觀，則誤用成分居多。

　　五言詩易作難工，但林逋卻最工五言詩，可見其在此方面所下之工夫。劉克莊《後村詩話》曾云：

> 五言尤難工，林和靖一生苦吟，自摘出十三聯，今惟五聯見集中，如「隱非秦甲子，病有晉春秋」、「水天雲黑白，霜野樹青紅」、「風回時帶笛，煙遠物藏春」，如「郭索」、「鉤輈」之聯皆不在焉。七言十七聯，十逸其三，向非有摘句圖傍證，則皆成逸詩矣。（後集・卷一）

沈幼征亦云：

> 和靖最工五言詩，字字推敲，集中的珠璣，俯拾即是。七言亦極有工力，善于變化，「鑪兵景物」，俱見匠心。（《林和靖詩集・前言》）

方回在評林逋之〈小園春日〉詩時，對其中間四句「草長團粉蝶，林暖墜青蟲。載酒爲誰子，移花獨乃翁」特別醉心，以爲「工不可言」，紀昀亦認爲其中「團、墜二字有工夫」；〔註17〕清吳喬則謂林逋〈河亭〉之「古路隨岡起，秋帆轉浦斜」及〈湖山〉之「片月通蘿徑，幽雲在石床」均整鍊有味，「可入六朝三唐」；而〈孤山寺〉之「破殿靜披薤臼古，齋房閒試酪乳春」、〈峽石寺〉之「燈驚獨鳥迴青塢，鐘送遙帆落遠村」俱工，又如「伶倫舊日無侯白，奴僕當時有衛青」、「返照未沉僧獨往，長煙如淡鳥橫飛」、「松門過水無重數，石壁看霞到盡時」、「五畝自閑林下隱，一尊聊敵世間名」、「千里白雲隨野步，一湖明月上秋衣」、「煙含曉樹人家遠，雨濕春風燕子低」等詩句均「誠一時之秀」。〔註18〕明代鍾惺亦以爲林逋〈秋夜詩〉中之「煩襟入夜權宜減，瘦格乘秋斗頓高」句對仗精工，且「以『權』對『斗』抑又巧絕」〔註19〕，凡此皆證明林逋詩句之屬對精工，《蔡寬夫詩話》更進

〔註17〕方氏、紀氏之評語俱見《瀛奎律髓刊誤》卷十。

〔註18〕以上吳喬引詩及評語，均見其《圍爐詩話》卷五。

〔註19〕見鍾惺《鍾伯敬先生珠評詞府靈蛇二集・骨集》頁三四。案鍾惺所

一步闡述云：

> 大抵和靖詩喜於對意，如「伶倫近日無侯白，奴僕當時有
> 衛青」、「破殿靜披蘆白古，齋房閑試酪乳春」之類，雖假
> 對，亦不草草，故氣格不無少貶。然五言如「夕寒山翠重，
> 秋靜鳥行疏」，長句如「橋橫水木已秋色，寺倚雲峰更晚
> 晴」、「煙含晚樹人家遠，雨濕春蒲燕子低」等，何害為工
> 夫太過。

由上所述，可知林逋的確是賈島、姚合之忠實信徒，其他如「人煙時
亦有，海色自如空」（〈送史殿省典封川〉）、「春水淨于僧眼碧，晚山
濃似佛頭青」（〈西湖〉）、「驚鳥忽沖溪藹破，暗花閑墮塹風香」（〈池
陽山店〉）、「魚覺船行沉草岸，犬聞人語出柴扉」（〈秋日湖西晚歸舟
中書事〉）、「谷鳥驚啼沖宿雨，野梅愁絕閉寒煙」（〈安福縣途中作〉）
等均警策工鍊，清新可愛。

（二）、寫物傳神

　　林逋詠物詩最見精采者，當推詠梅諸篇，尤其〈山園小梅二首〉
之一更為膾炙人口：

> 眾芳搖落獨暄妍，占盡風情向小園。
> 疏影橫斜水青淺，暗香浮動月黃昏。
> 霜禽欲下先偷眼，粉蝶如知合斷魂。
> 幸有微吟可相狎，不須檀板共金尊。（卷二）

梅花向以其高雅脫俗之品格受到人們的鍾愛，而林逋此詩之妙即在脫
略花之形跡，著意于寫意傳神，因而用側面烘染的筆法，從各種不同
角度來渲染出梅花清純高潔的風骨。有人以為「作者雖是詠梅，但實
際是他『弗趨榮利』、『趣向博遠』的思想性格的自我寫照」〔註20〕，
尤其是當蘇軾在〈書林逋詩後〉說過「先生可是絕倫人，神清骨冷無
塵俗」之稱譽後，後世就更加確定此詩是作者人格的化身，如《四庫

引此詩，《林和靖詩集》、《全宋詩》均不見收錄，可為輯佚。

〔註20〕蘇者聰語，見《宋詩鑒賞辭典》頁43。

全書總目》卷一五二即說：「其詩澄澹高遠，如其爲人。」

　　詩一開端，詩人即直接稱讚梅花的獨特秉性。在「眾芳搖落」之時，梅花卻以其秀姿妍態，占盡小園的風情。一個「獨」字、一個「盡」字，便突出了梅花生活的獨特環境和不同凡響的性格、風韻。頷聯「疏影橫斜水清淺，暗香浮動月黃昏」是全詩的名句，早爲當時人所稱頌，且歷久不衰。「疏影」、「暗香」二詞以視覺印象與嗅覺感受相對、相襯、相融，不但寫出了梅花稀疏的特點，又寫出了它清幽淡雅的芬芳；「橫斜」則描繪了它錯落別緻的特殊美感，「浮動」寫出了梅香飄逸的神韻；疏淡枝條在清淺水面上掩映，姿態更加搖曳婉美，縷縷香氣在朦朧月色中飄散，意境更加幽深；以「暗」狀香，而且是「浮動」，此種描繪手法歷來備受讚譽，以爲眞所謂「狀難寫之景如在眼前」，而此兩句詠梅詩也成爲千古絕唱。頷聯重在描繪梅花本身，而頸聯「霜禽欲下先偷眼，粉蝶如知合斷魂」則重在環境的渲染，以禽蝶的神情姿態襯出梅花的風神遠韻。尤其「先偷眼」一詞是用擬人法，將霜禽喜愛梅花的心態表露無遺，也因此而襯托出梅花的高潔；而「合斷魂」三字則下得凝重，因愛梅而至銷魂，就把粉蝶對梅的喜愛之情誇張到了極點。如果說「霜禽」句用的是直陳語氣，則「粉蝶」句便是虛擬語氣，因「如」、「合」均是推度之詞，禽鳥對於梅花的喜愛尚且如此，則人之憐愛也就不言可喻了。「霜」、「粉」二字，當爲詩人精心擇取，用以表現其一塵不染的情操和恬淡的趣味。尾聯通過一層對比，進一步烘托梅花之清絕，也將詩人的愛梅之情和盤託出。「幸有」二字頗堪玩味：詩人於此不僅是爲梅花慶幸，而且也爲自己慶幸。因爲檀板金樽會攪亂梅花的清夢，只有自己的清賞低吟適合賞梅的清雅之舉，由此便將梅花的神韻描繪出來了，這種神韻其實就是詩人幽獨清高、自甘澹泊的人格寫照。

　　此詩一出，後人奉爲詠梅絕唱，尤其「疏影」二句，當時即爲詩家稱頌。歐陽修《歸田錄》即謂：「前世詠梅者多矣，未有此句者也。」（《歐陽脩全集》卷五）司馬光亦以爲此二句能「曲盡梅之體態」（《溫

公續詩話》）；蘇軾則認爲此二句乃「寫物之功」，「決非桃李詩」。〔註
21〕陳與義則爲詩吟道：「自讀西湖處士詩，年年臨水看幽姿。

晴窗畫出橫斜影，絕勝前村夜雪時。」〔註 22〕以爲林逋之詠梅
詩已壓倒唐僧齊己〈早梅〉詩中的名句「前村深雪裏，昨夜一枝開」。
辛棄疾在其〈念奴嬌〉詞中亦奉勸騷人墨客勿輕易賦梅：「未須草草
賦梅花，多少騷人詞客。總被西湖林處士，不肯分留風月。」〔註 23〕
黃徹《碧溪詩話》亦以爲「西湖橫斜浮動之句，屢爲前輩擊節」，「其
卓絕不可及，專在十四字耳」（卷六）。由於其頷聯精彩，故姜夔還以
「暗香」、「疏影」爲其自創詠梅詞調的調名，可見林逋詠梅詩對後世
影響之大。

其實這兩句詩並非純出自己創造，而是有所本的。案《雪浪日記》
云：「爲詩當飽參，然後臭味乃同，雖爲大宗匠者亦然。『月觀橫枝』
之語，乃何遜之妙處也，自林和靖一參之後，參之者甚多。」此言林
逋妙句乃緣何遜而來；然浙江古籍版《林和靖詩集》校注者在此詩注
下引明李日華《紫桃軒雜綴》謂，南朝陳江爲有「竹影橫斜水清淺，
桂香浮動月黃昏」之句，而和靖僅易兩字，遂成詠梅絕唱。江爲之詩
既寫竹又寫桂，不但未形成竹形的特點，且未道出桂花的風神，而林

〔註21〕 見《苕溪漁隱叢話・前集》卷三十二引。又南宋許顗以爲東坡對林
逋之詩其實不以爲然，只是此二句寫梅詩出色而已。故其《彥周詩
話》云：「林和靖梅花詩云：『疏影橫斜水清淺，暗香浮動月黃昏。』
大爲歐陽文忠公稱賞。大凡《和靖集》中，〈梅詩〉最好，梅花詩中
此兩句尤奇麗。東坡〈和少游梅詩〉云：『西湖處士骨應槁，只有此
詩君壓倒。』僕意東坡亦有微意也。」而《詩林廣記・後集》則載：
「王晉卿（詵）云：『和靖疏影橫斜之句，杏與桃李皆可用也。』東
坡云：『可則可，但恐杏花桃李不敢承當耳。』」可見蘇軾對林逋此
二句寫梅詩確實服氣，認爲能夠將梅之精神形態完全描繪，而且不
容它物曲代。

〔註22〕 見《陳與義集校箋》卷四〈和張規臣水墨梅五絕〉其五。案：詩中
「前村夜雪時」乃指唐僧齊己之〈梅詩〉：「前村深雪裏，昨夜一枝
開。」

〔註23〕 見《稼軒詞編年箋注》卷四《瓢泉之什》，小題爲「賦傳巖叟香月堂
兩梅」。

逋只易兩字，便達到「點睛」之效，使梅花神態活現，可見林逋點化詩句之功力。《宋史》本傳說：「其詞澄澹峭特，多奇句」，大概是指這類詩句。

當然，對於此詩的評價亦有不同的見解者。如黃庭堅便云：

歐陽文忠公極賞林和靖梅詩「疏影」、「暗香」之句，而不知和靖別有詠梅一聯云：「雪後園林纔半樹，水邊籬落忽橫枝」，似勝前句。不知文忠何緣棄此而賞彼，文章大概亦如女色，好惡止係於人。（《苕溪漁隱叢話・前集》卷二十七）

黃庭堅所所賞者乃林逋之〈梅花〉詩頷聯，而據胡仔《苕溪漁隱叢話》的記載，王直方所愛者爲同名詩題〈又二首〉之二的「池水倒窺疏影動，屋簷斜入一枝低」句，以爲「此句于前所稱，眞可處伯仲之間」，而胡仔對此見解則批評道：「余觀此句，略無佳處，直方何以喜之，眞所謂一解不如一解也。」（前集卷二十七）此是諸家對和靖詩之喜好各有不同。至於批評此詩者亦大有人在，如明王世貞在其《藝苑巵言》卷四中便道：「宋詩如林和靖梅花詩，一時傳誦『暗香疏影』，景態雖佳，已落異境，是許渾至語，非開元大曆人語。至霜禽粉蝶，直五尺童耳。」王氏詩學一向推崇秦漢，此種批評自可理解。宋周紫芝在王氏之前已對林逋此詩有所微詞，其云：「林和靖賦梅花詩有『疏影……』之語，膾炙天下，殆二百年。東坡晚季在惠州作梅花詩云：『紛紛初疑月挂樹，耿耿獨與參橫昏』。此語一出，和靖之氣遂索然矣。張文潛云：『調鼎當年終有實，論花天下更無香。』此雖未及東坡高妙，然猶可使和靖作衙官。政和間，余見胡份司業和曾公袞梅詩云：『絕艷更□□得似，暗香惟有月明知。』亦自奇絕。使醉翁見之，未必專賞和靖也。」（《竹坡詩話》）案周氏此語未見公允，縱使不論其所舉諸家作品是否高於林逋，但其未察首創者之艱難與後出轉精之事實，則於理有虧矣。且周氏之評落於形外言之，並未得梅花神髓也。至於《陳輔之詩話》謂林逋此頷聯「近似野薔薇」〔註24〕，清吳喬《圍

〔註24〕見《苕溪漁隱叢話・前集》卷二十七。

爐詩話》謂此詩除頷聯可稱「善」外，起聯「太覺凡近」，「後四句亦無高致」（卷五），則只能說文學批評之眼光是因人而異的。

　　林逋寫梅能「皮毛落盡，精神獨存」（《宋詩鈔·序》），嚴壽澂以為「暗香」一聯所寫者乃梅之韻致，風神蘊藉，猶是唐音；「雪後」一聯則以意勝、以格勝，已開宋調（註25）。林逋其他寫物諸作亦有突出表現者，如其寫新竹亦清新貼切：

> 粉環勻束綠沉槍，裊露差煙嫋嫋長。
> 卷箔乍驚雙眼健，倚闌尋覺百毛涼。
> 齊披古錦圍山閣，背進寒犀過寺墻。
> 堪笑數根蒼翠者，強顏如立少年場。（卷二〈新竹〉）

此詩以「綠沉槍」比喻新竹，以「古錦」喻竹籜，以「寒犀」喻新筍，以「蒼翠者」指成竹、「少年場」喻新竹群，全詩四段設喻，皆新穎可喜；另〈山舍小軒有石竹二叢哄然秀發因成七言二章〉之「深枝冉冉裝溪翠，碎片英英剪海霞」（卷二）亦頗能寫竹神貌。

　　林逋詩寫景之作多有獨到之處，這或許是宋初隱逸詩人浸淫山水自然日久而有得於心之結果。

（三）、詩風澄淡峭特

　　林逋詩多寫隱逸生活和閑適情趣，並力求自然，故詩風呈現澄淡峭特之美，令人喜愛。梅堯臣敘其詩集曰：

> 其順物玩情為之詩，則平澹邃美，詠之令人忘百事也。其辭主乎靜正，不主乎刺譏，然後知其趣向博遠，寄適於詩爾。

《四庫全書總目》亦稱：

> 其詩澄澹高逸，如其為人。（卷一五二）

如前引〈山園小梅〉詩，詩風極為清真澄淡，而韻味亦覺無窮。

　　在王禹偁之後的北宋詩壇，詩文被楊億、劉筠、錢惟演等人所倡導的西崑體所把持，當天下瀰漫雕章麗句之詩風時，林逋因隱於西湖

〔註25〕參見《百家唐宋詩新話》頁 482。

而未受波及，且以其澄淡峭特之詩風大力創作詩篇，與之抗衡。他喜
王禹偁歡之作品，「坐吟行看」而不覺疲累，並且將王禹偁與白居易
并舉，而給以極高的評價：「放達有唐惟白傅，縱橫吾宋是黃州」（卷
三〈讀王黃州詩集〉），他也喜歡李白、杜甫及賈島之詩，故在〈和皓
文二絕〉之一云：

　　　　李杜風騷少得朋，將壇高築竟誰登？
　　　　林蘿寂寂湖山好，月下敲門只有僧。（卷四）

諸家之詩對其多少有些影響，尤其是賈島之詩更爲其所崇敬，故其創
作即效賈島之精細刻刻畫，詩風自顯孤峭，而其隱居西湖後已斷絕名
利之望，故表現在詩什中之風格，特顯澹淡雅致，如前舉〈書壽堂壁〉
（即〈自作壽堂因書一絕以志之〉）詩即表現詩人不求聞達，自甘淡
泊的隱士本色，而其「茂陵他日求遺稿，猶喜曾無封禪書」二句，乃
用漢武帝在司馬相如死後從其家中取得一卷談封禪之書的典故，以借
古喻今，表明自己不屑如司馬相如之希寵求榮。宋眞宗時，大臣王欽
若等僞造符瑞，慫恿眞宗東封泰山，借以邀寵。林逋這兩句詩即針對
此事而發，立意高絕，故秦觀〈跋和靖詩帖〉曾稱讚道：「識趣過人
如此，其風姿安得不清妙也。」〔註26〕

　　林逋寫隱居西湖之詩，多能將此地的湖光山色，透過細緻工巧妙
筆將其呈現，如〈湖上晚歸〉一詩：

　　　　臥枕船舷歸思清，望中渾恐是蓬瀛。
　　　　橋橫水木已秋色，寺倚雲峰正晚晴。
　　　　翠羽濕飛如見避，紅蕖香裊似相迎。
　　　　依稀漸近誅茅地，雞犬林蘿隱隱聲。（卷二）

全詩意念靈動，卻又自然工巧，尤其中間二聯將西湖晚景薰染得幽美
有情致，秋暮中但見小橋橫架於水木之間，而夕陽餘暉照映在祥和靜
謐的山寺中，整個西湖的景色是如此怡淡自然。此時連翠鳥、紅藥都
似有情，或相讓、或相迎，都使得大自然界如此融洽、和諧。詩人在

〔註26〕《林和靖詩集》卷四引。

秋色滿目中，傾注縷縷詩情，反映其對西湖美景誠摯的讚美，亦表現其對西湖的熱愛。其他如「幽蟲傍草晚相映，遠水著煙寒未分」（卷二〈隱居秋日〉）、「沙嘴牛平春晚濕，水痕無底照秋寬」（卷二〈耿濟口舟行〉）、「瘦盡骨毛終驥裊，蝕來鋒刃轉豪曹」（卷三〈舒城僧舍呈贈李仲宣文學〉）、「鷗橫殘葑多成陣，柳映危橋未著行」（卷三〈酬畫師西湖春望〉）、「白鳥一行天在水，綠蕪千陣野平雲」（卷三〈壽陽城南寫望懷歷陽故友〉）、「千里白雲隨野步，一湖明月上秋衣」（卷三〈聞靈皎師自信州歸越以詩招之〉）等詩句，及〈湖村晚興〉、〈湖山小隱〉、〈秋日西湖閑泛〉、〈春陰〉、〈秋江寫望〉等詩均予人澄淡平和的感覺。

范仲淹〈寄林處士〉詩云：

片心高與月徘徊，豈爲千鍾下釣台。

猶笑白雲多事在，等閑爲雨出山來。（《范文正公集》卷三）

此詩正寫出林逋的個性高潔，而詩中所用之詞如「雲」「月」「雨」「山」等亦正是林逋最常接觸、最喜施於詩中之素材，但他因一生苦吟，人生閱歷不夠豐富，故作品澄淡有餘卻不足以產生感動人心、轉變風氣之大作，此爲林逋詩的缺點，亦爲晚唐體詩人之共同特點。

第三節　九　僧

一、九僧及其活動年代

方回〈送羅壽可詩序〉敘述宋初三體時，於晚唐體詩人首標「九僧」，並強調：

晚唐體則九僧最逼眞。

然一般討論文學發展者，於宋初詩歌言及晚唐體時，則多標舉林逋、魏野及寇準等人，而略過九僧，蓋因彼儕爲僧侶，而其詩作亦不易獲取閱讀，詩風亦與其晚唐體詩他人相近，故常遭忽視，縱使以研究宋詩發展爲宗旨之許總《宋詩史》亦僅以百來字作簡單介紹，而未言及其作品內容及風格，更遑論引詩舉證。

「九僧」之名，其實最早見於歐陽脩之《六一詩話》，然其時九僧名諱已不爲人熟知，故連歐陽脩也不能知悉完整之資料，其云：

> 國朝浮圖，以詩名於世者九人，故時有集號《九僧詩》，今不復傳矣。余少時聞人多稱之。其一曰惠崇，餘八人者，忘其名字也。余略記其詩，有云：「馬放降來地，雕盤戰後雲。」又云：「春生桂嶺外，人在海門西。」其佳句多類此。其集已亡，今人多不知有所謂九僧者矣，是可歎也！

直至司馬光在一次訪寺活動中，方才無意獲得此九位僧侶之詩集，他說：

> 歐陽公云：《九僧詩集》已亡。元豐元年秋，余遊萬安山玉泉寺，于進士閔交如舍得之。所謂九詩僧者：劍南希晝、金華保暹、南越文兆、天台行肇、沃州簡長、貴城惟鳳、淮南惠崇、江南宇昭、峨嵋懷古也。直昭文館陳充集而序之。其美者亦止于世人所稱數聯耳。（《溫公續詩話》）

九僧的年代，由歐陽脩和司馬光的兩段敘述中約略可知：應在歐陽脩少年之前、在陳充直昭文館之前。歐陽脩生於宋眞宗景德四年（1007），卒於神宗熙寧五年（1072）；而陳充於《宋史・文苑傳》中有其人，於眞宗時曾歷任殿中丞、知明州、太常博士、直昭文館、工部刑部員外郎，而九僧中之惟鳳有〈寄昭文館陳學士〉詩，當指陳充而言；又晁公武《郡齋讀書志》第二十卷著錄有九僧詩一卷，並云：「景德元年，昭文館陳克序，目之曰琢玉工，以對姚合射雕手。」其後陳振孫之《直齋書錄解題》卷十五「總集類」則載：「（九僧詩）凡一百七首，景德元年直昭文館陳充序，目之曰琢玉工，以對姚合射雕手。」陳氏與晁氏所敘幾無不同，且晁氏所云「陳克」，《宋史》無其人事蹟，應是「陳充」形近之誤。而陳充之序九僧詩既在景德元年，則在歐陽脩出生前三年此書已集結成冊。據今傳九僧諸作中：行肇有〈寄終南种徵君〉，此「終南种徵君」當指隱居在終南之种放，因王禹偁在〈酬种放徵君一百韻〉中即言：「側聞种先生，終南臥雲壑」（《小畜集》卷一）、〈贈种放處士〉中亦云：「終南有嘉士，天子不得

臣」（《永樂大典》卷一三四五〇引）；簡長〈寄丁學士〉中有「祇應西掖吏，時復望滄州」，此「丁學士」應指丁謂，王禹偁詩集中多有與丁謂往來之作，明丁氏曾直史館，故有「西掖吏」之稱；宇昭有〈贈魏野〉詩；懷古有〈送田錫下第歸寧〉；惠崇百句圖詩題中有〈魏野山亭〉、〈林逋河亭〉、〈春日寇公贊池上〉等；另文兆〈弔屈原呈王內翰〉、行肇〈湘江有感上王內翰〉二詩，觀其內容似寄王禹偁者。而在宋初詩人中亦有與九僧來往之跡：如魏野即有〈贈惠崇上人〉、〈喜懷古上人見訪〉、〈送懷古上人遊錢塘〉、〈送文兆上人南歸〉等詩；而《湘山野錄》卷中亦載寇準與惠崇分韻爲詩之事。可知种放、魏野、寇準和九僧當時往來密切。而魏野生於宋太祖建隆元年（960），卒於眞宗天禧三年（1019），而寇準年歲（962～1023）與魏野相若，是知九僧之活動應在眞宗之世及其前。而方回《瀛奎律髓》卷三「懷古類」選有宋祁〈過惠崇舊居〉一詩，詩題下有小註曰：「崇工詩，有名於世。」方回在詩後批道：「元註云：『予爲郡之年，師之去世已二紀矣。』景文年四十四初得郡壽陽，惠崇舊居院在境內。選此一詩，以見惠崇之死，宋公年二十也。」照方氏說法，惠崇死於宋祁（998～1061）二十歲時，時爲宋眞宗天禧元年（1017），當時歐陽脩十一歲，正與其所說「余少時聞人多稱之，其一曰惠崇」符合，而前舉《郡齋讀書志》謂陳充於景德元年序九僧詩之說，更可證明九僧之活動是在眞宗之世及其稍前的看法。〔註27〕

二、九僧詩之主要內容及體式

　　九僧詩，按今人黃啓方之〈九僧與九僧詩〉一文載見四種版本〔註28〕，今有台北藝文印書館刊印宋人陳起所編之《增廣聖宋高僧詩選》，原收入清顧修刻《南宋群賢小集》中，此書共收詩人六十

〔註27〕明胡應麟《詩藪》亦云：「九僧諸人蓋皆與寇平仲、楊大年同時。」
〔註28〕原載國語日報《書和人》一九七期，民國61年10月14日；現收錄於氏著《兩宋文史論叢》中。

一人（均爲釋子）詩歌三百三十七首，其前集即收有希晝詩十八首、保暹詩二十五首、文兆詩十三首、行肇詩十六首、簡長詩十七首、惟鳳詩十三首、惠崇詩十一首、宇昭詩十二首、懷古詩九首，共一百三十四首。而北京大學版《全宋詩》則多錄自《詩話總龜》、《詩人玉屑》、《湘山野錄》、《永樂大典》、《吟窗雜錄》、《青箱雜記》、《錦繡萬花谷》等諸書中輯錄之詩，於今堪稱較完備者，可供參閱。

　　九僧詩歌，多爲送答酬和之作，也有不少詩歌記述行旅景色風光。今以《增廣聖宋高僧詩選》所收九僧之詩爲例，歸納其內容大要如下：

　　（一）希晝：十一首送答酬和詩，餘七首爲行旅景色之描寫。

　　（二）保暹：九首寄贈詩，餘爲題壁、寫物、抒懷。

　　（三）文兆：九首寄送詩，四首爲寫景之作。

　　（四）行肇：十一首爲寄送詩，二首感懷，三首寫行旅所見。

　　（五）簡長：十二首寄贈詩，餘有感懷、歌謠、寫事。

　　（六）惟鳳：除三首行旅寫景之外，餘十一首均爲寄送詩。

　　（七）惠崇：六首贈送詩，三首寫行旅景致，二首擬古。

　　（八）宇昭：七首寄贈詩，五首寫景之作。

　　（九）懷古：四首贈送詩，五首寫景詩。

　　由上述統計可知：在《增廣聖宋高僧詩選》所收九僧一百三十四首詩作中，送答贈酬詩便佔了八十首之多，其次行旅寫景者至少在三十首以上，可見九僧詩確以此兩類爲主。

　　至於詩歌體式，幾以五律爲主：如希晝、宇昭、懷古等人詩篇全以五律創作，其他諸僧則除總數七首之七絕和七律外，其餘均爲五絕或五古。是知九僧之所長乃在五律，此與賈島姚合之作品相類。至於其詩歌詞彙，則不脫山、林、水、雲、風、花、雪、月等等，這應和他們是僧侶或隱逸士人的身分有關，而自五代傳襲過來的賈島寒苦詩風與雖小而佳的詩歌風氣，最適合他們淡泊名利、遁跡山林的個性，故而造成晚唐體詩人在景物的描刻方面較諸白體和西崑體著重甚

多。前引歐陽脩《六一詩話》記載一則有關九僧創作之故事，恰足以說明其詩作範圍之偏仄及境界、格局之狹小：

九僧既承襲賈島等人之詩風，又以描寫山林景物爲主，故去一山水，即無由下筆。其詩歌題材既已如此狹隘，復以深刻鉤勒、精細描摹的方式創作、構思，如想有浩渺、豪曠之格局氣勢，實力有未逮，此爲題材、用詞所限，亦其思路枯窘之現象也。

三、九僧詩藝術風格

九僧之詩，一般以爲其創作大多經過精思錘煉，題材又多囿於自身生活範疇之內，表現出清苦幽僻的詩風，故爲賈島的承傳者；但亦有人以爲九僧之詩氣韻脩然，宜中唐之餘流。今先將諸家說法大致歸納，再舉詩例證明其是非：

（甲）、以為九僧詩追蹤賈島者

1、《瀛奎律髓》卷四十七云

有宋國初，未遠唐也。凡此九人，詩皆學賈島、周賀，清苦工密。所謂景聯，人人著意，但不及賈之高、周之富耳。

2.明胡應麟《詩藪》：

其詩律之瀅潔，一掃唐末五代鄙俗之態，幾於升賈島之堂。

3、清吳喬《圍爐詩話》卷五

宋初九僧詩，俱宗閬仙。

4、《中國古代文學詞典》第一卷

九人皆推崇晚唐賈島、姚合，追求清苦、幽僻的格調。

（乙）、以為九僧步武中唐者

1、紀昀《瀛奎律髓刊誤》卷四十七

九僧詩，源出中唐，乃十子之餘響。

2、馮武《西崑酬唱集·序》

或無事鳧狗衣冠，專事清永淡寂，以韋、孟、高、岑爲宗，謂之九僧。（《西崑酬唱集箋校》頁二八）

3、毛扆《宋高僧詩·跋》

　　九僧詩規撫大曆十才子，稍窘邊幅。

4、余蕭客《宋高僧詩·跋》

　　九僧詩入有唐中葉錢、劉、韋、柳之室，而浸淫輞川讓陽
　　間，其視白蓮、杼山有過無不及。

除上舉兩大類別外，袁中道在其《珂雪齋文集》卷二云：「當宋初，
有九僧之詩，其佳語置之唐集中不可辨，自中宋時已不復存。」（〈宋
元詩序〉）袁氏所謂「唐集」，並未明確表示爲中唐抑晚唐作品，故不
得辨認其主張，惟當不脫此二說範疇。

（一）、惠崇詩歌風格

　　九僧中詩名最著者當推惠崇，他不僅善詩，也善繪畫，所繪花鳥
小景在當時也享盛譽〔註29〕，其詩中最受人爭議者爲〈訪楊雲卿淮上
別墅〉：

　　地近得頻到，相攜向野亭。
　　河分岡勢斷，春入燒痕青。
　　望久人收釣，吟餘鶴振翎。
　　不愁歸路晚，明月上前汀。（《增廣聖宋高僧詩選》前集）〔註30〕

此詩乃寫惠崇至淮水拜訪好友楊雲卿，並與之相攜同遊的情致。首聯
點題，寫二人遊賞之處；頷聯則描寫郊野景致：「河分岡勢斷，春入
燒痕青」，此聯氣勢雄渾又刻畫精微，最稱警策；但此聯原是取唐司
空曙、劉長卿二人詩句合成，故頗爲人所詆，如《溫公續詩話》便記

〔註29〕如吳喬《圍爐詩話》卷五即說：「崇畫家宗匠」；而在宋世，王安石
　　　之〈純甫出僧惠崇畫要予作詩〉云：「畫史紛紛何足數，惠崇晚出吾
　　　最許。」（《臨川先生文集》卷一）蘇軾、黃庭堅、王庭珪等人也有
　　　詩稱讚其畫，其中蘇軾〈惠崇春江晚景〉之「竹外桃花三兩枝，春
　　　江水暖鴨先知」（《蘇東坡全集·續集》卷二）二句，尤爲後人稱許。
　　　朱弁《風月堂詩話》亦謂：「僧惠崇善畫，人多寶其畫而不知其能詩，
　　　宋子京以書託梵才大師編集其詩，則當有可傳者，而人或未之見，
　　　恐雖編集而未大行於世耳。」於此則又道出惠崇曾有詩集編纂，唯
　　　今已佚。
〔註30〕本節下文所引九僧詩標以《增廣聖宋高僧詩選》前集所載爲主，除
　　　他籍載錄者外，餘不再標註出處。

載：

> 惠崇詩有「劍靜龍歸匣，旗閒虎繞竿」。其尤自負者，有「河
> 分岡勢斷，春入燒痕青」。時人或有譏其犯古者，嘲之曰：
> 「河分岡勢司空曙，春入燒痕劉長卿，不是師兄多犯古，
> 古人詩句犯師兄。」

司馬光此則記載並未說明是何人因不滿惠崇之合取他人詩句而加以
譏詆，文瑩之《湘山野錄》則不然，其指出譏詆惠崇者竟乃九僧之一
文兆，此書卷中云：

> 宋九釋詩，惟惠崇師絕出，嘗有「河分岡勢斷，春入燒痕
> 青」之句，傳誦都下，藉藉喧著，餘緇遂寂寥無聞，因忌
> 之，乃厚誣其盜。閩僧文兆以詩嘲之曰：「河分岡勢司空曙，
> 春入燒痕劉長卿，不是師兄偷古人，古人詩句犯師兄。」

二則記載嘲譏者之詩句末二句稍有出入，而劉攽之《中山詩話》所錄
詩句雖與《湘山野錄》大同，然按時代劉攽應在文瑩之先，故或文瑩
採用劉攽引詩而加以變化說辭，因劉攽所引此詩作者乃惠崇弟子，其
後兩句爲「不是師偷古人句，古人詩句似師兄」，語氣較和緩，且劉
攽也引蘇舜欽截用杜甫詩爲例，以爲「子美豈竊詩者，大抵諷古人詩
多，則往往爲己得也」。但直到明代，王世貞仍在批評惠崇此種創作
方法，其云：

> 剽竊模擬，詩之大病。……乃至割綴古語，用文已陋，痕
> 跡宛然，如「河分岡勢」、「春入燒痕」之類，斯醜方極。(《藝
> 苑卮言》卷四)

「剽竊」、「模擬」本非作詩之正途，而且容易產生許多弊病，故不值
得讚美和學習；但誠如劉攽所言，諷誦古人詩多後，容易化爲自己之
心得，蓋詩人面對眼前之景若恰與前人詩境相合，便有可能隨手拈來
構成一聯，如前舉林逋寫梅名句「暗香」「疏影」一聯，便是點化爲
詩句而成，故只要用得精妙、妥貼，仍屬一種創造，依舊不失爲佳句。
方回即道：「善詩者能合二人之句爲一聯，亦可也；但不可全盜二句
一聯者耳。」此亦不排斥合他人詩句以爲己用，紀昀亦在此詩上批曰：

「放翁七律集杜聯句，蓋準此例。」〔註31〕二人之說較含蓄，並未贊同惠崇作法，只是未加撻伐罷了；然吳喬《圍爐詩話》則以爲：

> 詩須寫我心，入古人模範耳。偷勢亦是賊，且自心被束，不得清出。古詩既多，自必有偶同者，我既不偷，同亦何諱？惠崇詩句如此，寧屑作賊？「河分岡勢斷，春入燒痕青」亦是偶同，妒其有才名者，妄加描畫。（卷五）

吳氏不以惠崇詩爲賊，其理由亦同於劉攽也。

據《青箱雜記》卷九載，惠崇有《摘句圖》一百聯，其中幾爲景聯，鍛鍊推敲之功歷歷可見，而其詩句亦力求精工潔瑩，故佳對確實較其他諸僧爲多，且偶見高曠詩風，如〈送程至〉之「白浪分吳國，青山隔楚天」、〈送防秋楊將軍〉之「殺氣生龍劍，威風動虎旗」、〈送李秦州〉之「朱旗凌雪卷，畫角入雲吹」及〈塞上〉之「古戍生煙直，平沙落日遲」等，均有中唐韋、孟之風，尤其〈塞上〉之「古戍」兩句應是化用王維〈使至塞上〉：「大漠孤煙直，長河落日圓」而成，故紀昀、馮武、余蕭客諸人會認爲其詩乃學中唐大曆十子；然就今見惠崇詩作及其摘句，似有未然：

> 歸影動疏竹，落果響寒塘。（〈上谷相公池上作〉）
>
> 鳥歸山墮雪，僧去石沉雲。（〈宿東林寺〉）
>
> 空潭聞鹿飲，疏樹見僧行。（〈遊隱靜寺〉）
>
> 繁霜衣上積，殘月馬前低。（〈早行〉）
>
> 磬斷蟲聲出，峰迴鶴影沉。（〈秋夕〉）
>
> 松風吹亂髮，巖溜濺棋寒。（〈贈李道士〉）
>
> 禽寒時動竹，露重忽翻荷。（〈楊祕監池上〉）
>
> 落潮鳴下岸，飛雨暗中峰。（〈瓜州亭子〉）
>
> 驚蟬移古柳，鬥雀墮寒庭。（〈國清寺秋居〉）
>
> 照水千尋迴，棲煙一點明。（〈池上鷺分賦得明字〉）

〔註31〕方氏、紀氏評語見《瀛奎律髓刊誤》卷四十七。

以上詩聯，的確是「詩意畫景俱妙」（註32），其構思之精妙，由此亦可窺其端倪。惠崇詩除《錦繡萬花谷》所錄三詩聯為七言外，餘均五言，尤以五律數量最多，其師法賈島、姚合之跡明顯可見。紀昀於惠崇〈贈文兆〉詩上批曰：「中四句（指「尋鶴窺朝講，鄰僧聽夜琴。注瓶沙井遠，鳴磬雪房深」二聯）幽而不僻，故勝武功。」此亦以為惠崇之學姚合而有出藍之舉也。

（二）、諸僧詩歌風格

九僧雖與楊億、劉筠同時，但他們並不滿意西崑體之浮華艷麗詩風，故推崇賈島、姚合，追求清苦幽僻的詩風。而且他們專精五律，多寫生活瑣事與自然小景，忌用典，尚白描，其佳句多在景聯，如前所舉惠崇詩即是典型。

九僧詩雖同尊賈島、姚合，極力追求清苦詩風，但其中亦有不同之處，茲僅就今傳詩篇加以略述於次：

1、希 晝

希晝詩構思精巧，風格清雅，頗受紀昀推崇。其五律中四句悉工對，且不脫山水花鳥景物，亦為典型之晚唐體詩人。其〈寄題武當郡守吏隱亭〉云：

　　郡亭傳吏隱，閒自使君心。卷幕知來客，懸燈見宿禽。
　　茶煙逢石斷，棋響入花深。會逐南帆便，乘秋寄此吟。

此詩以樸素自然的語言，描繪出幽雅靜謐的意境，讓人能體會到作者超然物外的情懷。紀昀《瀛奎律髓刊誤》評此詩云：「六句自然勝出句，『棋聲花院靜』，表聖名句也，著『入』字、『深』字，便別有意境，不以蹈襲為嫌。」（卷三十五）評其〈書惠崇師房〉詩時，對其中四句「故域寒濤闊，春城夜夢長。禽聲沉遠木，花影動回廊」亦極為推賞，以為此四句皆「煉得好」（卷四十七）；誠如方回所言：九僧「每首必有一聯佳」（同上書卷四七），可見九僧的確在鍛鍊方面的確

〔註32〕吳喬語，見《圍爐詩話》卷五。

下過深遠的工夫。紀昀對九僧此鍛鍊工夫之見解大致與方回類似，其言云：

> 九僧詩大段相似，少變化耳。其氣韻實出晚唐之上，不但四靈。偶摘一兩首觀之，不能不謂之佳，如希晝此數詩（指〈書惠崇師房〉、〈寄懷古〉、〈送嗣端東歸〉、〈送可倫赴廣南轉運凌使君見招〉、〈早春關下寄觀公〉等），皆不失雅則者也。（《瀛奎律髓刊誤》卷四十七）

紀昀稱讚九僧之氣韻出於晚唐之上，只不過大段相似、少數化而已。紀氏對希晝之〈早春關下寄觀公〉則是讚譽有加、推崇備至，以爲「此首亦不減隨州，非武功輩所可並論」（同前引書卷），其詩云：

> 客心長念隱，早晚得書招。看月前期阻，論山近會遙。
>
> 微陽生遠道，殘雪下中宵。坐看青門柳，依依又結條。

紀氏認爲此詩「不減隨州」，又將九僧詩推往學習中唐詩方向。唯希晝之詩全不用典，且律詩之中二聯全爲寫景，刻畫精工，往往有句無篇。

2、保暹

保暹之詩句意較清淺，藝術成就遠遜希晝：五律除〈登蕉城古台〉稍見高曠外，餘無甚特色；七律中〈憶松江〉清麗、〈寄洪州新建知縣張康〉能擺脫山水景物的摹寫，關懷民瘼，於諸詩中較爲突出；七絕四首是其詩中情味較佳者，其中〈磻溪〉用姜太公典故，然清暢可觀。其〈宿宇昭師房〉一詩云：

> 與我難忘舊，多期宿此房。眠雲歸未得，靜夜話空長。
>
> 草際沉螢影，杉西露月光。天明共無寐，南去水茫茫。

方回評此詩「第六句於工之中不弱而新」，紀昀則謂：「五六自是刻意作出，而妙極自然。上接靜夜，下接天明，亦極細膩，異乎先得兩句而首生嵌。」（《瀛奎律髓刊誤》卷四十七）其〈秋徑〉一詩清新淡雅，頗能表現僧人澹泊的情懷：

> 杉竹青陰合，閒行意有憑。涼生初過雨，靜極忽歸僧。
>
> 蟲跡穿幽穴，苔痕接斷稜。翻思深隱處，峰頂下層層。

此詩處處關合詩題〈秋徑〉描寫，首尾皆不走作。而語言看似平易自然，但其實卻凝聚匠心，精細的刻畫，如「涼生初過雨」、「峰頂下層層」均爲看似明白如話者，「蟲跡穿幽穴」亦可謂描繪工切。方回曾道：「人見九僧詩或易之，不知其幾鍛煉、幾敲推乃成一句一聯，不可忽也。」（《瀛奎律髓》卷四七）九僧同其他晚唐體詩人一般，多得意在一聯半句，「思路十分枯窘」〔註33〕，保暹之詩作即是其中之一。

3、文　兆

文兆詩精巧清麗程度介於希晝、保暹之間，然較有情味。如其〈弔屈原呈王內翰〉詩云：

抱清誰可群，委質在湘濆。今日不同楚，無人更似君。

滄波沉夜魄，古廟聚寒雲。弔罷踟蹰處，漁歌忍獨聞。

情眞意切，自然質樸，堪稱是有情之作，這在以描摹景物爲主之晚唐體詩人甚爲難得。又其〈宿西山精舍〉一詩亦清苦工密：

西山乘興宿，靜稱寂寥心。一徑杉松老，三更雨雪深。

草堂僧語息，雲閣磬聲聞。未遂長棲此，雙峰曉待尋。

此詩首聯點題，並抒感懷，而第二句中之「靜」字乃全詩精神所在。因佛家本以「清靜」爲本，而西山精舍在他傍晚時分到達時已透顯出靜寂氣氛；其下兩聯，即以西山精舍週遭景物來寫其具體之「靜」：小徑杉松之老，三更雨雪之深，爲山寺帶來深濃不透的闃靜，當萬籟俱寂、僧人語息入眠之後，由遠處雲閣傳來之磬聲在風雪深夜顯得低沉；然低沉磬聲尚能傳入耳膜，益發襯托出精舍之靜，而抽象的「靜」經此描繪形容便轉爲具體可感，這便是晚唐體詩人在景聯用力功深的表現。尾聯前句先呼應開首，寫其深愛此處而欲棲留未遂，再宕開一筆，預作明晨打算，可謂意脈相連而又開闔自如。紀昀評此詩云：「三四已佳，五六從三四生出，更爲幽致。通體亦氣韻倏然，無刻畫齷齪之習。」（《瀛奎律髓刊誤》卷四七）「通體亦氣韻倏然」，乃稱道其詩平易流暢，超逸清絕；而「無刻畫齷齪之習」，則指其不事雕飾，不

〔註33〕白敦仁語，見〈宋初詩壇及『三體』〉頁61。

尚典故，故能通透無礙，此正體現晚唐體詩之共同特徵。

4、行　肇

　　行肇之詩，在九僧中堪稱成就較弱者。其詩淡而無味，律詩中二聯多生硬湊泊，去清麗之風稍遠。其較具情味之詩如〈湘江有感上王內翰〉已是近於生冷，何況其它。茲錄此詩以證：

> 達士弦性直，佞人膠辭柔。靳尚一言語，靈均千古愁。
> 孤蟾魄長在，寒雲恨難收。空使湘江水，至今無濁流。

全詩直用理性敘述，雖有「靈均千古愁」、「寒雲恨難收」之語，惜未能讓人感受其真切的哀惋慟楚，而尾聯更是枯淡無情，與文兆〈弔屈原呈王內翰〉雖屬相同題材，然其間情思相距豈以萬里計？至其詩稍受稱道者為〈郊居吟〉，方回以為其詩中四句「逕寒杉影轉，窗晚雪聲過。茗味沙泉合，鑪香竹靄和」鍛鍊精工，而紀昀則以為「茗味」二句「亦武功一派」（《瀛奎律髓刊誤》卷四七），紀氏評其〈酬贈夢真上人〉之「巢重禽初宿，窗明葉旋飄」二句以為「是澀體而妙不瑣屑」（同上）；至於其〈送文光上人西遊〉之中四句：「嵩遊忘楚地，華近識秦音。塔古懸圖認，碑荒背燒尋」，方回認為「五六句工，三四裝四箇地名，似賈島姚合之弊」，紀昀亦以為「三句五句皆不自然」（同上），可見行肇雖列名九僧之一，惜其詩恰足以暴露晚唐體之弊，而少見其精采。

5、簡　長

　　簡長詩風清苦，在九僧中除惠崇外，應是學賈島最有味道者。如〈送僧南歸〉詩：

> 漸老念鄉國，先歸獨羨君。吳山全接漢，江樹半藏雲。
> 振錫林煙斷，添瓶澗月分。重棲上方夜，孤狖雪中聞。

全詩構思精巧，極見錘鍊之工，方回以為此詩「第六句絕妙」，紀昀則盛稱：「中四句雖雕琢而成，而一氣流出，不見湊合之跡，妙在巧而不纖。」（《瀛奎律髓刊誤》卷四七）其實其詩之構思精妙者亦同其他晚唐體詩人一樣，多集中在景聯之描寫，唯其佳句較多，足以品賞，

茲摘錄其中數則以觀：

> 長死浮雲生，奪我西窗月。(〈夜感〉)
>
> 新愁來易積，舊歡去難收。(〈步春謠〉)
>
> 落日懸秋樹，寒蕪上廢城。(〈晚次江陵〉)
>
> 露冷蛩聲咽，風微葉影翻。(〈書行肇師壁〉)
>
> 浮生如寄夢，幾夕是離愁。(〈寄丁學士〉)
>
> 松齋秋掩月，石竇醉眠雲。(〈李氏山莊留別〉)
>
> 古戍煙微斂，遙峰雨半收。(〈送居壽師西遊〉)
>
> 煙壘沉寒笛，霜空擊怒雕。(〈送人歸寧〉)

簡長詩雖以五律為主，然其五古諸作頗具情味，如〈夜感〉、〈懷盧叔微〉、〈步春謠〉等均見誠摯深情，而〈送方仲荀〉詩更見悽苦：

> 行客心如何，借劍為君歌。雨昏山未開，花盡春無多。
>
> 欲知貧別情，義淚空滂沱。

全詩明白流暢，而情感豐沛真實，全無矯揉造作之意。第三四句之景語「雨昏山未開，花盡春無多」安置其中，不僅寫實，更將離別愁苦氣氛烘託得更加濃密，以致引發「義淚空滂沱」一發不可遏阻之勢；又其七律雖僅〈暮春言懷寄浙東轉運黃工部〉一首，然較之其他五言諸篇成就，毫不遜色，甚且有過之，其詩云：

> 花落前林春又殘，舍深蒼蘚擁柴關。
>
> 十年霜雪獨為客，萬里夢魂空到山。
>
> 溪竹舊憐同性直，嶺雲終約伴身閒。
>
> 遙思謝傅多公暇，應遍留題水石閒。

其首聯寫景自然精緻，又不僻澀，為絕美之風景圖畫。頷聯寫獨居無以傾訴之孤寂，以「萬里夢魂空到山」一語形容，更加具體深刻；而頸聯兩句，則在說明獨居原因，且以「竹」性自喻詩人秉性之清絕，故只能與嶺雲相約，不涉紅塵，情思幽深然不怨，故有尾聯之思慕謝公留心泉石、清閑之遊。整體而觀，簡長之詩是九僧中較特出者，惟其詩歌題材一仍晚唐體詩舊習，未脫寫景及週遭生活瑣事、未能開拓

更廣範疇，實亦一憾；惟其錘鍊功深，則深具賈島風調，此亦其勝於諸僧處。

6、惟　鳳

　　惟鳳詩歌主張雅正和轉益多師，其〈與行肇師宿廬山棲賢寺〉云：「詩心全大雅，祖意會諸方。」其詩歌亦清奇有致，如〈寄希晝〉詩，紀昀便以爲「殊清逸」（《瀛奎律髓刊誤》卷四七），而當其讀到〈送陳彖處士〉時，更以爲「九僧詩氣韻終高」（同上卷四八），大有相見恨晚之憾。惟鳳之〈弔長禪師〉詩，雖是悼亡之作，然其頷頸二聯亦工整不苟，爲晚唐體詩之代表：

> 霜鐘侵漏急，相弔曉悲濃。海客傳遺偈，林僧寫病容。
> 漱泉流落葉，定石集鳴蛩。回首雲門望，殘陽下遠峰。

方回以爲「此詩中四句皆工，一字不苟，金銀秤上分定星盤也」，紀昀則謂：「三四自可，五六著力而不自然」（《瀛奎律髓刊誤》卷四七），其實除卻中四句，以題名〈弔長禪師〉而觀，則其首句之寫景語言急促而景色蕭肅，堪稱爲弔亡情緒鋪上一層哀惋之底色；而頷聯之寫衰病、頸聯之寫寒獨，亦爲傷逝氣氛暈染悲情；尾聯之「回首雲門望，殘陽下遠峰」則將詩人之哀情帶到最高最遠之地步，以殘陽之悽迷，烘托自己內心之無限哀淒，此等手法十分高妙，所謂「情景交融」者即此也。

7、宇　昭

　　宇昭詩以寄贈、寫物爲主，且全以五律創作，故頗能表現晚唐體詩的特色。其詩《瀛奎律髓》選錄有四首，均刻畫精工之作，如〈夕陽〉詩：

> 向夕江天迥，微微接水平。帶帆歸極浦，隨客上荒城。
> 雲外僧看落，山西鳥過明。何人對幽景，苒苒敗沙幷。

此詩受到方回和紀昀之肯定，方氏以爲「此詩著題詩也，中四句皆工」，而紀氏亦稱全詩「刻畫自工」（同上卷十五）；其〈贈魏野〉亦屬工對之詩：

別業惟栽竹，多聞亦好奇。試泉尋寺遠，買鶴到家遲。

藥就全離母，詩高祇教兒。未能終住此，共有海山期。

方回以爲此詩之「三四佳」，而「五六母與兒眞假對」頗見功力，而紀氏則以爲「五句不佳」（同上卷二三），蓋因太過雕刻之故，如其評宇昭之〈寄保暹師〉亦謂其五六句「渴狖窺莎井，陰蟲占菊籬」爲「著意刻畫」，而爲牽就此景聯，以致使「上下文不貫」（同上卷四七），則屬不當；但對其〈幽居即事〉卻頗爲讚賞，以爲此詩五六句「餘花留暮蝶，幽草戀殘陽」乃「殊有幽味」（同上），其實是欣賞其造語簡易整鍊，且寫景自然幽深也。宇昭另有一詩頗值得一提，此即〈塞上贈王太尉〉詩：

嫖姚立大勳，萬里絕妖氛。馬放降來地，雕閒戰後雲。

月侵孤壘沒，燒徹遠蕪分。不慣爲邊客，宵笳懶欲聞。

此詩歐陽脩《六一詩話》曾稱引其頷聯，以爲是惠崇所作，其實惠崇所作同題詩頷聯爲：「河冰堅度馬，塞雪密藏雕」，因二詩內容相近兼且同題，是以致誤。宇昭此詩之第四句，「閒」字當爲「盤」之誤，蓋歐陽脩所引及《瀛奎律髓》卷三十所載皆同，且方回曾於注下云：「盤訛閑」，是以當改。此詩起筆豪壯，將王太尉之軍功與西漢抗匈奴名將嫖姚校尉霍去病相提並論，可謂劈空而來，更將「萬里絕妖氛」的勝利歡樂描寫得更加形象、突出。中間兩聯則寫戰場景色，詩人以戰馬、大雕、孤壘、遠蕪等景物描繪出大戰之後戰場特有的景象，寥寥數筆，境界全出。尾聯則筆鋒一轉，寫道：「不慣爲邊客，宵笳懶欲聞」，點明自己的身分和作爲方外之人的心境。此詩寫戰爭而不直接描寫戰事，卻可讓人體味到戰爭，可謂匠心獨運。全詩寫景氣韻沉雄，境界開闊，有唐人邊塞詩氣象，此於初宋詩人中甚是難得，尤其在晚唐體詩人沉浸在刻畫精微，只注意週遭生活瑣碎事物及景色之描寫時，此等創作更加難能可貴。

8、懷　古

懷古詩風清遠，全以五律創作詩篇。如其〈草〉詩，便韻清思遠：

漠漠更離離，閒吟笑復悲。六期爭戰處，千載寂寥時。

陣闊圍空壘，叢疏露斷碑。不堪殘照外，牧笛隔煙吹。

以單純寫物之〈題〉，竟表現如此宏偉壯闊之氣勢，足見其中興寄。
對歷史現象之悲哀，以方外之人的角度去剖析，即呈現如此哀惋同情
之詩風。首聯以草起興，夾雜自己之感懷，所謂「閒吟笑復悲」，即
代表自己無可奈何的孤寂心境。而頷聯、頸聯寫戰後戰場所見及所
感，與宇昭之〈塞上贈王太尉〉中二聯意境相類，均予人蒼茫寂寥而
隱含悲憫的愁緒；惟懷古之尾聯則將此種情緒帶到最高潮，將殘照、
牧笛、炊煙的悲情色調發揮到極致，使人如置身其中，感受如此悲愴
景象。較諸宇昭〈塞上贈王太尉〉之衰颯乏力，宇昭之詩則給人情韻
綿邈、言有盡而意無窮之感。紀昀以為其〈寺居寄簡長〉詩「太過平
易」（同上卷四七），然方回在此之前則深為感慨地說：「人見九僧詩，
或易之，不知其幾鍛鍊、幾敲推乃成一句一聯，不可忽也。」又云：
「宋之盛時，文風日熾，乃有梅聖俞之醞藉閒雅、陳后山之苦硬瘦勁，
一專主韻，一專主律，梅寬陳嚴，並高一世，而古人之詩半或可廢，
則其高於九僧，亦人才涵養之積然也。」（同上）方回之言，雖謂梅、
陳之成就大於九僧，然其奠基在九僧之努力之上，方能有日後成就，
故追功論賞，九僧之刻苦、鍛鍊實有其正面貢獻，未可輕易抹滅也。
而九僧和其他晚唐體詩人一樣，在意境方面往往重覆前人，少有其自
創性的開拓，亦是未能影響當世及後世深遠的原因之一。

第四節　潘閬、寇準及魏野

一、潘　閬

潘閬，字逍遙，大名（今屬河北）人〔註34〕。曾居於錢塘，賣
藥京城，好結交貴人或帝王近侍。太宗至道元年（西元 995 年）召對，

〔註34〕《中國古典文學詞典》第一卷、頁 304 謂：潘閬，廣陵（今江蘇揚
　　　　州市）人。

賜進士及第，授四門國子助教。後以「狂妄」罪名被斥，隱姓埋名，飄泊江湖，以賣藥爲生。真宗朝，始蒙赦免，出任滁州參軍。大中祥符二年（西元 1009 年）卒於泗上。有詩三卷，《宋史‧藝文志》作《逍遙集》一卷，已佚。清修《四庫全書》，據《永樂大典》錄出潘閬佚作，並采輯他書逸篇，重編成《逍遙集》一卷，有詩七十首、詞十首、書信一篇、跋記二篇。今《全宋詩》復從《會稽掇英總集》、《詩淵》等書輯得逸詩十一首、詩句十句，故今存詩計八十一首。從其詩作中可見其與當時名士往來之跡，如〈送王長洲禹偁赴闕〉、〈闕下留別孫丁二學士歸舊山〉、〈舟中自吳之越寄潤州柳侍御開楊博士邁〉、〈寄贈柳殿院開授崇儀使赴邊上〉、〈謝寇員外準見示詩卷〉、〈贈林處士逋〉、〈中秋與柳贊善開宗贊善坦寇學士準宿宋拾遺白宅不見月〉、〈寄張詠〉等，即是與王禹偁、孫何、丁謂、柳開、寇準、林逋、宋白、張詠等人之交游唱和，可見宋人對他的推重。

　　潘閬詩學晚唐，其〈憶賈閬仙〉詩中即流露對賈島的崇敬：「風雅道何玄，高吟憶閬仙。人雖終百歲，君合壽千年」，且其在〈敘吟〉詩中也提出自己詩歌創作的主張：「髮任莖莖白，詩須字字清。搜疑滄海竭，得恐鬼神驚」，此均體現賈島創作的精神和態度。如〈錢塘秋夕旅舍感懷〉一詩，即顯得清苦深刻：

　　　　永夜不能寐，閒門懶復開。片心生萬緒，孤枕轉千迴。
　　　　敗葉聲如雨，狂風響似雷。更堪江上笛，歷歷有餘哀。

此詩首聯寫詩人客遊錢塘因事不能入眠，「閒門懶復開」句將其雖未眠而內心愁苦之情稍作披露，而次聯則用力描寫其輾轉床上之心緒、情態，以簡短十字即將寂苦無聊刻畫無遺；頸聯寫屋外之景，然非眼見，全是詩人躺在床上以耳朵感覺出來的震撼，「如雨」、「似雷」並非實有，但經詩人之刻意安排，其節奏卻讓人有雷電交加之感受，當然詩人之憂心也於此表露，因爲風勢狂驟，明日預定之行程恐怕不能如願，故爲此而憂急。詩行至此，似乎一切都很理所當然，然尾聯筆勢一宕，卻開出另一番氣象：「更堪江上笛，歷歷有餘哀」，詩人全不

怨「江上笛」於夜間擾人清夢，反於笛音中聽出吹奏者之心聲，而對這未知客寄予憐憫與同情，其間變化奇崛多端，詩風終覺清苦，而中四句卻極為工鍊，正是晚唐體構思精巧之代表。許總《宋詩史》亦認為其〈曉泊崞浦寄剡縣劉覘員外〉詩「意緒綿密，筆調輕巧」，而其中之頸聯「漁唱深潭上，鳥棲高樹間」二句「尤已直逼賈島」（頁64），故其詩學晚唐顯然可見。

　　然其語言平易淺近，亦有近白體詩風之作，如〈春日對酒書事〉云：

　　　車馬不暫駐，年光如瀉波。人間歡樂少，陌上別離多。

　　　往事祇如此，浮生終若何。花前一尊酒，得失且高歌。

如此淺白詩篇，若置於白體詩中，如何能夠辨識？他如〈過華山〉、〈曹娥廟〉、〈離滁陽〉及〈書詩卷末〉等，亦皆淺近而有白體風味。

　　潘閬詩中有時亦雜有粗獷之氣，如《四庫全書總目》即云：

　　　閬在宋初，去五代餘風未遠，其詩如〈秋夕旅舍書懷〉一
　　　篇、〈喜臘雪〉一篇，閒有五代黸獷之習，而其他風格孤峭，
　　　亦尚晚唐有作者之遺。（卷一五二）

紀昀所舉潘閬之〈秋夕旅舍書懷〉：「邊鴻過盡背枕臥，弟姪無書憂膽破。蛩聲更苦不忍聞，半夜起來塞耳坐」、與〈喜臘雪〉：「久旱臘月如夏熱，夜來忽降一尺雪。叫謝上天聲應徹，且壓瘴氣不作孽」，的確是粗獷不馴，但不知其創作年月，故無法判定是早期或晚期之作。而李慈銘《桃華聖解盦日記丁集》八四評潘閬之詩云：「潘逍遙詩極淺俗，全是五季惡習」，而以為其詩可誦者僅〈望湖樓上〉一律、〈書璿公房牡丹〉一絕，「餘皆粗獷浮率」〔註35〕，此評則失之公允矣，蓋潘詩並非粗獷而已。其所以詩中雜有粗獷之氣的原因，《四庫全書簡明目錄》卷十五說得好：

　　　閬去五代未遠，猶亂世游士之餘習，故行事不甚拘繩墨，
　　　詩亦落落有奇致，皆才氣縱橫故也。

〔註35〕李氏語見胡玉縉編《四庫全書總目提要補正目錄》頁1235引。

潘閬詩雖多清苦之作，但亦有境界較開闊之作品，如〈歲暮向桐廬歸錢塘晚泊漁浦〉一詩即寫得思致清遠，有唐人風味：

久客見華髮，孤櫂桐廬歸。新月無朗照，落日有餘暉。

漁浦風水急，龍山煙火微。時聞沙上雁，一一背人飛。

此詩首聯寫詩人思歸之情，「久客」二字即已點出在外逗留時間之長，是以殷切思歸。頷聯從時間著筆，寫詩人傍晚舟中所見。此二句清穎自然，富于理趣，似是信手拈來，實由洗鍊而出。頸聯則自經過的山水處著筆，寫歸途景物，亦對仗工巧整鍊。而尾聯「時聞沙上雁，一一背人飛」，乃寫詩人停泊漁浦時所見所聞，然此所見之景、所聞之聲都是動態，尤其在此歲暮見到鴻雁南飛之情景，更讓詩人昇起思歸之情。此尾聯兩句與起筆「孤櫂」相應，顯示「物猶如此，人何以堪」之愁情。此詩思致清遠，劉攽《中山詩話》評道：

潘閬詩有唐人風格，僕謂此詩，不減劉長卿。

劉長卿在唐代被稱為「五言長城」，其詩句如「離人正惆悵，新月愁嬋娟」（〈寄懷仁縣南湖寄荀處士〉）、「石橫晚瀨急，水落寒沙廣」（〈浮石瀨〉），皆與本詩意境相近。

其詩句佳者甚多﹝註36﹞，頗可見其志趣思想及審美傾向，茲摘錄於下，以供參佐：

小人有千險，君子生百憂。（〈送王長洲禹偁赴闕〉）

紅塵三尺深，中有是非波。（〈闕下留別孫丁二學士歸舊山〉）

[註36] 案《四庫全書總目》卷一五二云：「蘇軾嘗稱其〈夏日宿西禪〉詩，又稱其〈題資福院石井〉詩不在石曼卿、蘇子美下；劉攽《中山詩話》稱其〈歲暮自桐廬歸錢塘詩〉不減劉長卿；《事實類苑》稱其〈苦吟〉（案指〈敘吟〉）詩、貧居詩、〈峽中聞猿〉詩、〈哭高舍人〉（即〈聞高舍人錫下世〉）詩、〈寄張詠〉詩諸佳句；劉克莊《後村詩話》稱其〈客舍〉詩；方回《瀛奎律髓》稱其〈渭上秋夕閑望〉詩、〈秋日題瑯琊寺〉詩、〈落葉〉詩。」而本文所列舉潘閬佳句，多出上舉諸書之外，以各人所稱目的不同也。又方回所稱之〈渭上秋夕閑望〉詩，吳喬於其《圍爐詩話》卷五亦引之，唯據《全宋詩》之考訂，此詩乃魏野所作，故不宜列入。

篋有化金方，詩無入俗章。（〈贈道士王介〉）

容易莫言去，等閒爭得來。（〈與戈游會潤州金山寺〉）

攬照頭將白，逢誰眼暫青。（〈秋日旅舍感懷〉）

人間歡樂少，陌上別離多。（〈春日對酒書事〉）

有志思光國，無才可佐君。（〈敘事答所知〉）

長喜詩無病，不憂家更貧。（〈暮春漳川閒居書事〉）

夜涼如有雨，院靜若無僧。（〈夏日宿西禪院〉）

白日昇天易，明時取仕難。（〈上李學士〉）

幾番經夜雨，一半是秋風。（〈落葉〉）

風高一雁小，雲薄四天低。（〈自諸暨抵剡〉四首之二）

清宵無好夢，白日有閒愁。（〈寄陳希夷〉）

何須三叫絕，已恨一聲多。（〈峽中聞猿〉）

莫嗟黑髮從頭白，終見黃河到底清。（〈寄張詠〉）

須信百年都似夢，莫嗟萬事不如人。（〈搏前勉兄長〉）

高吟瘦馬衝殘雪，遠看孤鴻入斷雲。（〈走滁州散參軍途中書事〉）

由上可知潘閬的愁苦之風，與其平生際遇不佳、宦途不順似有密切關係，而此與九僧之為方外身分、林逋與魏野之為隱逸所表現出來的內容和風格，到底是有些差異，但將眼光集中在自身事務及寫週遭景致之特點則同，且均精於構思，刻畫巧妙，是以時有精警佳句。

二、寇　準

寇準（西元 961～1023 年），字平仲，華州下邽（今陝西渭南）人。太宗太平興國五年進士，授大理評事，知歸州巴東縣。累官樞密副使、參知政事。真宗景德元年（西元 1004 年），命同中書門下平章事。為人正直敢言，以風節著稱於時。契丹入侵，力排眾議，勸真宗親征，使國勢得以稍安。後因王欽若譖毀罷相。天禧初（西元 1007年）一度復職，封萊國公。後又為丁謂構陷，再遭貶黜，遠徙道州、

雷州。仁宗天聖元年病死於雷州，諡號忠愍。著有《巴東集》，後同時人河陽守范雍裒輯所作二百餘篇編爲《寇忠愍公詩集》三卷。

　　寇準因與宋初山林詩人潘閬、魏野、九僧等爲友，且五律詩思悽婉，很有賈島的風味，故被列入晚唐體。如《四庫全書總目》即謂：

> 準以風節著於時，其詩乃含思悽婉，綽有晚唐之致，然骨
> 韻特高，終非凡艷可比。（卷一五二）

此所謂「晚唐」，即指承襲賈島、姚合一派詩句幾經錘鍊、詩風清瘦苦淡者，寇準詩句中表現此等特色者甚多，如〈水村即事〉之「葦岸秋聲合，莎亭鶴影孤」（卷中）〔註37〕，〈楚江夜懷〉之「寒螢啼暗壁，敗葉下蒼苔」、〈春日書懷〉之「默坐野禽啼晝景，閉門官柳長春陰」、〈夜懷寄友生〉之「泉聲飛石壁，星影動林梢」等，皆近似賈島清苦之風。其五律中最爲膾炙人口的是〈春日登樓懷歸〉，其詩云：

> 高樓聊引望，杳杳一川平。野水無人渡，孤舟盡日橫。
> 荒村生斷靄，深樹語流鶯。舊業遙清渭，沉思忽自驚。（卷
> 中）

此詩爲寇準早期知巴東時所作〔註38〕，司馬光認爲寇準之詩「才思融遠」（《溫公續詩話》），而此詩雖爲詩人年輕時所作，但「野水」一聯在當時已「爲人膾炙」（同上）；宋釋文瑩、清吳喬均非常欣賞此聯，皆以爲「深入唐人風格」、「可入六朝三唐」。〔註39〕綜觀此詩，不僅

〔註37〕以下所引寇準詩均以《忠愍公詩集》爲主，如爲他籍載錄者則明載書籍篇目，否則只列卷次篇名。

〔註38〕王文濡《宋元明詩評註》卷五以爲此詩是寇準「因登樓所見，而動故園之感」、「當是萊公謫外時所作」；然王辟之《澠水燕談錄》云：「萊公初及第，知歸州巴東縣」，司馬光《溫公續詩話》道：「年十九，初知巴東縣，有詩云：『野水無人渡，孤舟盡日橫』。」王士禎《帶經堂詩話》卷十二引《蜀道驛程記》亦云：「公在巴東有『野水、孤舟』之句爲人傳誦。」葛立方《韻語陽秋》卷十八亦有類似說法，故知此詩當爲寇準早年之作無疑。

〔註39〕分見釋文瑩《湘山野錄》卷中及《圍爐詩話》卷五。關於文瑩將寇準詩此詩「野水」二句認爲「深入唐格」，紀昀非常不以爲然，他說：「準點竄一二字改爲一聯，殆類生吞活剝，尤不爲工。準詩自佳，此二句實非其佳處。」紀氏之見，可謂與眾不同。

「野水」一聯有唐人風格，全詩也可說是甚具唐音。此詩前三聯分寫
春日登樓所見所聞，尾聯則由見聞而懷歸。胡仔《苕溪漁隱叢話・後
集》卷二十曾稱寇準「詩思悽婉，蓋富於情者」，而《湘山野錄》亦
謂其「富貴之時，所作詩皆悽楚愁怨」（卷上），此詩正體現了這種特
色。流水在我國詩歌中常代表一種懷遠的意念，首聯之「杳杳一川
平」，便是詩人登上高樓之後所見的景象之一。因爲登樓乃屬隨興之
行動，故用「聊」字表示心態，即因無特殊目的，故登樓首用最廣泛
的角度去流覽景物，「杳杳」一詞便是以廣角視野得到的印象。頷聯
則將視線從平野收回，開始細察樓前景致，「野水無人渡，孤舟盡日
橫」便是詩人所發現的景象。此二詩句將荒村孤獨岑寂的氣氛，以靜
態肅穆又略帶淒清的筆調自然流洩，與韋應物〈滁州西澗〉之「野渡
無人舟自橫」在語句上頗爲近似。《韻語陽秋》解此詩時認爲：「寇忠
愍少知巴東縣，有『野人無人渡，孤舟盡日橫』之句。固以公輔自期
矣，奈何未有知者。」而何文煥則不以爲然，其《歷代詩話考索》謂：
此聯「乃襲『野渡無人舟自橫』句，葛公謂其『以公輔自期』，強作
解矣。」事實上，寇準此聯雖是點化前人詩句，但「詩意卻純屬自得」
〔註40〕，因爲與寇準同時的范雍在爲其詩集作序時即稱其「平昔酷愛
王右丞、韋蘇州詩」，此時見到眼前景物時自然隨手點化韋句，意境
是比韋來得豐厚，但卻看不出有「以公輔自期」之跡象。頷聯是寫俯
察所見，頸聯則是抬眼所觀所聞。「荒村」、「斷靄」、「古寺」均予人
一種悽清之感，亦都屬視覺方面的感受，而在此荒寂中突然有鶯聲在
流轉，剎時將整個畫面由全然的靜謐荒涼變得活動起來，瞬間由平面
的圖像成爲具體的存在，「語」字、「流鶯」詞的運用，均可見詩人錘
鍊之功；而尾聯之起，乃乘著前三聯之思緒而來：原本詩人並無思歸
之情，只是偶然閑上高樓遠眺，但卻因即目所見所聞，而引發詩人無
法遏抑之思鄉意念，因爲在清澈的渭水所流經的下邽便是詩人的故

〔註40〕謝宇衡語，見《百家唐宋詩新話》頁 479。

鄉，那兒有自己的親人、田園家業，故而一時之間，便沉浸在對故鄉的懷想之中，然而畢竟是初入仕途，前途仍待開拓，故於沉思中忽然憬悟、因之心驚，全詩便在如此錯愕驚訝下結束，作者並沒有告訴我們他此時的感想，留給後人無盡的想像空間。此詩中四句的確是對仗工整，且「野水」一聯妙手偶得，渾然天成，故頗受後世喜歡，而此詩所表現之「悽婉」正是寇準詩的一貫特色。紀昀《瀛奎律髓刊誤》深為贊賞此詩，謂其「氣體自高」（卷十），又云：「三四實本蘇州『野渡無人舟自橫』句，然不覺其衍。」（同上）他如〈秋日原上〉詩：

> 蕭蕭古原上，景物感離傷。遠嶠收殘雨，寒林帶夕陽。
>
> 溪聲迷竹韻，野色混秋光。吟罷還西望，平沙起雁行。（卷中）

此詩寫秋原所見，其中四句甚為精警，尤其各句第三字如「收」、「帶」、「迷」、「混」等均極靈動、極妥貼，結構布局嚴謹，思緒一氣流轉，全詩可謂情景渾融，有唐詩味道。而同卷之〈暮秋感興〉：

> 苒苒前期遠，窮途一可傷。有時聞落葉，不語立斜陽。
>
> 塞草秋先白，溪沙晚更光。那堪望天末，燕雁又成行。（卷中）

此詩平易流暢，但全詩從頭至尾均瀰漫著一股濃得化不開的惆悵，而中四句之景聯也都保有晚唐體詩之特色，顯得工整精鍊。但因詩人之情感真摯，故全詩甚有情致，非無病呻吟者可比。

《四庫全書簡明目錄》曾稱寇準「風節動一世，而詩情清婉，如宋廣平之賦梅花」（卷十五），據上所引述的確不虛，然寇詩非徒清婉之作，亦有激昂慷慨之詩篇。他在題為〈春日書懷〉之詩篇中即已表現出不甘與世浮沉之志氣，其云：「曾讀前書笑古今，恥隨流俗共浮沉。終期直道扶元化，敢為虛名役片心。」（卷中）如此氣魄，正見詩人生平氣節。宋葉正孫《詩林廣記》卷九錄寇準此詩，並引《苕溪漁隱叢話》云：「前輩作詩皆不妄發，如萊公此詩，真足以達平生出處之志云。」〔註41〕事實上，寇準自少即具有奮厲自雄之志，如其方仕巴東時，即發「薄宦未能酬壯節，良時空自感流年」（〈巴東寒食〉）

〔註41〕案《菊坡叢話》卷九亦引此評證明寇準出處之志。

之慨歎，亦曾有「少年挾彈何狂逸，不用金丸用蠟丸」之放達；而其後之〈述懷〉詩中則有「赴義忘白刃，奮節凌秋霜」之誓語，〈雜言〉詩中有「失徒曠達由胸臆，恥學鮿生事文墨。蛟龍長欲趁風雷，騏驥焉能制唧勒」之豪氣，故其勉人，輒曰：「休學嚴夫子，荒涼老釣臺」（卷中〈秋夜獨書勉詩友〉）、「如何太平日，獨不出汀洲」（〈秋夜感懷寄吳順之〉）。其慷慨之作，可以〈塞上〉詩爲代表：

> 春風千里動，榆塞雪方休。晚角數聲起，交河冰未流。
> 征人臨迴磧，歸雁別滄洲。我欲思投筆，期封定遠侯。（卷中）

宋眞宗景德元年（西元 1004 年），遼兵大舉侵宋，宋廷有人主張遷都金陵或成都者，然寇準力主抵抗，並親陪眞宗渡河北征，此詩或作於斯時，它反映詩人想投筆從戎，立功報國之心志，奮厲之情，於尾聯中可見。胡仔《苕溪漁隱叢話後集》稱「忠愍思悽惋，蓋富於情者」，並舉〈江南春〉二首而謂：「觀此語意，疑若優柔無斷者，至其端委廟堂，決澶淵之策，其氣銳然，奮仁者之勇，全與詩不相類，蓋人之難知也如此。」（並見卷二十）觀此詩，則稍可體會其當日之勇並非無因的。而方回則將寇準寫詩綿密工整之詩風與澶淵之策聯想在一起，其在寇詩〈水村即事〉後批曰：「字字工密，澶淵一擲非一擲也，見明算精，亦此詩之餘力也。」紀昀雖不同意方氏之見，以爲「譽太過情遂不顧理」，但亦承認寇準此詩「雖非高作，然較之姚合、王建，氣體渾雅多矣。」（以上同見《瀛奎律髓刊誤》卷二三）

　　寇準之詩，以「富於情」見長，尤以七絕更爲清麗深婉，耐人尋味，而爲後世所重。如上舉胡仔所稱〈江南春〉二首，便是膾炙人口之作，茲舉第二首以觀：

> 杳杳煙波隔千里，白蘋香散東風起。
> 日落汀洲一望時，愁情不斷如春水。（卷上）

關於此詩，明代楊愼曾和其友何仲默開過玩笑，其於《升庵詩話》卷十二中道，何仲默曾揚言：「宋人書不必信，宋人詩不必觀。」某天他便抄錄寇準此詩和張文潛等三人詩各一首，問何道：「此爲何人

詩？」何氏讀完後回答：「唐詩也。」由此可知本詩的確頗具唐詩風味，情韻悠長，蘊藉空靈。此詩首二句點明題意，也描繪出江南春日黃昏的迷離艷冶之美。畫面恬靜悠遠，似寫無人之景，然細味其詩，則「隔」、「香散」、「風起」無一不是因人之感覺而生，故第三句便將人推出：「日落汀洲一望時」，乃點出詩人正佇立汀洲之上凝望，此種倒裝用法使詩意盎然，趣味橫生。然美景固然令人陶醉，亦足以撩人傷感，尤其是悲愁鬱結者更容易因景觸情，故詩人面對一江春水，心中便陡湧無限愁緒。「愁情不斷如春水」，便是詩人將其悲鬱愁情化作具體藝術形象的表現。在此之前，李後主〈虞美人〉詞中有「問君能有幾多愁？恰似一江春水向東流」（《唐宋詞選注》頁 40）之句，其後秦觀〈江城子〉亦有「便做春江都是淚，流不盡，許多愁」（《淮海居士長短句》卷上）之語，三人均將沛然莫遏之愁情，以鮮明生動之藝術形象含蓄道出，可謂有異曲同工之妙。今人李娜以為古人以水喻情之例不少，然而他也強調：「後此的歐陽脩在〈踏莎行〉中有句云『離愁漸遠漸無窮，迢迢不斷如春水』，顯然脫胎于寇準此詩。」（《古詩海》頁 1128）毛谷風《宋人七絕選》云：

> 寇準的七絕善于融情入景，淡雅雋秀，富于韻味。（頁 2）

毛氏評此詩時又云：「全詩融情入景，形象鮮明，感情飽滿，與晚唐詩人杜牧的〈江南春〉絕句相比，并無遜色。」（頁 9）案毛氏此說應是秉承程千帆之說而來，程氏在〈宋詩小話（上）〉中曾云：「杜牧〈江南春〉云：『千里鶯啼綠映紅，水村山郭酒旗風。南朝四百八十寺，多少樓臺煙雨中。』畫出了偉大祖國錦繡山河的一角，這篇同題之作，則融情入景，寫出了在美妙風光中生活著的人的柔情蜜意。兩篇詩形象都十分豐富鮮明。看來，唐宋詩人的思維方式并不存在太大的差異。」程氏稱讚寇準此詩同杜牧〈江南春〉都能「融情入景」，的確是不易之論；然言「唐宋詩人的思維方式并不存在太大的差異」，似乎值得商榷，但這無疑表示寇準詩具有唐詩渾雅蘊藉風格的特色。故嚴壽澂以為寇準之詩「沾溉于大歷諸子者頗深，并由大歷上溯齊梁，下逮賈姚，歸

于多郎（韓偓）、端己（韋莊）之情致深婉。」〔註42〕

　　寇準乃北宋著名之政治家，位至宰相，功業彪炳，性亦剛正，然其詩作、詞作所表現的風格多爲柔麗傷感，故常令人難以理解。如釋文瑩之《湘山野錄》即云：「萊公富貴之時所作詩，皆淒楚愁怨。」（卷上）而范雍序寇準詩時亦云：「人曰少貴無不足者，其擴辭綺摩可也，氣焰可也，惟不當含淒爾。」今人周慧珍以爲：詩人在澶淵之盟後不久，就被王欽若排擠罷相。晚年復相，又被丁謂排擠去位，後貶死於雷州。作爲一個人，他不能不存芥蒂；作爲一個政治家，他不能不感到失意和苦悶；作爲一個詩人，「人稟七情，應物斯感；感物吟志，莫非自然」（《文心雕龍·明詩》），故他對景傷情，發爲詩句，而表現出柔麗傷感之詩風，是以他贊同寇準女婿王曙之說：「乃暮年遷謫流落不歸之意。」〔註43〕然觀寇準早期知巴東縣時所作之詩如〈雨夜書事〉、〈歸州留別傅君〉、〈巴東寒食〉、〈題巴東寺〉、〈巴東有感〉等詩即已有悽婉之風，故以此說解與事實殊有差距。許總在其《宋詩史》中提出影響寇準詩風偏向晚唐賈島風格的原因，在於寇準審美意識受到賈島深刻影響與有力支配，「這也就是文學發展史上內在的藝術學規律超越外在的社會學規律的力量和作用的體現。」（頁70）其實也可說，寇準詩之所以表現清苦，與其多寫山水泉石之作、喜摹眼前之景、抒一己之情，且構思精巧有關。又其摹寫之景亦多偏於荒寒，如詩集卷中之〈秋思〉一詩，景聯四句二十字中，映入眼簾者便有「墜葉」、「西風」、「白草」、「危堞」、「寒濤」等衰颯之詞，結尾又凸現「夕陽」之景，其詩如何不感悽愁。至若〈秋懷〉詩：「落日留不住，默然空淚零。敗莎侵陋巷，疏葉滿閑庭。有趣窮風雅，無機敵杳冥。浮榮安足戀，歸去亂山青。」更是滿紙蕭瑟，光是首聯一出，便令人震愕，頗有承受不住之情懷，這即是楊愼所云晚唐體詩人「惟搜眼前景而深刻思之」的特點發揮。如其有詩題名爲〈予頃從穰下移蒞河陽泊

─────────────────────

〔註42〕見註7所引書，頁478。
〔註43〕見《宋詩鑑賞辭典》頁31。

出中書復領分陝惟茲二鎮俯接洛都皆山河襟帶之地也每憑高極望思以詩句狀其物景久而方成四絕句書于河上亭壁〉，自此詩題可知其為摹寫河陽、陝州之景，經苦心構思，「久而方成」。當然王曙所說寇準「暮年遷謫流落不歸」之境遇會為詩風之轉變提供重要之重力，但如前述所論，其晚年悽苦詩風並非突變而成，乃其生平一貫發展的結果。

綜觀寇準之詩，大約有以下特點：

一、其五言詩清暢，律詩多含悽惋之思，有賈島刻苦之風，絕句則清虛淡遠，有大歷諸子之緒；七言則較華麗典贍，有騷賦之風。

二、應制詩多雕鏤工整；感興述懷詩多真情洋溢，可見生平志業，較之林逋、九僧等，其抒寫題材加擴，用情益深，唯多一己感懷，少及家國社稷、宇宙蒼生，故其詩格仍嫌小巧卑弱。

三、部份詩什有中晚唐詩人之風，然其意境不夠開闊，流轉變化稍遜；唯其思致較深刻綿密、委婉，尤其摹寫景物細膩生動，此則為除賈島之外的唐人所缺者。

四、壯年之前詩多可觀，晚年轉似魏野、林逋隱逸心態，抒情寫景益加悽楚愁怨，唯以旅宦各處，故其寫景內容與二人有所不同。其寫景之作中重情傾向十分明顯，然詩中之景多偏於荒寒。

三、魏　野

魏野（西元 960～1019），字仲先，原為蜀人，後遷居陝州（河南陝縣）。世代為農，自築草堂於陝州東郊，自號草堂居士。常於林間彈琴賦詩，當時顯宦名流如寇準等多與之交游，終生不仕。天禧三年去世，次年正月，真宗詔贈秘書省著作郎。原有詩歌集《草堂集》二卷，後其子魏閑又收新舊詩三百餘篇，混而編之，名《鉅鹿東觀集》，〔註44〕計十卷。《宋史》卷四五七、《東都事略》卷一一八有傳。

〔註44〕東觀，本是漢代宮中著述及藏書之處。因魏野去世後被追贈秘書省

　　魏野詩效法賈島、姚合，苦力求工，每多警句，爲時人傳誦。如
〈啄木鳥二首〉之一所云：「千林蠹如盡，一腹餒何妨」（卷八）、〈詠
竹杯珓子〉云：「吉凶終在我，翻覆謾勞君」（卷五），司馬光以爲「有
詩人規諷之風」；〔註45〕陳巖肖《庚溪詩話》則盛稱其〈啄木鳥二首〉
之二的「莫因飢不足，翻愛蠹偏多」及「辛勤詠還囑，無損好枝柯」
二聯，以爲「其言有規戒」、「藝仁人之言」（卷下）；他如〈書逸人俞
太中屋壁〉〔註46〕之「洗硯魚吞墨，烹茶鶴避煙」（卷六），胡仔《苕
溪漁隱叢話》以爲「巧於模寫山居之趣」，吳喬《圍爐詩話》亦稱此
聯「田園之趣宛然」（卷五），陳衍《宋詩精華錄》稱「不落小方」；
而〈晨興〉中之「燒葉爐中無宿火，讀書窗下有殘燈」（卷四），司馬
光以爲能「狀難寫之景」（《溫公續詩話》），方回亦以爲「有味」（《瀛
奎律髓》卷十四）。〈春日述懷〉之景聯四句，寫來尤覺高致，方回盛
譽魏野爲「高尚詩人」，且五六兩句「妻喜栽花活，兒誇鬥草贏」「精
極」，而紀昀則謂三四兩句「易諳馴鹿性，難辨鬥雞情」乃「寫忘機
無事之意」（《瀛奎律髓刊誤》卷十）；而其最爲人稱道之詩句，則爲
〈題崇勝院河亭〉中之「數聲離岸艣，幾點別州山」（卷一），如《溫
公續詩話》即云：

　　（野）少時未知名，嘗題河上寺柱云：「數聲離岸艣，幾點
　　別州山。」時有幕僚本江南文士也，見之，大驚，邀與相
　　見。贈詩曰：「怪得名稱野，元來性不群。借冠來謁我，倒
　　屣起迎君。」仍爲延譽，由是人始重之。

而吳喬稱此詩聯清雋，「可入六朝三唐」（《圍爐詩話》卷五）；王士禎

　　著作郎，故取是名以爲紀念。本文下舉魏野詩即以《鉅鹿東觀集》
　　十卷本爲主，故除他籍著錄者外，不再列舉書名。
〔註45〕見《溫公續詩話》。宋葉正孫《詩林廣記》卷九誤以爲歐公《詩話》，
　　《菊坡叢話》卷五所犯錯誤與《詩林廣記》同。
〔註46〕此詩《宋詩精華錄》作〈書友人屋壁〉；按方回《瀛奎律髓》卷二三載：
　　「眞宗祀汾陰，使召之，題此詩壁間，遁去。使還，以詩奏。上曰：『野
　　不來矣！』先是，上嘗圖种放所居，野居亦有幽致，又令圖之。此『洗
　　硯』、『烹茶』一聯最佳。」若此，則其詩所云「達人」或即自謂。

亦以此詩爲魏野詩中最佳者〔註47〕，故多稱之。

魏野與林逋同時，當時聲名出林逋之上，如《四庫全書總目》即說：「野與林逋同時，身後之名不及逋。裝點湖山，供後人題詠，而當時則聲價出逋上。」（卷一五二）。薛田爲其詩集作序時稱：其詩集早行於世，且傳之海外，眞可謂「一代之名流」。如《遼詩話·附錄》有一則記載云：「宋陝州魏處士野〈贈寇萊公〉詩云：『有官居鼎鼐，無地起樓臺』，傳播途中。章聖朝，使者至，問那箇是『無地起樓臺』相公？時寇居散地，因即召還。」而《宋史·本傳》也稱大中祥符年間契丹使者曾訪求魏野詩集，並對眞宗云：「本國得野上帙，願求全部。」宋眞宗同意所請，魏野詩由此益加知名。其身後聲名所以不及林逋，或許正如紀昀所云：「其詩尚仍五代舊格，未能及林逋之超詣」（《四庫全書總目》卷一五二），但其「胸次不俗，故究無齷齪凡鄙之氣」（同上）；《四庫全書簡明總目》也云：魏野詩「不逮逋之工，而別致逸情，時逢佳處。」（卷十五）是知魏野與林逋雖同爲隱士，然詩篇不若林逋之超詣，故詩篇無法如林逋流傳之久遠。

魏野詩平樸閑遠，近於唐人，無艱澀苦瘦之弊。《宋史·本傳》云：

> 野爲詩精苦，有唐人風格，多警策句。（卷四五七）

趙與虤《娛書堂詩話》亦云，魏野「爲詩沖淡閑遠」（卷三），如〈上左馮陳使君〉之「憂民如有病，見客似無官」即爲關懷民眾之作，而其〈尋隱者不遇〉詩極爲世人所誦：

> 尋眞誤入萊萊島，香風不動松花老。
>
> 採芝何處未歸來，白雲滿地無人掃。（《詩林廣記·後集》卷九引）

此詩與賈島之〈防隱者不遇〉意境相似，首句便點出尋訪地點，而「誤入」二字既說明詩人乃不知不覺來到此地，也表現其對此幽寂之景的驚異之情。次句則寫具體所見之景，「香風不動」與「松花老」兩種

〔註47〕 胡玉縉《四庫全書總目提要補正目錄》頁 1243 載：「丁氏《藏書志》
　　　　 云：《漁洋文集》云：魏野詩，『數聲離岸櫓，幾點別州山』一篇最佳。」

景象配合在一起，顯現島中之清幽無比。第三句「採芝何處未歸來」則是一轉折，雖無發問對象，但卻由尾句所見「白雲滿地無人掃」可以揣摩隱者或許已入山採芝。詩人雖未見到隱者，但嚮慕之情隱隱流露，詩篇以「白雲滿地無人掃」作結，使人覺得言雖盡而餘意未了。葉正孫在引詩後評道：「此詩模寫幽寂之趣，真所謂蟬蛻污濁之中，蜉蝣塵埃之表，與僧無本（案即賈島）詩同一意趣。」釋文瑩之《玉壺野史》評魏野詩「固無飄逸俊邁之氣，但平樸而常不事虛語」，此詩即是以白描手法寫作，將「青松」、「白雲」和「香風」同置一個畫面，構成鮮明的藝術形象，亦顯示隱者的高潔與詩人的嚮往，故讀來頗覺意味閑雅幽遠。

　　魏野詩在晚唐體詩作中較突出者應為議論之處較多，如前舉〈詠竹杯珓子〉中之「吉凶終在我，翻覆謾勞君」，以及〈送王國博赴江南提刑〉之「聖主憂民意，過于民自憂」（卷五）、〈經溫泉〉之「堯水不墊民，溫泉溺唐祚」、〈寓興七首〉之「天地無他功，其妙在自然。堯舜無他聖，其要在知賢。知賢無他術，觀其出處焉。堯苟不知舜，徒云能則天」、「有國苟失賢，若跣瞽雙目」、「聖人不私己，動為萬世則」、「聖人不避嫌，小人不避恥」、「勿謂患至大，君聖民有賴」、〈贈孫何狀元〉之「天非道莫尊，道非賢莫存」、「至誠物莫欺，至明物莫昏」、〈別同州陳太保〉之「至道不在言，至言不在舌」（以上均卷十）等，於中可以明顯發覺，魏野之議論多集中於道德修為或關懷黎庶方面，足見魏野雖隱居不仕，然於國計民生依然關心。

　　然其終為隱士，且為真正不好名位利祿之真隱，故當真宗詔見時，乃「閉戶逾垣而遁」（《宋詩紀事》卷十），前引〈尋隱者不遇〉詩所表現之內容，除閑雅之外，更有隱逸之風。他如傳說是勸王旦退隱之「西祀東封俱已了，好來相伴赤松遊」（〈上王相公〉）及勸寇準之「好去上天辭將相（一作富貴），歸來平地作神仙」等，《劉寬夫詩話》以為乃「山人處士」之言；而《後村詩話》則以為魏野〈寓興七首〉其二之「每念李斯首，不及嚴光足」是「真處士語」（前集卷二），

並評魏野、潘閬二人之隱：「野聘召而不至，閬叫呼而求用」（同上），直不可相提並論。《南濠詩話》頁9亦云：

> 魏仲先詩十卷，名《鉅鹿東觀集》。予嘗閱之，今記其數聯。〈閒居書事〉云：「成家書滿屋，添口鶴生孫」、〈和王衢見寄〉云：「身猶爲外物，詩亦是虛名」、〈詠懷〉云：「拜少腰寧負，眠多眼不辜」、〈春日〉云：「妻喜栽花活，兒誇鬥草贏」、〈村居述懷〉云：「鶴病生閒惱，僧來廢靜眠」。又有〈詠盆池萍〉云：「莫嫌生處波瀾小，免得漂然逐眾流」，真隱者之言也。

薛田在序魏野詩集時曾如此敘述其性格：

> 秉心孤高，植性沖淡，視浮榮如脫屣，輕寵利若鴻毛。

惟其不好名利、不喜俗人、習靜喜幽等不合世俗常情之心理，故其在〈贈三門漕運錢舍人〉時曾半開玩笑地說：「我拙宜名野，君廉恨姓錢」（卷二），在〈書逸人俞太中屋壁〉中自我打趣：「靜想閒來者，還應我最偏」（卷六），於此均可見其孤高之個性。而「水聲山色爲聲色，鶴性雲情是性情」（卷二〈送太白山人俞太中之商於訪道友王知常泊歸故山〉）、「遊山岐路熟，見客禮儀生」（卷二〈和王衢見寄〉）、「名利堪彈指，林泉但枕肱」（卷三〈冬暮郊居〉）、「野鶴聽調瑟，沙鷗看濯纓」（卷三〈寄贈長安宋澥逸人十韻〉）、「從闕到州堪羨處，船中坐臥看山行」（卷四〈送王希赴任衢州判官〉）、「有名閒富貴，無事小神仙」（卷六〈述懷〉）、「數盃村店酒，一首野人詩」（卷七〈送任秉南歸〉）等，在在吐露詩人真隱之生活情趣與性格，故《宋詩精華錄》多讚其語爲「真本色」。

魏野既學賈島、姚合，其摹景寫物之工夫自然精到，尤其難能者常於摹寫中含情，是以更見萬物情味，非僅在雕篆而已。如其寫苔錢，則云：「貪多寧損志，嫌少不爲愚」（卷一〈苔錢八韻〉）；寫鶴之可愛，便形容：「情性渾如我，精神酷似君」（卷三〈謝馮亞惠鶴〉）；詠菊之意態，則謂：「還似六宮人競怨，幾多珠淚濕金鈿」（卷四〈張生示予詠菊詩且古之作者遲晚之意頗同體狀之功未盡因書一絕以答之〉）；稱

玉箋之潔白方正，便說：「皎潔分明如我鬢，卷舒方正似君心」（卷五〈謝大著劉燁寄惠玉箋〉）；同情鶴之處境，便歎：「不競巢栖爭飲啄，也應難免眾禽非」（卷七〈和人見詠新鶴〉），此皆有情之作。他如「鴈急長天外，驢遲落照中」（卷八〈送寒藏用之平陽〉）之以鴈、驢之情性、境遇喻人之出處藏用，則意屬高妙，比況妥貼精當；寫村暮雨後，則用「眼明山雨後，髮亂晚風前」（卷五〈村居述懷〉）來描繪山居興味；而「蘚徑讓慚揚繡袂，溪橋迎喜整紗巾」（卷八〈酬和知府李殿院見訪之什往來不休因成四首〉之一）之鮮活可愛，與「殘陽初過雨，何樹不鳴蟬」（卷九〈渭上秋夕閑望〉）之祥和精工，皆可見詩人在意緒營構及字句錘鍊上之工夫；且正因其真為熱愛山林自然，不喜名利勢位，故其詩風閑淡清遠，而無淺露庸俗之態；亦因其學姚、賈之錘鍊，主張詩風雅正〔註48〕，故無浮靡雕飾之習，是以寫物能精切有情。

　　另外，值得一書者，魏野部份詩句有意突破既有規範，以拗口生新，這在宋初詩人中殊為少見，亦頗為獨特。詩歌七言以上四下三為正格，而魏野詩中多上三下四之句法，如〈寄贈河中孫大諫兼簡劉大著李瀆處士〉之頸聯：「劉耀卿方知屬邑，李長源舊寄生涯」（卷六）、〈寄淮南制置使薛戶部〉中之「半天下管權何重，兩地間遊路不賒」、「山澤利均資我國，江湖境盡屬君家」、「台州頂自尋仙藥，建水湄親採御茶」（卷七）；五言以上二下三為正格，而魏詩中之〈燈花〉卻有一四之句：「開非因雨露，落不為風霜」（卷九），於通體正格合律詩中，予人生鮮異趣，然其亦有語句生澀拗口之詩句，如〈寄龐房〉之首二句：「愛於瘦馬上吟詩，孟浩然真更似誰」（卷八），此雖合乎詩律平仄，卻為散文零落語句，讀來十分拗口，且乏詩歌興味，洵為魏野詩之惡句。

　　整體而言，魏野詩如林逋詩之工對，然魏野之詩境較清爽開闊，比諸林逋之侷於西湖園林景物之精描細琢，亦大為舒朗可觀；尤其魏

〔註48〕其於〈送紫微孫舍人赴鎮長安〉詩中，曾勉孫氏「紅藥宜吟雅正聲」（卷四）。

野在描摹景物時，筆端甚有情味，此與林逋之冷靜深刻稍有不同。魏野之適意山林出於自願，故詩中甚少怨懟之語；林逋雖亦隱居湖山，然其初衷有遠大之志，故於隱退後詩什中不乏愁懟之氣。而其有意議論及變化詩句，不僅是晚唐體詩家所無，於宋初詩壇亦不多見，故毋論其成就何如，均值得稱賞。

第五節　晚唐體之評價及其影響

　　晚唐體詩在宋初詩壇雖擁有一席之地，然後世對其注目之詩評家實際並不太多，所給予之評價亦不算高，或許宋初晚唐體詩派僅產生一位以寫梅著名之林逋，其詩歌規摹賈島但未脫其牢籠，尤其內容、格調方面益形纖小卑弱，故常遭後人有意無意之忽視。今僅摘錄古今對晚唐體詩較具代表性之議論，以見其整體評價。較早對晚唐體詩派有研究者當推方回，其在前舉〈送羅壽可詩序〉中即已指出晚唐體之代表詩人，在《瀛奎律髓》中也說過：「每首必有一聯工，又多在景聯，晚唐之定例」之語，的確對晚唐體詩人工於錘鍊（尤其是鍊句）的特色有深刻體認；而前引楊慎《升庵詩話》所云：「晚唐一派，最忌使事，謂之點鬼簿，惟搜眼前景而深刻思之」的長於寫景之評論，亦可謂鞭辟入裏。而今人梁崑在其《宋詩派別論》中亦評論晚唐體詩人的作風曰：

　　晚唐詩派病多而善寡，蓋專攻近體而篇幅狹；專點綴景物
　　而詩境狹，篇幅詩境皆狹，則詩之內容外貌皆狹矣。

梁氏所謂「篇幅狹」，乃指晚唐體詩人創作多偏近體而輕古體，尤喜以五律寫景；而「詩境狹」乃指晚唐體詩人多在景物上琢磨，且內容多寫雲水竹石、花鳥霜雪之類，而於其他題材如登覽、懷古、諷諭、寄寓、詠史等多所欠缺，歐陽脩《六一詩話》所載許洞難諸僧之故事可為明證。莫礪鋒在其〈西崑詩派〉一文中亦云：

　　宋初，九僧、魏野等人學習賈島、姚合，……詩境狹小、
　　瑣屑。（頁54）

曾棗莊《論西崑體》亦云：

> 宋初的晚唐體，除魏野、林逋、寇準等外，有賈島、姚合
> 的詩境狹窄，卻缺乏他們的孤峭精工。（頁5）

莫、曾二氏之說，其實不脫梁崑的評論範疇，主要的焦點仍在不脫姚、賈之窠臼，而內容貧乏，缺乏興味，不耐咀嚼吟誦。

但晚唐體之興，乃緣於對宋初白體作家停留在鄙俚、淺近水準之文學創作不滿，故在詩歌藝術表現上，選擇以賈島、姚合之構思精巧、風格清麗爲改變白體末流淺易詩風的學習對象，故在宋代詩歌的改革、演進上實有其功勞，而且此種精神亦影響到同時稍後的西崑體，及其後詩派的變革鼎新。如方回即謂：

> 九僧詩皆學賈島、李賀，多警麗可誦，始西崑之先導也。（《中
> 國詩歌流變史》頁529引）

晚唐體詩人之學賈島、姚合，其表現在結構、布局方面便是構思精巧，而表現在語辭、風格上便是意精辭巧，幽峭清麗，此與西崑之致力藻飾，組織華麗，雖風格有異，但在追求更高藝術形式之精神和態度上，二者基本是相通的。宋初詩壇在白體之後所以會變成西崑後來居上，乃時勢所趨，社會文化追求更高之藝術境界使然，如吳喬《圍爐詩話》即云：

> 潘閬詩本於無可，閒有恢氣。……其後變而爲楊、劉，正
> 如久處蕭寺孤村，必羨玉樓金屋。（卷五）

此正說明晚唐體詩在形式、內容上之單薄而缺乏變化，故終不能與西崑針鋒，而終爲所掩。然其追求警麗詩風之精神，則爲西崑所取，並在此基礎上，完成更爲典麗的詩風。站在此種意義上觀，晚唐體詩對崑體之興盛實有推助之功。

但不容否認，宋初晚唐體詩歌之推崇賈島、姚合，是有意在改革白體末流之平俗淺易，此種審美趣味，直到南宋又被永嘉四靈〔註49〕

〔註49〕南宋中葉永嘉（浙江溫州）詩人徐照字靈暉、徐璣號靈淵、翁卷字
靈舒、趙師秀號靈秀，四人字號中都有一「靈」字，且詩風相近，
故世稱「永嘉四靈」。

所沿續。四靈因對江西詩派襲積故典，捐書以爲詩之作風不滿，故選擇賈島、姚合爲師法典範，提倡苦吟，刻意求工，注重白描，少用典故，風格幽峭清新；然格局狹小，不善變化，缺乏深厚廣大之氣象。清顧嗣立《寒廳詩話》引馮班之語云：「四靈以清苦爲詩，一洗黃陳之惡氣象、獰面目；然間架太狹、學問太淺，更不如黃陳有力也。」可見四靈之主要優缺點，大體如宋初晚唐體諸家。而方回早在其《桐江集》中論宋詩源流時，即以「永嘉四靈，九僧晚唐體」稱之，錢鍾書之《談藝錄》在論清人學唐詩時亦謂：「厲樊榭、金冬心、符幼魯輩，出入九僧、四靈、林逋、魏野、陸放翁、劉潛夫間，正方虛谷所謂唐詩，而非宋人之極詣也。」（頁166）方氏將四靈接於九僧之後，而錢氏則將四靈置於九僧與林逋、魏野之間，由此可見南宋之四靈與宋初晚唐體詩之間的聯繫。許總在其《宋詩史》中認爲：楊萬里初倡「晚唐異味」本爲範圍較廣之詩風，但經葉適到永嘉四靈，便形成獨尊賈島、姚合的詩風，由四靈推擴到擁有眾多詩人的江湖詩派，就構成了南宋末期詩壇的主流。這一特定內涵之晚唐詩風的再現，乃顯示向宋初晚唐詩風的回歸。但由於整個宋詩史的變革意識在長期積累和相互滲透融和下，宋末與宋初同宗晚唐之現象又有其本質差異：宋初之晚唐詩風乃前代影響之自然延續，宋末之晚唐詩風則是對以江西爲化表之「宋調」的變革，故宋末之回復晚唐在某種意義上仍是變革精神之體現。〔註50〕事實上，宋初之晚唐體詩風若儘以「前代影響之自然延續」，並不太符合實際，因在白體獨領風騷之前大半段時光，晚唐體詩並不興盛，甚至可謂寥如晨星。直到林逋、魏野及九僧等人之起，其時已近眞宗，故而宋初之回復晚唐詩風，應視爲對白體末流積弊之改革，此正爲宋末之永喜四靈所師法。

〔註50〕許氏評論見氏著《宋詩史》頁8。